吳禮權 著

U0063714

中文活用技巧

妙語生花

商務印書館

中文活用技巧 —— 妙語生花

作　　者：吳禮權

責任編輯：趙　梅

封面設計：張　毅

出　　版：商務印書館 (香港) 有限公司
　　　　　香港筲箕灣耀興道 3 號東滙廣場 8 樓
　　　　　http://www.commercialpress.com.hk

發　　行：香港聯合書刊物流有限公司
　　　　　香港新界大埔汀麗路 36 號中華商務印刷大廈 3 字樓

印　　刷：美雅印刷製本有限公司
　　　　　九龍官塘榮業街 6 號海濱工業大廈 4 樓 A

版　　次：2012 年 3 月第 1 版第 1 次印刷
　　　　　© 2012 商務印書館 (香港) 有限公司
　　　　　ISBN 978 962 07 1960 8
　　　　　Printed in Hong Kong

目　錄

第 **7** 章

煉字遣詞的策略

第 **8** 章

句子鍛選的策略

引　言

> 志有之，言以足志，文以足言；不言，誰知其志？言之無文，行而不遠。晉為伯，鄭入陳，非文辭不為功。

　　這是兩千多年前大聖人孔子的名言，見載於《左傳・襄公二十五年》。晉文公時代，鄭國侵入小國陳。當時，晉國是春秋時代的霸主（大概相當於今天的"世界警察"美國，春秋時代先後逞強的"春秋五霸"大抵多是這個角色），晉國就出來干預，向鄭國問罪，説你鄭國怎麼可以這樣幹，以大欺小。這是對的，既是霸主就應該主持國際正義。鄭國雖也是當時的大國，但只能算是二流國家，如果外交上通不過晉國這一關，不能給個合理的説法給晉國，那麼勢必會受到晉國的干預，鄭國自己就有危險了。好在當時鄭國名卿子產是個善於辭令的外交家，對此事巧妙地回答了晉國的質問，使鄭國免於晉國的討伐，沒有在當時的國際上受到孤立。孔子針對此事，就説了上述這段話。這段話的意思，如果用現代大白話來説，大致是：你有想法（或曰思想、志願、志向），可以用語言表達出來，用文字將語言記錄下來。你不説，誰知道你的想法見解呢？但是，説得沒有文采，表達得不好，則不能流傳開去，不能產生好的社會效果。晉國為霸主，鄭國侵入陳國，如果不是鄭國子產對晉國的質問有巧妙地回答，那麼鄭國這事就有麻煩了。孔子説這段話是有感而發，目的在於強調重視表達策略，將自己的思想情感圓滿地表達出來，盡可能產生好的表達效果的重要性。其中的"言之不文，行而不遠"，成為千古名言，成為後世強調語言表達策略，講求達意傳情適切性的理論根據。

孔子不僅在理論上強調重視語言表達策略的重要性，還特別重視躬行實踐。據《論語·先進》記載，孔子教學生分為四科：德行、言語、政事、文學，其中言語科的宰我、子貢二人就是以善於語言表達見長。如子貢（即端木賜），跟孔子學習結業（那時不會有甚麼畢業不畢業，也不會頒發甚麼學士、碩士、博士學位之類，孔子辦的是私學，就是當時有這種花樣，我想孔子是個務實的人，也不會講究這一套虛的）後，曾先後在國外——魯國和自己的祖國衛國做官，常常出使各國，外交風采相當有名，歷史上有一種說法，說他常常與諸侯"分庭抗禮"。曾經有一次，魯國有危險，子貢遊說吳國、齊國等國家，說服了吳王出兵伐齊救魯，可謂是"一人之辯強於百萬之師"。不僅如此，子貢還是個很有成就的商業家（雖然他就學於孔子時孔子沒有給他開設經濟學課程，更未曾讀過甚麼 MBA 之類的勞什子），曾在魯國與曹國間倒騰物品（那時沒有國有企業，不可能是官倒），發了大財，歷史上說他"富至千金"（這在當時可不得了，如果當時也有諸如今天美國《財富》雜誌之類，子貢肯定名列國際巨富榜）。子貢能"富至千金"，也能說明問題。我們都知道，做生意要會吆喝，這是粗話，用今天時尚語言叫做長於"營銷策略"，這就要能說會道，說服別人買你的東西。可見，子貢確實是有語言天才，是善於運用語言表達策略的才俊。

孔子不僅強調了語言表達策略的重要意義，而且還培養出了諸如子貢這樣傑出的語言人才，所以使後世賢哲更加深了對重視語言表達策略重要性的認識。所以，到了西漢末年的經學家劉向對此就特別強調，還提出了一個口號，叫做"辭不可不修，説不可不善。"(《説苑‧善説》)並舉歷史事實論證了自己的觀點，説：

> 　　夫辭者，人之所以自通也。主父偃曰："人而無辭，安所用之。"昔子產修其辭，而趙武致其敬；王孫滿明其言，而楚莊以慚；蘇秦行其説，而六國以安；蒯通陳其説，而身得以全。夫辭者乃所以尊君、重身、安國、全性者也。故辭不可不修，説不可不善。

　　這段話的意思，用今天的白話來説，大致是：語言文辭是人用以傳情達意的工具。主父偃（西漢武帝時任中大夫，漢武帝實行有名的"推恩令"使諸侯勢力封地越來越小，近至名存實亡，對維護西漢王朝的封建中央集權和國家統一穩定及發展強盛，功績甚巨，此一政策即是採自主父偃的政治學説）説："人如果沒有（好的）語言文辭能力，怎麼用他呢？"以前子產（春秋時代鄭國大夫，善言辭，注重聽取人民意見，有政績名望）講究語言表達策略令大國的晉大夫趙武（即趙文子，亦稱趙孟，後執掌晉國朝政）深為敬重；王孫滿對楚莊王的非份之想明言警告使楚莊王慚愧而退兵（王孫滿為周大夫，因為春秋時代周公禮法崩壞，諸侯犯上作亂，不把周王放在眼裏，"春秋五霸"之一的楚莊王，於公元前 606 年率兵北上攻陸渾之戎，陳兵於周王朝京都洛邑之郊向周王朝中央政府耀武示威。王孫滿遂奉周定王之命到楚兵營勞軍。楚莊王狼子野心畢露，就問王孫滿周王朝祖廟鼎之尺寸規模。王孫滿心知其有覬覦周王朝中央政權之意，於是就嚴辭警告説："周德雖衰，天命未改，鼎之輕重，未可問也。"楚莊王慚愧而退兵）；蘇秦（戰國時代縱橫家，他最初主張"連橫"，想幫助秦國攻打六國，秦惠王未接受他的意見，他便轉向"合縱"，曾掛六國相印，聯合六國攻打秦國）推行其"合縱"之説聯合抗秦，齊、楚、燕、韓、趙、魏等六國得以安寧；蒯通（西漢初年著名謀士。陳涉起兵反秦後，陳涉部將武臣攻取趙地，蒯通遊説范陽令徐公歸降，使武臣不戰而得趙地三十餘城。後來，又遊説韓信取齊地，並以相面為藉口，勸韓信背劉邦而自立為帝）因為善於陳述其見解而屢次使性命得以保全。語言是用以尊君重身、安定國家、保全性命的重要工具。所以，説話不能不講究表達策略，説話不能不努力產生好的表達效果。

劉向認為"辭不可不修，説不可不善"的理由是語言表達關乎"安國全性"的大問題。對照一下歷史，仔細想想，劉向的説法確實不算誇大其辭。"安國"（安定國家）方面，例子很多。如宋人司馬光《資治通鑒》卷 194 記唐太宗事，有這樣一段文字：

> 上嘗罷朝，怒曰："會須殺此田舍翁！"后問誰。上曰："魏徵每廷辱我！"后退具朝服，立於庭。上驚問其故。后曰："妾聞主明臣直，今魏徵直，由陛下之明故也。妾敢不賀！"上乃悦。

唐太宗李世民是中國歷史上非常有名的皇帝之一，他所創造的"貞觀之治"業績世所共知，並為歷代人們所津津樂道。其實，熟悉歷史的人也知道，唐太宗這一豐功偉績的取得實際上與他有很多賢臣輔佐是密不可分的。在這些賢臣中，尤以魏徵最為有名。唐太宗即位之初任命他為諫議大夫，貞觀三年為秘書監，參預朝政。後一度任侍中，封鄭國公。魏徵一生曾先後向唐太宗忠言直諫二百餘事，以犯顏直諫而聞名。曾上太宗〈十思疏〉，太宗以之為座右銘。太宗是個明君，常常能夠深察魏徵的忠心，所以能聽得進他的直諫，也十分倚重他。魏徵死後，太宗十分悲傷，認為失去"人鑑"。雖然唐太宗是明君，但有時也會受不了魏徵的直諫。上述文字記載就說明"唐太宗與魏徵之間，原本並非一般所想像的如魚得水，相契無間"①，矛盾也會時有發生。一次魏徵又犯顏直諫，搞得太宗很尷尬。太宗很生氣，罷朝回到後宮還餘怒未消，忍不住大罵："一定要把這個鄉巴佬殺了！"長孫皇后一聽太宗說出這番狠話，知道肯定有大臣惹他生氣了。就問他："是誰敢惹皇上生氣？把皇上氣成這樣？"太宗說："還有誰？不就是那個魏徵！他每次都要在朝廷之上令我難堪！"長孫皇后沒說甚麼，忙退下換了一套禮服立於後庭。太宗覺得奇怪，便問他何故要換這身行頭。長孫皇后說："我聽說皇上英明，大臣就忠直。現在魏徵忠直，這是因為皇上您英明開明的緣故。我怎麼敢不向您表達祝賀呢？"太宗一聽，轉怒為喜，覺得有理。可見，唐太宗能聽得進魏徵的忠言直諫，也是有個過程的，其中長孫皇后這個賢內助的功勞不可小估。我們都應該承認，凡是人都有自尊，有虛榮心，喜歡聽順耳話、好話和恭維話，不喜歡聽逆耳的批評，這是人之常情。

　　皇帝也是人，而且因為他是天下至尊，聽慣了恭維話，所以一般更難以聽進逆耳之言。魏徵忠心耿直，但他不注意表達策略，所以常常惹得唐太宗生氣。這次太宗氣生大了，要殺他了。幸虧長孫皇后賢明，又注意表達策略的運用，她沒有直言說："皇上，魏徵直言，雖然讓您面子上過不去，但他是一片忠心，您不能殺這樣的忠臣。"而是選擇了折繞的表達策略（後文有專門論述），說魏徵直話直說的行為是因為皇上的英明開明所致，有英明開明的皇上才可能有犯顏直諫的大臣。長孫皇后是通過誇讚太宗的方法而把自己的意思婉轉的表達出來，讓太宗情感上比較

① 沈謙《修辭學》第 138 頁，台灣空中大學印行，1996 年。

愉快，所以能聽進意見，最後能容忍魏徵的直諫行為。如果長孫皇后沒有採用有效的表達策略，就不能保住魏徵的性命，最起碼是不能讓太宗能夠繼續聽進魏徵的忠言直諫，大家都對太宗說恭維話，都去拍馬逢迎，那麼，豈有唐太宗的英明，豈有“貞觀之治”的奇蹟？所以，長孫皇后的上述一番話，由於表達策略運用得好，確實產生了“安國”的巨大效果。類似的例子，歷史上還有很多，如《戰國策・趙策四》所記左師觸龍說服趙太后讓太子長安君出質於齊，齊國出兵相助，解除了秦兵壓境，趙國面臨滅亡命運的史實。趙國最終能解除國家危機，靠的也是左師勸諫趙太后採取了有效的表達策略。如果犯顏直諫，那是不能解決問題的，國家肯定要出現危機甚至滅亡的。可見，說話尤其是在中國封建時代勸諫帝王選擇恰當有效的表達策略是多麼重要，說它關乎“安國”的大問題，一點也不誇張。

表達策略的選擇運用，關乎“全性”（保全性命）問題，在中國歷史上也是很突出的。如《韓詩外傳》記春秋時代晏子諫齊景公事，就很典型：

> 齊有得罪於景公者，景公大怒。縛置之殿下，召左右肢解之，敢諫者誅。晏子左手持頭，右手磨刀，仰而問曰：“古者明王聖主，其肢解人，不審從何肢解始也？”景公離席曰：“縱之，罪在寡人！”

帝王之尊，不可冒犯。可是卻偏偏有人敢得罪齊景公，這人真是不知死活。你一老百姓，幹嗎要得罪國君呢？這就怪不得齊景公要大怒了。所以，景公把他綁到殿下，令左右用肢解的酷刑來殺他。景公怕大臣勸諫，所以就有言在先，誰敢勸諫替那可恨的兔崽子求情，就連他一起殺。這下子誰也不敢勸諫了。景公名臣晏子覺得景公這樣幹不妥當，但又不能直說。所以他就順水推舟，自己親自動手替景公行刑。他一手按住那人的頭，一手磨刀，儼然很憤怒的樣子。拉好行刑的架勢後，他故意仰頭問景公說："古代明王聖主，他們肢解罪人，不知道先從哪裏下刀？"景公一聽晏子這話，立即離座說："把他放了，這是我的錯！"晏子就問了景公那麼簡單的一句，不僅救了那行將被肢解的人，而且還讓景公自己離座認錯。那麼，晏子何以有如此本事呢？這就是晏子在"頂風"勸諫時運用了一個有效的表達策略——折繞，迂迴曲折地將自己所要表達的意思表達出來，讓景公自己思而得之：肢解臣民只有昏君暴君才做得出，如果自己要做被千古唾罵的昏君暴君，就肢解那個得罪自己的人，並殺了勸諫的大臣吧！如果想做明王聖主，就不應該這麼幹。景公是個相當開明、頭腦清醒的君王，所以他很快就破譯了晏子話的弦外之音，所以放了那個"罪民"，同時向晏子認錯。如果晏子不注意表達策略，用折繞的策略來表情達意，而是直話直說："只有昏君暴君才用肢解酷刑，您不能用這種酷刑對付臣民。如果您這樣做，就會成為被千古唾罵的昏君暴君。"那麼，不但救不了那個行將被肢解的人，而且連自己的小命也要搭上。由此可見，注意表達策略的重要性，好的表達策略的運用確實能有"全性"（保全生命）的重大意義。

注意表達策略，選擇比較有效的措辭，不僅可以取得諸如上述"安國"、"全性"的特殊效果，有時還會因為表達策略運用得好，話說得好聽而改變表達者的前途命運，為自己開闢一個全新的人生境界。比方說，宋人吳曾《能改齋漫錄》卷十一記載有這樣一個故事：

　　曹衍，衡陽人。太平興國初，石熙載尚書出守長沙，以

衍所著《野史》繳薦之，因得召對。袖詩三十章上進，首篇乃
〈鷺鷥〉、〈貧女〉兩絕句，蓋託意也……〈貧女〉云："自恨
無媒出嫁遲，老來方始遇佳期。滿頭白髮為新婦，笑殺豪家年
少兒。"太宗大喜，召試學士院，除東宮洗馬，監泌陽酒稅。

　　北宋時代的曹衍，衡陽人，本也是飽學之士，可是因為種種
原因，未能仕進，所以一直鬱鬱不得志。幸虧他有一位好友石熙
載官至尚書，對他頗是推重。石熙載出任長沙太守時，以曹衍所
著的《野史》向宋太宗趙光義推薦，引起宋太宗興趣，因而召見
曹衍，讓他應對。曹衍晉見宋太宗時帶了三十首詩進獻皇上，首
篇是〈鷺鷥〉、〈貧女〉兩首絕句，都是託物言志之作。其中〈貧
女〉詩說："自恨無媒出嫁遲，老來方始遇佳期。滿頭白髮為新
婦，笑殺豪家年少兒。"太宗讀了大喜，於是在學士院召見並考
試曹衍，認為他確實有才，遂授予他東宮洗馬（東宮官屬，太子
出而為前導），並監管泌陽酒稅。那麼，曹衍何以一首詩就討得
宋太宗歡心，加官進爵，由一介平民而進入太子東宮為高官呢？
這是因為他的〈貧女〉詩寫得好，它是運用了一種名曰"雙關"
的表達策略，表層語義是說一個女子因為無媒而遲嫁，白髮時才
為新婦，為年少人所笑；深層語義是說自己雖然有才，可是以前
因無人引薦，所以至今未能得官，為國家效力，一展平生抱負。
訴說的是自己的懷才不遇的怨情，但卻表達得婉轉含蓄，怨而不
怒，讓宋太宗思而得之。很明顯，曹衍不直說本意，是故意在自
己的表達與宋太宗的解讀接受之間製造"距離"。"事實上，表達
者曹衍的這個'距離'留得相當妙，一來臣下與皇帝之間有一個
身份地位的'距離'，臣下對皇上說話特別是抱怨，直白而鋒芒
畢露，這是不禮貌的；二來表達者借貧女晚嫁來委婉地表達心意
的主要目的是要在皇上面前露一手，使皇上知道自己確是有才，

不是憑空發懷才不遇的牢騷；三來表達者委婉其辭而不直白本意，也是表明他相信皇上是有才的英主，能夠意會到其話外之音的。這實際上是對皇上才能的肯定。由於這個‘距離’留得恰到好處，接受者心領神會，意會到了表達者的‘言外之意’、‘弦外之音’，從而在內心深處感受到一種‘餘味曲包’的含蓄美。”②太宗是皇上，官職有的是，只要一高興，隨便給一個位置，不就結了嗎？給個官職對皇上是小事一椿，可對於曹衍，可就改變了其一生的命運，從此開創了一個幸福快樂的人生。由此可見，注意表達策略的運用是何等重要！

要想做大官，實現治國平天下的宏大抱負，自然要注意語言策略。如果想要做外交官，那就更要注意語言策略了，不然就不僅是個人的官位奉祿不保，還會有辱君命、有辱國家尊嚴的。如《晏子春秋》卷六記有這樣一個歷史故事：

> 晏子將至楚，楚聞之，謂左右曰：“晏嬰，齊之習辭者也，今方來，吾欲辱之，何以也？”左右對曰：“為其來也，臣請縛一人，過王而行，王曰：‘何為者也？’對曰：‘齊人也。’王曰：‘何坐？’曰：‘坐盜。’”晏子至，楚王賜晏子酒，酒酣，吏二縛一人詣王，王曰：“縛者曷為者也？”對曰：“齊人也，坐盜。”王視晏子曰：“齊人固善盜乎？”晏子避席對曰：“嬰聞之，橘生淮南則為橘，生於淮北則為枳，葉徒相似，其實味不同。所以然者何？水土異也。今民生長於齊不盜，入楚則盜，得無楚之水土使民善盜耶？”王笑曰：“聖人非所與熙也，寡人反取病焉。”

② 吳禮權《委婉修辭研究》第 54 頁，復旦大學研究生院，博士論文，1997 年。

這段話有些古奧，用現代話來說，就是這樣一個意思：春秋時代，齊國的首相（齊卿）晏嬰要出訪南方大國楚國。楚王聽說了消息，立即對他的左右（諸如外交部長、國務秘書、國家安全助理之類的親信）說道：“晏嬰，是齊國很會說話的人，現在就要來我國訪問了，我想侮辱侮辱他，看看他能咋的？你們有甚麼好主意？”楚王左右一聽，也來了精神，立即就有人投其所好，獻了一個“妙計”道：“大王，等晏子來時，請求大王讓我捆綁一人從您面前經過。屆時，大王您就問我：‘這人是幹甚麼的啊？’我回答說：‘是個齊國人。’大王您再問：‘因為犯甚麼罪被抓起來的啊？’我就回答說：‘因為盜竊。’”定“計”之後，楚王就與他的心腹們等着看好戲了。不久，晏子終於越千山、涉萬水，克服無數交通險阻來到了楚國之都。楚王聞聽，立即接見，並假裝隆重地設國宴予以歡迎。宴會開始後，楚王頻頻殷勤勸酒。待到酒過三巡，楚王覺得差不多了，他自己也喝得耳熱意暢，神情也有些飄飄然了。於是，就暗示左右依“計”而行。一會兒，就見兩個官差模樣的人捆押了一個人來到楚王面前。楚王假裝驚訝地問道：“這個人為甚麼被綁呀？他幹了甚麼勾當？”官差說：“他是齊國人，因為犯了盜竊罪。”楚王“哦”了一聲，然後裝模作樣地看看晏子，問道：“齊國人生性就愛盜竊嗎？”晏子一聽楚王相問，連忙從座位上站起，按照外交禮儀繞席而進，恭恭敬敬地回答楚王道：“我聽說有這樣一回事：橘生在淮河以南是橘，生於淮河以北，則就變成枳。橘與枳，其實只是葉子相似，果實和味道則都完全不同。那麼，為甚麼會這樣呢？這是水土不同的緣故。現在，齊國的小民生長在齊國不盜竊，跑到楚國就犯這毛病，是不是楚國的水土有問題，易使齊國小民入楚就偷盜了呢？”楚王一聽這話，知道自己失“計”了，遂連忙見坡下驢，尷尬地自打圓場說：“聖人畢竟是聖人，是不能隨便開玩笑鬧着玩的，寡人這是自討沒趣了。"

　　讀了這則故事，也許讀者馬上在心裏就有這樣一個疑問：為甚麼晏子寥寥數語，就能粉碎了楚王君臣精心策劃的詭計，讓楚王丟了面子還要道歉，使齊國在外交鬥爭中得分呢？

　　其實，仔細尋思一下，原因很簡單：就是因為晏子具有高度的語言智慧，創造性地運用了"比喻"表達策略的結果。對於楚王的挑釁，他"沒有採取'針尖對麥芒'式的硬碰硬反駁策略，而是以'四兩撥千斤'的方式，通過橘枳水土異而果實味道異的事實來比喻説明人品因環境不同而變化的道理，巧妙地把'球'彈回給楚王，婉約含蓄地指明了這樣一層意思：如果真有齊人到楚國為盜的話，那麼也是因為您楚王治下的楚國民風不好，老百姓受環境影響才變壞的。真是讓楚王吃不了兜着走，吃了虧還説不得。其實外交鬥爭只要有智慧，運用適當的修辭策略，完全可以在談笑間使'強虜灰飛煙滅'的，不必靠惡形惡狀地爭吵才能獲勝。"③關鍵在於表達者有沒有語言智慧，會不會運用恰當的語言策略。

　　我們的古人善於言辭，很注意傳情達意中的語言策略，也很會運用恰當的語言策略，因此在中國歷史上，歷朝歷代都不乏諸如晏子這樣傑出的外交人才。但是，正如清人趙翼《論詩五絕》所云："江山代有才人出，各領風騷數百年。"現代的中國，要説善於運用語言策略的外交家，那就更多了，而且也有比古代晏子之類的外交家有更勝一籌之處。謂予不信，請看下面一例：

　　"尼克遜一次問周恩來總理："總理閣下，中國好，林彪為甚麼往蘇聯跑？"

---

③　吳禮權《傳情達意：修辭的策略》第 7－9 頁，吉林教育出版社，2004 年。

　　周恩來回答：“這不奇怪。大自然好，蒼蠅還是要往廁所跑嘛！”

　　這是見載於段名貴所編《名人的幽默》中的一則故事。眾所周知，20 世紀 70 年代初期，中蘇關係緊張，美蘇關係更緊張。美、蘇為了爭奪世界霸權，冷戰暗鬥，劍拔弩張。其時的美國總統尼克遜基於美國的國家利益，也為了實現其在與蘇聯爭霸的過程中佔據優勢的全球戰略考慮，1972 年 2 月，衝破重重阻力，飛越大洋，來華訪問。經過談判，中美兩國發表了《上海聯合公報》，從而開啟了中美兩國走向關係正常化的外交艱難歷程。

　　尼克遜訪華，當然是中美關係史上的一件大事，更是當時震驚世界的大事。可是，就在尼克遜訪華之前不久，當時中國紅極一時的人物 —— 中共中央副主席、中央軍委副主席、國防部長，而且是被寫進黨章中的黨的接班人 —— 林彪，卻因不甘久居“一人之下，萬人之上”的現有地位，在密謀武裝政變，謀害毛澤東，另立中央的陰謀敗露之後，與其妻葉群、其子林立果等倉皇乘飛機出逃蘇聯，結果機毀人亡，葬身於蒙古的溫都爾汗。林彪的這一叛黨叛國的事件，在其時不僅震驚了全中國，也震驚了全世界。正因為如此，作為與中國有着嚴重的意識形態對立的美國，它的總統尼克遜來華訪問，就不可能絕口不提林彪事件，這就自然有了上面那則故事中尼克遜別有用心地提問。

　　尼克遜是美國總統，是客人；周恩來是中國政府的總理，是主人。客人提問，從外交禮儀上自然不能避而不答，或是用外交辭令說“無可奉告”。但是，要真的回答，還真是一言難盡，不好說，也說不好。因為尼克遜的提問 —— “總理閣下，中國好，林彪為甚麼往蘇聯跑”，表面是個問題，實際上內有深刻的政治含義，其話中之話是說：“既然中國的社會主義那麼好，林彪那樣的高官就不應該逃往蘇聯的"。他這明顯是借題發揮，要拿林彪叛逃一事來以偏概全地否定中國的社會主義制度和中國共產黨政府，要出中國政府的醜。很明顯，尼克遜的這個問題是個刁鑽古怪的政治陷阱，答與不答，都有尷尬。答吧，你只能從政治路線上的分歧去解釋。但是，由於中美兩國之間有着嚴重的意識形態對立，還有美國對中國共產黨政權根深蒂固的偏見，雙方在政治、思想、理念等方面本來就沒有甚麼共識或共同語言，因此這就很難對一個美國總統說清楚。不答吧，一來顯得不禮貌，尼克遜能夠衝破國內那麼大的阻力以秘密的方式飛抵中國訪問，中國的總理卻以不回答問題的方式待客，似乎不合外交禮儀；二來不回答問題，還可能讓尼克遜覺得中共內部真有甚麼見不得人的內幕。這樣，他就會自然而然地作出很多有關中共內部鬥爭等等無端的猜測。

事實上，我們不必着急，這樣的外交難題，卻絲毫沒有難住我們的周恩來總理。"他以一個十分巧妙的比喻：'這不奇怪。大自然好，蒼蠅還是要往廁所跑嘛！'把中國比作美好的大自然，把林彪比作蒼蠅，把與中國對立的蘇聯（當時稱為蘇修）比作廁所。說林彪叛離中國、逃往蘇聯就像是"蒼蠅不喜歡美好的大自然而喜歡污穢的廁所一樣"，比得新穎獨特，而又機趣幽默，使崇尚幽默的美國人不得不佩服；同時，在比喻中又不着痕跡地誇讚了中國社會主義好，貶斥了敵對的霸權主義與大國沙文主義的蘇聯，把林彪的人格也貶得一文不值。這樣，既蕩開了政治或意識形態問題，又可以活躍外交氣氛，體現新中國領導人的外交風采，讓尼克遜不得不佩服他的政治對手，不得不正視與中國改善關係並共同抑制蘇聯霸權主義的戰略意義。" ④

---

④　吳禮權《能說會道：表達的藝術》第 37 頁，吉林教育出版社，2004 年。

　　説到這裏，也許有人會説：我既不想當政治家，也不想當外交家，何必一定要講究甚麼語言策略呢？

　　如果這樣想，那肯定是大錯特錯了。因為，即使你壓根兒從來就沒有想到過要做甚麼政治家、外交家，而只是想做一個平平凡凡的普通人，你也得講究語言策略。比方説，生活中你得與人打交道吧。如果你不是自絕於人世，只要你還得與人來往，你就得考慮如何與人進行良性互動，儘量減少生活中與人產生言語交際的衝突，從而使人際關係得以融洽，最起碼可以使自己活得自在些、活得體面些。謂予不信，筆者這裏倒有一個現實的例子：

> 客人：再來一客牛排，另外給我一個鎮紙。
> 侍者：請問你要鎮紙做甚麼？
> 客人：你剛才端來的那盤牛排被風吹走了。

　　這是發生在台灣一個西餐店裏的故事。西餐店太講究營利而將牛排做得太薄，客人對此感到不滿，這也是人之常情。但是，這位時尚的食客並沒有像我們日常所見的普通客人那樣氣呼呼地與營業員吵架，而是説了上述一番話，既毫不留情地對西餐店的經營作風進行了批評，但又不失溫文爾雅的紳士風度，同時還讓人覺得非常幽默，不得不非常感佩。那麼，何以如此呢？無他！善用語言策略之故也！上面他所説的兩句話，實際用到了兩種語言策略：第一句是 "設彀"，即先設語言圈套（要鎮紙），引起侍者好奇之問；第二句是 "誇張"，極言牛排之薄。

　　如果你不想、也沒本事做一個掙錢多的白領時尚人士，也沒機會到高級場所顯示紳士風度，只想靠自己的辛苦勞動吃上一口飯，做一個最底層的本本份份的勞動者；那你也仍然得懂語言策略，仍然應當注意語言策略。否則，你連一口飯也混不上嘴。

比方說，你到街頭擺個小攤，吆喝着賣點小玩意，你不懂語言策略，抓住路人的心，讓他們看你的小玩意一眼，做成生意，那你就沒戲了，只好乾瞪眼，喝西北風了。比方說，我們走在上海的商業街上，常常會聽到這樣一句吆喝買賣的口號：

> 走過路過，不能錯過。請顧客進來看看，……

不知不覺的，顧客就會停下匆匆的腳步，朝他們的小店裏看一眼，說不定還真的進到那只能容一二人的小店，最後還真做成了生意呢。

那麼，這句口號為甚麼會吸引顧客呢？原因很簡單，它用了一個叫"同異"的語言策略，讓"走過"與"路過"、"錯過"三個同中有異的詞並置，從而強化刺激接受者的大腦皮層，讓人留下深刻印象。

說到做小生意的需要吆喝需要講究語言策略，不禁使我想起好幾年前我在上海五角場附近聽到的一個賣牙籤的小販吆喝的一句口號：

> 要想生活好，牙籤少不了。

很多人聽了他的這句吆喝，都停下來看他一眼，也看他的牙籤一眼，他的牙籤還真的賣得很好。

那麼，他的這句吆喝口號何以有如此的魅力呢？無他，乃是他善於運用語言策略之故也。他所運用的這個語言策略，就是中國人都喜歡也最熟悉的"協韻"策略，讓"好"與"了"兩個韻母相同的字前後呼應，從而產生一種朗朗上口，便於記憶的效果。

我們都知道，人是高級動物。他們除了與一般動物一樣，餓了要吃，渴了要喝，睏了要睡等等生存要求之外，還有好名好權好利之心。但是，不管怎麼高級，畢竟他們還是動物。因此，人除了上述的要求外，還有一個與一般動物完全一樣的基本要求：性生理要求。關於這一點，我們的前賢早就說得非常明白了。《禮記》中早就有了這樣的說法："飲食、男女，人之大慾存焉"⑤；孟子也說過："食、色，性也。"⑥所謂"男女"、"色"，指的就是人類的"性生理要求"。這一要求，是人作為動物的本性，就如人要吃飯一樣正常。正因為我們的古人早就有了這樣的認識，所以，中國很早也就有了"男大當婚，女大當嫁"的說法，就是一個男人與一個女人到了一定的年齡，就應該把他們捆綁到一起，讓他們過上正當的"性生活"。這一點，又與一般動物有了區別，又顯出了人類的高級了，不像一般動物，只要發情了，雌的肯或者不肯，雄的就可以隨時隨地上了。人類要想過"性生活"，那得先戀愛（中國古代包辦婚姻例外），要男歡女愛，那才行。因此，現今的時代，要想戀愛，要想結個婚，那也不是容易的事啊！男人想騙個老婆，女人想誆一個老公，得有本事。特別是男人，那就更不容易了。因為而今的社會，男女比例已經失調，再加上許多有本事的男人又多吃多佔，一般男人想找個老婆，那就更難了。因此，而今男人要想贏得女人的芳心，那是要有本事的，除了物質方面的外，還有精神方面的，即要會打動她的心，讓她開心。所以，男人之間有句話："老婆是騙來的"。意是說，婚前要會花言巧語。古人有詩說男人壞是"枕前發盡千般願"，現在得在婚前還沒就枕前就要發盡千般願了。然而這發願發誓的，也得講究語言策略，要說得好，說得你想"騙"的女人

---

⑤ 《禮記·禮運》。

⑥ 《孟子·告子上》。

開心，她才會最終打定主意，跟你這"死鬼"結婚。老婆騙回來之後，就要過日子了。這過日子，就更不簡單了。因為它實在，天長日久，瑣瑣碎碎。因此有人說："結婚之前是首詩，結婚之後就是一篇散文了。"因為生活就是生活，不可能天天都能花前月下，浪漫迷人了。如果二人都不會掙錢，那麼就會應了中國的那句老話："貧賤夫妻百事哀"了，日子夠你受的。假如日子還能勉強過得下去，可是人到中年，男人謝頂，青春不再，也不能風光瀟灑了；而女人呢，則人老珠黃，如果又不善於修飾打扮，不會妖，那真正變成了上海人所說的"老菜皮"了。[7]如此，這夫妻的感情危機就來了。加上現在新《婚姻法》已經實行，離婚不再需要單位領導開證明了，人的觀念也變了，如果男人是弱勢的一方，那麼這時你就會被老婆一腳踢了。不過，如果你沒錢，也沒本事，但你有智慧，能說會道，能討老婆歡心，那麼老婆也能將就地跟你這個"死鬼"繼續過下去的。比方說，有這樣一個故事，就是如此：

> 某人剛三十多歲，就已經開始謝頂，但他不以為然，摸着自己空前絕後的腦袋，對妻子說："我這就叫聰明絕頂。"
>
> 妻子不以為然地反駁道："照你這麼說，凡是剃了光頭的都是聰明人嘍？"
>
> "那不是，那是自作聰明。"

這是凌飛、文閩《愛情與幽默》中所記的一則愛情幽默[8]，雖然未必實有其事，但現實生活中真有這樣的男人，想必是任何女

---

⑦　吳禮權《傳情達意：修辭的策略》第 12 頁，吉林教育出版社，2004 年。

⑧　此例轉引高聖林《幽默技巧大觀》第 61 頁，上海科學技術文獻出版社，2002 年。

人都願意愉快地跟這個 "死鬼" 廝守一生的。那麼，為甚麼呢？
因為這位男人很會運用語言策略，話説得有趣、幽默。我們都
知道，"男人謝頂，總是顯老，當然沒有滿頭青絲來得青春瀟灑
了。這位男人很知趣，知道謝頂不好看，他怕老婆嫌棄他，就自
我解嘲，幽了自己一默：'我這叫聰明絕頂'，運用的是'別解'
修辭策略，將成語'聰明絕頂'作了一個非同尋常的新解，新穎
別致，出人意表，所以能逗老婆一笑。可是，當老婆用別人剃光
頭來反駁他的話時，他又有新詞：'那是自作聰明'。又是運用
'別解'修辭策略，貶低了別人，抬高了自己，還很幽默。你説
他老婆能説他甚麼？這樣的老公即使真的沒有本事，長得也不俊
了，最起碼還蠻有趣，跟他一起過活，窮開心也行啊！"[9]

　　上面我們談的都是 "説"，其實 "寫"，也是需要講究語言策
略的。如錢鍾書小説《圍城》中有這樣一段文字描寫：

> 汽車夫把私帶的東西安置了，入座開車。這輛車久歷風
> 塵，該慶古稀高壽，可是抗戰時期，未便退休。機器是沒有脾
> 氣癖性的，而這輛車倚老賣老，修煉成桀驁不馴、怪僻難測的
> 性格，有時標勁像大官僚，有時彆扭像小女郎，汽車夫那些粗
> 人休想駕馭了解。它開動之際，前頭咳嗽，後面洩氣，於是掀
> 身一跳，跳得乘客東倒西撞，齊聲叫喚，孫小姐從座位上滑下
> 來，鴻漸碰痛了頭，辛楣差一點向後跌在那女人身上。這車聲
> 威大震，一口氣走了二十里，忽然要休息了，汽車夫強它繼續
> 前進。如是者四五次，這車覺悟今天不是逍遙散步，可以隨意
> 流連，原來真得走路，前面路還走不完呢！它生氣不肯走了，
> 汽車夫只好下車，向車頭疏通了好一會，在路旁拾了一團爛

⑨　吳禮權《傳情達意：修辭的策略》第 13 頁，吉林教育出版社，2004 年。

泥，請它享用，它喝了酒似的，歛斜搖擺地緩行着。每逢它不肯走，汽車夫就破口臭罵，此刻罵得更厲害了。罵來罵去，只有一個意思：汽車夫願意跟汽車的母親和祖母發生肉體戀愛。罵的話雖然欠缺變化，罵的力氣愈來愈足。

　　這段文字描寫趙辛楣一行五人前往國立三閭大學就職途中所乘的老爺汽車的情狀，讀之意趣盎然，幽默生動，令人印象深刻，久久難忘。之所以有此特殊效果，是因為作家在此運用了三種表達策略。一是比擬，將無生命的汽車當作有性格、有情感、有脾氣的人來寫：「這輛車久歷風塵，該慶古稀高壽」、「而這輛車倚老賣老，修煉成桀驁不馴、怪僻難測的性格」、「前頭咳嗽，後面泄氣，於是掀身一跳」、「這車聲威大震，一口氣走了二十里，忽然要休息了」、「這車覺悟今天不是逍遙散步，可以隨意流連，原來真得走路」、「它生氣不肯走了」、「請它享用，它喝了酒似的，歛斜搖擺地緩行着」；二是比喻，寫汽車性能不穩的樣子是「有時標勁像大官僚，有時彆扭像小女郎」。這些比擬、比喻策略的運用，使本來平淡的汽車性能不穩、破爛不堪使用的情狀寫得鮮活生動，意趣橫生，令人拍案叫絕。三是折繞，將汽車司機罵汽車的粗話折繞地說寫成：「汽車夫願意跟汽車的母親和祖母發生肉體戀愛」，含蓄蘊藉，而又幽默詼諧，令人忍俊不禁。如果不運用上述三種表達策略來敍寫，而是理性地寫成：「汽車已經很破舊，性能不穩定，開起來很顛，乘客都被顛得東倒西歪。發動機又常常出問題，汽車夫不時要下來修理，氣得他破口大罵粗話。」那麼，讀者對於這段文字就不會有甚麼印象，也不會體會到趙辛楣一行路途的艱難困窘的具體情狀。可見，注意表達策略的運用，確實能使文章添彩不少，妙筆生花不是虛語。

　　由上述五個方面，我們可以清楚地見出重視表達策略，並適應特定的情境要求選擇運用恰當的表達策略,對於提高語言表達效果,對於圓滿地表達我們意欲表達的情感思想的重要意義。因此,掌握一些基本的語言表達策略,對於我們任何人都是必要的。

正是基於這一認識,本書分十章分別就如何實現某一特定交際目標進行了分析論述。用以分析的文本都是前賢創作的精典言語作品,相信讀者通過本書粗略的歸納分析,可以從中領悟到如何運用表達策略的真諦,並舉一反三,使自己的語言表達更生動、更精彩!使自己也成為一個妙語生花、妙筆生花的智者;成為一個廣受歡迎、魅力無邊的語言大師;成為一個思想情感推銷的成功者。

第 1 章

形象傳神的策略
—— 狀難寫之景，如在目前

> 所謂番茄炒蝦仁的番茄，在北平原叫作西紅柿，在山東各處則名為洋柿子，或紅柿子。……這種東西，特別是在葉子上，有些不得人心的臭味 —— 按北平的話說，這叫作"青氣味兒"。所謂"青氣味兒"，就是草木發出來的那種不好聞的味道，如楮樹葉兒和一些青草，都是有此氣味的。可憐的西紅柿，果實是那麼鮮麗，而被這個味兒給累住，像個有狐臭的美人。

這是老舍〈西紅柿〉中的一段文字，相信讀者一讀之下，便會印象深刻。

那麼，為甚麼呢？

別無他因，乃是由於老舍善用"比喻"語言策略，將本是平常的西紅柿及其"青氣味"給人的感受，出人意表地比作是"有狐臭的美人"。這一比喻，不僅新穎獨特，而且形象傳神。於是，本是平淡的事情，頓然為之生動起來，陡然引發起讀者無盡的遐想與興味。

相反，老舍上面所說的這個意思，如果不採用"比喻"策略，而是用最經濟的語言與平常的表達，就是："西紅柿樣子好看，可惜味道難聞，所以不受歡迎"。若此，則意思是說到說透了，但讀者可能一讀而過，不會留下甚麼深刻印象的，更不會為之拍案叫妙。為甚麼？原因很簡單：表述太平淡，無由引發接受者的接受興味。

由此可見，在我們的言說寫作中，講究不講究語言策略，那是效果大有不同的。

老舍妙語生花的水平，儘管並不是我們人人都可以達到的。但是，只要善於學習，並掌握一定的語言表達策略，那麼，在我們的說寫表達中，能夠做到表達形象傳神，"狀難寫之景，如在目前"、"達難言之意，盡在唇吻"，也並不是癡人說夢，遙遙不可企及的。

那麼，如何達到這一表達目標呢？下面我們不妨介紹幾種常見的、且被無數先賢的語言實踐證明是行之有效的語言策略。

一、比喻：紳士的演講，應當是像女人的裙子，越短越好

> 有一次，我參加在台北一個學校的畢業典禮，在我說話之前，有好多長長的講演。輪到我說話時，已經十一點半了。我站起來說："紳士的講演，應當是像女人的裙子，越短越好。"大家聽了一發楞，隨後轟堂大笑。報紙上登了出來，成了我說的第一流的笑話，其實是一時興之所至脫口而出的。（林語堂〈八十自敘〉）

這是林語堂在其〈八十自敘〉中的一段話。我們都知道，林語堂是中國現代著名的文學大師，也是有名的幽默大師。他的幽默之語很多，其中，尤以"紳士的講演，應當是像女人的裙子，越短

越好"一句傳播最為廣泛,成為"最為大眾所熟知的名言"①。

那麼,這句話為甚麼會成為"大眾所熟知的名言"呢?

這是因為林語堂先生運用了一個非常有效的表達策略,這個策略便是比喻。

所謂"比喻",就是通過聯想將兩個在本質上根本不同的事物由某一相似性特點而直接聯繫搭掛到一起,從而使其語意表達具有形象、生動、傳神效果的一種語言表達策略。修辭學上名之為"比喻"格。

上述林語堂先生的話之所以成為名言,為人所稱妙,關鍵就在於林語堂先生出人意表地將"紳士的演講"與"女人的裙子"這兩個在本質上根本不同的事物經由"短好,短易引人回味思索"這一相似點聯繫搭掛到一起,形象生動地說明了這樣一個道理:"紳士的演講應該簡明扼要,要給聽眾留下回味的餘地,才能令聽眾有意猶未盡的美感。如果紳士的演講囉嗦冗長,說了半天還不知所云,徒然浪費聽眾時間,那定然會讓聽眾生厭的。"假若林博士真的用這樣理性、直接的語言來表達他所要表達的意思,儘管語意表達很充足,道理說得很透徹,但卻成了令人頭大乏味的說教,而不是名言妙語為人傳誦了。如果林語堂先生這樣說:"紳士的演講,越短越好",儘管表達更簡潔,語言更經濟,但卻像女人穿的超短裙短到了沒有的地步,也頓失韻味了。

比喻作為一種表達策略是人們普遍會使用的方式,但是,要運用得好卻是不易的。我們之所以讚賞林語堂先生的這個妙喻,是因為他比得好,喻得妙。他的上述比喻,如果我們也以比喻的策略來表達,它就像女人穿的超短裙,短得恰到好處,韻味無窮。首先,喻體的選擇特別高妙。用"女人的裙子"作喻體來

---

① 沈謙《林語堂與蕭伯納——看文人妙語生花》第74頁,台灣九歌出版社,1999年。

與本體 "紳士的演講" 匹配，一般人根本想不到，出人意表，這一點就高人一籌。其次，更仔細地分析，"紳士" 對 "女人"，自然；"演講" 對 "裙子"，新穎。再次，"紳士的演講" 與 "女人的裙子" 相聯繫，搭掛合理。因為演講者的演講說得簡潔，意思點到為止，往往會給人留下回味的空間；女人之所以要穿裙子是要突出其形體美，如果裙子過長就沒有這種效果。所以西方乃至全世界有超短裙（也就是時下世界風行的那種叫做 mini skirt 的，漢語譯為 "迷你裙"，真是妙不可言）的風行。這種超短裙短得恰到好處，既可以盡現女性特別是青年女性的形體美，又足以讓男性想入非非而為之意亂情迷，心搖神蕩。林語堂先生是受過西方教育的學者，曾獲美國哈佛大學比較文學碩士，德國萊比錫大學語言學博士學位，又是個生性浪漫且幽默的作家，所以才會出人意表地拿 "女人的裙子" 來作比。不僅比得新穎，而且比得合理、自然，將本是平淡的話說得意味盎然。這就是林語堂先生的高明處，堪稱妙語生花，讓人為之神情一振。

作為一種表達策略，比喻有很複雜的表現形態，但一般認為可以歸納為 "明喻"、"暗喻"、"略喻"、"借喻"、"博喻" 等五種基本模式。② 所謂 "明喻"，就是本體、喻體和喻詞同時出現的一種比喻模式。最典型的格式是 "A 像 B"。其中，A 即是本體，B 是喻體，"像" 為喻詞。喻詞的作用猶如聯繫本體與喻體的橋樑。喻詞很多，除了 "像" 外，常見的還有 "好像"、"好比"、"如同"、"彷彿"、"若"、"如"、"好似"、"似" 等等。有時，這些喻詞還與 "一樣"、"似的"、"一般" 等詞配合使用。

"明喻" 在比喻中最為常見，因為形式比較完備，也比較易為接受者所了解。如錢鍾書《圍城》中有一段文字云：

---

② 沈謙《修辭學》第 2 頁，台灣空中大學印行，1996 年。

> 方鴻漸看唐小姐不笑的時候，臉上還依戀着笑意，像音樂停止後嫋嫋空中的餘音。許多女人會笑得這樣甜，但她們的笑容只是面部肌肉柔軟操，彷彿有教練在喊口令："一！"忽然滿臉堆笑，"二！"忽然笑不知去向，只餘個空臉，像電影開映前的布幕。……

這裏，有兩個比喻。一是"唐小姐不笑的時候，臉上還依戀着笑意，像音樂停止後嫋嫋空中的餘音"，是描寫唐小姐停笑時的臉面表情之美好。其中，"唐小姐不笑的時候，臉上還依戀着笑意"是本體，"音樂停止後嫋嫋空中的餘音"是喻體，"像"是喻詞，兩者的相似點是"有讓人回味、愉悅之感"。二是"許多女人會笑得這樣甜……忽然笑不知去向，只餘個空臉，像電影開映前的布幕"，是說其他女人停笑時面部表情之難看。其中"許多女人會笑得這樣甜……忽然笑不知去向，只餘個空臉"是本體，"電影開映前的布幕"是喻體，"像"是喻詞，兩者的相似點是"有讓人失望之感"。這兩個比喻修辭都是"明喻"一類，生動形象地再現了兩種女人的不同的笑以及給人的不同的審美感受，讓人既印象深刻，又回味無窮。

所謂"暗喻"（又稱"隱喻"），是本體、喻體和喻詞同時顯現，但常以"是"、"變成"之類為喻詞的一種比喻模式。如王祿松〈那雪夜中的炭火〉一文有云：

> 馳蕩播動中的愛心是火把，輝焰熾烈；
> 橫受琢磨中的愛心是寶石，玲瓏光亮！

上述兩句都是"暗喻"。其中"馳動播動中的愛心"是本體，"火把"是喻體，"是"是喻詞，兩者的相似點是"輝焰熾烈"；

"橫受琢磨中的愛心"是本體，"寶石"是喻體，"是"是喻詞，兩者的相似點是"玲瓏光亮"。這兩個比喻形象地寫出了人類愛心之珍貴，真切地表達了作者對人類需要愛心的熱烈呼喚之情。

所謂"略喻"（又有人稱之為"對喻"、"引喻"、"擴喻"、"類比"），是本體和喻體同時出現，但喻詞隱略的一種比喻模式。如漢末曹操〈步出夏門行‧龜雖壽〉中有名句云：

> 老驥伏櫪，志在千里；烈士暮年，壯心不已。

這四句詩實際上是個比喻。其中"烈士暮年，壯心不已"是本體，"老驥伏櫪，志在千里"是喻體，喻詞隱略不現。作者以千里馬老而志在千里來比有志之士遲暮之年仍不忘為國家建功立業，貼切、自然、生動地再現了作者作為一個志存高遠、壯志凌雲的一代英雄的鮮活形象。

所謂"借喻"，就是本體和喻詞皆不出現，只出現喻體的一種比喻模式。

如沈謙〈我的朋友胡適之〉一文中有這樣一段文字：

> 胡適揭開文學革命的序幕，提倡白話文學，宣揚民主與科學，推出德先生（democracy）與賽先生（science），鼓動新思潮，開風氣之先，居功奇偉。曾經遭受到若干保守人士的攻訐，開始還講道理，後來演變成人身攻擊，胡適雖然修養不錯，終究按捺不住，脫口而出：
> "獅子和老虎向來是獨來獨往的，只有狐狸跟狗才聯群結黨！"

胡適的妙語其實是兩個比喻，"獅子和老虎向來是獨來獨往的”、“只有狐狸跟狗才聯群結黨！”各是一個“借喻”。前句省略了本體“我”和喻詞“像”；後者省略了本體“你們”和喻詞“像”。這兩個比喻，前者形象地寫出了作者德才的超群，自負而不露聲色；後者罵結夥對自己進行人身攻擊的保守派人士，形象而含蓄，罵人不帶髒字，不失大學者的風度。

所謂“博喻”（又稱“莎士比亞式比喻”），就是用兩個以上的喻體與一個本體匹配，從不同方面不同角度説明或描寫同一個本體的比喻模式。如梁實秋〈音樂〉一文有云：

> 最令人難忘的還有所謂天籟。秋風起時，樹葉颯颯的聲音，一陣陣襲來，如潮湧；如急雨；如萬馬奔騰；如銜枚疾走。風定之後，細聽還有枯乾的樹葉一聲聲的打在階上。

這段描寫秋風吹樹葉而發出的聲音，即是一個博喻。本體是“樹葉颯颯的聲音”，喻體是“潮湧”、“急雨”、“萬馬奔騰”、“銜枚疾走”，四個喻體共同描寫説明本體；喻詞是“如”。秋風吹樹葉的颯颯聲，本是一個很難描寫的抽象事物，但作者運用博喻以不同喻體從不同角度將之寫得形象具體，逼真可感，讀之讓人留下永不磨滅的印象。

比喻作為一種語言表達策略，它的基本表達效果是形象、生動、傳神。但是細細推究起來，一般認為比喻“可以把未知的事物變成已知”、“把深奧的道理説得淺顯”、“把抽象的事物説得具體”、“把平淡的事物説得生動”等表達效應。[③]

比喻有化未知為已知的效應，如台灣作家林燿德〈樹〉一文有云：

---

③　胡裕樹主編《現代漢語》（增訂本）第 459－460 頁，上海教育出版社，1999 年。

> 堅實的樹瘦，糾結盤纏，把成長的苦難緊緊壓縮在一起，像老人手背上脆危而清晰的靜脈瘤塊，這正是木本植物與歲月天地頑抗後所殘餘下來的證明吧。

甚麼叫"樹瘦"？它是怎麼樣的東西？可能很多人都不知曉。但是作家通過比喻"堅實的樹瘦，糾結盤纏，把成長的苦難緊緊壓縮在一起，像老人手背上脆危而清晰的靜脈瘤塊"這樣一描寫，接受者就可想像出"樹瘦"大致是甚麼樣子了，因為喻體所描寫的"老人手背上脆危而清晰的靜脈瘤塊"是人所常見的。這樣一比，不僅生動形象地再現了"樹瘦"的情狀，也將未知的事物頃刻間化為已知事物而為接受者所了知。

比喻有將深奧的道理說得淺顯的效應，如王祿松〈那雪夜中的炭火〉一文有云：

> 卑圻說："對於一個在苦難中的人說一句有幫助性的話，常常像火車路軌上的轉捩點 —— 傾覆與順利，僅差之毫厘。"

這裏作者所引卑圻的話，即是一個將深奧的道理說得淺顯的好比喻。它的意思是說，一個人在苦難之時需要有人說句有幫助性的話加以鼓勵或指點，他才能順利渡過人生的難關，重新開創一個幸福的人生；如果他不能得到這種有幫助性的話的鼓勵或指點，他可能會從此一蹶不振，人生可能是個悲情的結局。這是一個很少有人能看透的人生道理，也是不易表述清楚的深奧道理。可是卑圻上述的一個比喻，以"火車路軌上的轉捩點的毫厘之差可能造成火車傾覆與順利兩種根本不同的後果"來說明"對於一個在苦難中的人說一句有幫助性的話可以改變一個苦難中的人的人生命運的重要性"，不僅將深奧抽象的道理說得形象，而且淺顯易於明白。這便是比喻可以將深奧的道理說得淺顯的表達效應。

比喻有化抽象為具象的效應，如台灣作家艾雯〈漁港書簡〉有云：

> 昨夜我在海潮聲中睡去，今朝又從海潮聲中覺醒。海不曾做夢，但一個無夢的酣睡，在一個被失眠苦惱了數月的人，不啻是乾裂的土地上一番甘霖。

被失眠苦惱了數月的人突然有一個無夢的酣睡，那種情形是甚麼樣子本是一個十分抽象而難以述說的生理和心理體驗，可是經作家以"不啻是乾裂的土地上一番甘霖"為喻體這麼一比，原本抽象的生理和心理體驗頓然變得那樣的具體可感可知，讓接受者也深受感染，體驗到一種從未體味過的生理和心理快慰。這就是比喻化抽象為具象的獨特效應。

比喻有化平淡為生動的效應，如台灣學者沈謙教授在他的《修辭學》中曾講過這樣一個故事：

> 有一回，我到華視錄教學節目，遇見華視教學部主任周奉和，見他笑口常開，在電視台如此複雜的環境裏，頗得人緣，向他請教有甚麼妙方，他笑了笑說：
> "做甚麼事，採低姿勢總是比較安全順當，飛機低空飛行，連雷達都探測不到！"

如何為人處世，確是人生的一大學問。台灣華視教學部主任周奉和所說的"凡事採低姿態易於處好人際關係"的處世原則不失為一種處世的人生智慧。對於這一處世原則的表述，如果理性、直接地表述為："做甚麼事，採低姿勢總是比較安全順當"，雖然道理也很深刻，但表述得過於平淡，難於給人留下深刻的印象。而以比喻"做甚麼事，採低姿勢總是比較安全順當，飛機低空飛行，連雷達都探測不到！"來表述，由於比得新穎而出人意表，但又合理自然，原本平淡的話頓然變得生動，成為過耳不忘的至理名言雋語，真是令人歎服！

除此，比喻還有另外三種表達效應，只是此前很少有人注意到。這三種另類的表達效應是，一可以化具象為抽象，別開生面。如朱自清〈荷塘月色〉一文中有這樣一段文字：

> 月光如流水一般，靜靜地瀉在這一片葉子和花上。薄薄的晨霧浮起在荷塘裏。葉子和花彷彿在牛乳中洗過一樣；又像籠着輕紗的夢。

一般說來比喻多以具象比抽象，但朱自清這裏將"薄薄晨霧中的荷花和荷葉"比作"籠着輕紗的夢"，這是逆向操作，突破了常規的比喻文本建構的思維定勢，化具象為抽象，但表達效果上仍不失生動形象之妙，同時還另具一種別開生面的妙趣。

二可以別具嘲弄諷刺之興味。如錢鍾書《圍城》中有一段文字說：

> 韓學愈得到鴻漸停聘的消息，拉了白俄太太在家裏跳躍得像青蛙和蛤蚤，從此他的隱事不會被個中人揭破了。

方鴻漸在歐洲留學時不好好讀書，畢業回家時因要滿足岳父和父親的虛榮心，便向一個愛爾蘭騙子買了一張"美國克萊登大學"博士文憑。為此方鴻漸心中很是不安，所以在應聘國立三閭大學教授時，他沒有填寫這個假博士學歷。可是歷史系教授韓學

愈卻比方鴻漸膽大皮厚，還在方鴻漸面前稱說"克萊登大學"是
個貴族大學，說自己那位白俄太太是美國人，以此印證他學歷的
貨實值實。儘管方鴻漸自己心中有鬼也不便說甚麼，但韓學愈畢
竟怕方鴻漸真的揭了他的老底。因此當方鴻漸被陸子瀟、李梅亭
告發有親"共產主義"的思想問題而被校長高松年解聘時，韓學
愈就放下了心中的石頭。所以，他會和白俄太太在家高興得手舞
足蹈了。作家在描寫韓學愈高興的情狀時以"跳躍得像青蛙和蛤
蟆"來比喻，既形象地再現了韓學愈夫婦除去心頭之患的興奮情
狀，又含而不露地嘲弄諷刺了韓學愈小人遂志、幸災樂禍的醜惡
心理。這就是比喻別具嘲弄諷刺之興味的獨特效應。

　　三可以別具含蓄婉約的效應。如楊絳〈記錢鍾書與《圍城》〉
一文有云：

> 　　自從 1980 年《圍城》在國內重印以來，我經常看到鍾書
> 對來信和登門的讀者表示歉意；或是誠誠懇懇地奉勸別研究甚
> 麼《圍城》；或客客氣氣地推說"無可奉告"；或是既欠禮貌又
> 不講情理的拒絕。一次我聽他在電話裏對一位求見的英國女士
> 說："假如你吃了個雞蛋覺得不錯，何必認識那個下蛋的母雞
> 呢？"我直耽心他衝撞人。

　　錢鍾書對於求見的那位英國女士所說的話："假如你吃了個
雞蛋覺得不錯，何必認識那個下蛋的母雞呢？"是個省略了本體
和喻詞的比喻，屬於上面我們所說的借喻。本體應該是"如果你
覺得《圍城》寫得不錯，那就好好研究小說，何必一定要見寫《圍
城》的作者呢？"由於本體和喻詞都省略了，這個比喻在表達效
果上就既形象生動，又別具婉約含蓄的韻味，不至於使求見者太
難堪。

　　比喻有諸多獨特的表達效果，所以古今中外的表達者都喜歡在說寫中運用比喻這一表達策略。但是，運用比喻這一策略，我們要想達到預期的表達效果，應該注意這樣三個基本原則。

　　一是新穎性原則。

　　所謂"新穎性"原則，就是在選擇喻體與本體進行匹配時，喻體與本體之間除了要在本質上根本不同外，兩者之間要有一定"距離"。也就是說，要將本來不相干的本體與喻體長距離拉配在一起，使其匹配能出人意表。如錢鍾書《圍城》中有這樣一段文字：

> 　　鴻漸把辛楣的橡皮熱水袋沖滿了，給她暖胃，問她要不要喝水。她喝了一口又吐出來，兩人急了，想李梅亭帶的藥裏也許有仁丹，隔門問他討一包。李梅亭因為車到中午才開，正在牀上懶着呢。他的藥是帶到學校去賣好價錢的，留着原封不動，準備十倍原價去賣給窮鄉僻壤的學校醫院。一包仁丹打開了不過吃幾粒，可是封皮一拆，餘下的便賣不了錢，又不好意思向孫小姐算賬。雖然仁丹值錢無幾，他以為孫小姐一路上對自己的態度也不夠一包仁丹的交情；而不給她藥呢，又顯出自己小氣。他在吉安的時候，三餐不全，擔心自己害營養不足的病，偷打開了一瓶日本牌子的魚肝油丸，每天一餐以後，吃三粒聊作滋補。魚肝油當然比仁丹貴，但已打開的藥瓶，好比嫁過的女人，減了市價。

　　李梅亭與孫小姐同到國立三閭大學就職，一路同行，既算同事又是同伴，可孫小姐病了想他給幾粒仁丹，他也捨不得，李梅亭的無情吝嗇的形象於此活脫脫地躍然紙上。其中"魚肝油當然比仁丹貴，但已打開的藥瓶，好比嫁過的女人，減了市價"，尤為這段文字的妙筆，它是一個比喻。作者將"打開的藥瓶"比作"嫁過的女人"，本體與喻體之間的距離就相當遠，兩者匹配得出人意表，表達形象而幽默，還帶點中國傳統男人的刻薄，令人發噱。如果作者選擇"打開的酒瓶"或"打開的罐頭"來作喻體，本體與喻體就顯得距離太近，新穎性就沒有了，自然在表達效果上就遜色了不少。關於比喻要體現"新穎性"原則，在此想到英國著名作家王爾德的名言："第一個用花比女子的是天才，第二個用花比女子的是庸才，第三個用花比女子的是蠢才。"王爾德説得很清楚："譬喻要求新穎，有創造性，不宜流於陳陳相因的陳腔濫調。"④ 上述比喻很好地體現了比喻所應遵循的"新穎性"原則。

二是自然性原則。

所謂"自然性"原則，就是選擇喻體與本體相匹配時，喻體要與本體匹配得合理，兩者之間確有相似點，不生硬，不勉強。如旅美台灣作家莊因〈春愁〉中有段文字説：

> 美國佬酷愛玫瑰，製成各種化肥助其早熟，於是乎弄得枝粗葉肥，花團巨碩，且高可過人。其冶艷繚亂，搔首弄姿，就跟美國大妞豐胴健腩而失娉婷絹秀一樣，是不禁看的。

作家寫到美國的玫瑰花的枝粗葉肥，花團巨碩，高可過人，且冶艷繚亂，搔首弄姿的樣子，用豐胴健腩的美國大妞為喻體來匹配作比，十分形象生動，但由於就近取譬，自然順暢，絲毫沒有為喻而喻的生硬勉強的痕跡，體現了比喻所應遵循的"自然性"原則。

三是貼切性原則。

④ 沈謙《修辭學》第 20 頁，台灣空中大學印行，1996 年。

所謂"貼切性"原則，就是表達者所作的比喻要得體，要正確地傳遞出自己心中真正要表達的真實意思，不能言不由衷，言不達意，效果要與動機一致，產生好的接受效果。如錢鍾書《圍城》中有段文字說：

> 張先生跟外國人來往慣了，說話有個特徵 —— 也許在洋行、青年會、扶輪社等圈子裏，這並沒有甚麼奇特 —— 喜歡中國話裏夾雜無謂的英文字。他並無中文難達的新意，需要借英文來講；所以他說話裏嵌的英文字，還比不得嘴裏嵌的金牙，因為金牙不僅妝點，尚可使用，只好比牙縫裏嵌的肉屑，表示飯菜吃得好，此外全無用處。

買辦張吉民在舊上海美國人開的花旗洋行做事，自以為比國人高一等，所以說話常夾雜無謂的英文字以標明自己的身份。作者對這種人很反感，所以有上述"他說話裏嵌的英文字，還比不得嘴裏嵌的金牙，因為金牙不僅妝點，尚可使用，只好比牙縫裏嵌的肉屑，表示飯菜吃得好，此外全無用處"這樣一個比喻以貶斥之。這個比喻不僅生動形象，而且表意中鮮明地傳遞出了作者對張吉民這種假洋人的做派行為的厭惡之情，讀之令人稱妙稱快，接受效果很好，體現了比喻應遵循的"貼切性"原則。

應該指出的是，我們上面所說的比喻三原則是相互聯繫，密不可分的，並不是有些比喻要遵循"新穎性"原則而不要遵循"自然性"、"貼切性"原則，有些比喻可遵循"自然性"原則而不必遵循"新穎性"、"貼切性"原則。應該說，真正好的比喻文本應該同時符合上述所講的比喻三原則，其中貼切性尤其重要。也就是說，新穎、自然固然重要，但都應該以貼切為終極目標。否則，效果會適得其反。這裏我們舉一個清代遊戲主人《笑林廣記》中記載的笑話為證，作為我們這一觀點的註腳：

> 有上司面鬚者與光臉屬吏同飯。上台鬚間偶帶米糝，門子跪下稟曰："老爺龍鬚上一顆明珠。"官乃拂去。屬吏回衙，責備門子："你看上台門子何等伶俐，汝輩愚蠢不堪重用。"一日兩官又聚會吃麵，屬吏方舉箸動口，有未縮進之麵掛在唇角。門子急跪下曰："小的稟事。"問稟何事，答曰："爺好張光淨屁股，多了一條蛔蟲掛在外面。"

　　一個大鬍子上司和一個光臉下屬一起吃飯。上司因為一口大鬍子，吃飯時米粒黏到鬍鬚中。上司的隨從覺得這樣走出去會影響自己老爺的形象，所以就提醒老爺將黏在鬍鬚上的米粒拂去。但又不好直說使老爺難堪，於是就用了一個比喻說："老爺龍鬚上一顆明珠。"老爺一聽就明白，忙拂去米粒。光臉屬吏覺得上司的隨從伶俐會說話，給自己的老爺臉上爭光。所以回到自己辦公室就責備自己的隨從不及上司的隨從，是不堪重任的蠢貨。光臉屬吏的隨從也覺得自己沒有給自己的老爺爭光很慚愧，所以就暗暗下決心，要替自己的老爺在上司面前掙些面子。所以待到光臉屬吏再次與大鬍子上司一起吃麵時，光臉老爺的隨從就迫不及待地要表現口才了。光臉老爺一口麵還未吃進嘴裏，他的聰明隨從就有"絕妙好辭"了。光臉老爺以為這次該自己露臉了，所以他的隨從說有事要稟，他馬上讓他說。不意他的隨從卻說出"爺好張光淨屁股，多了一條蛔蟲掛在外面"的話，這下光臉老爺的臉沒露，卻出了大醜，不知他的隨從回去將會有如何命運，真是令人替他擔憂！這個故事中的兩個門子的話都是運用了比喻表達策略，但是兩人的比喻效果高下優劣一目了然。大鬍子上司的門子的比喻："老爺龍鬚上一顆明珠"，將自己老爺的鬍子比龍鬚，將鬍鬚中黏着的米粒比作明珠，雖然喻體選擇得都有些老生常談，並無多少新穎性，但是比得自然、貼切，既婉轉地提醒了自己的老爺應該要做的事項，又順帶讚美了自己的老爺一番，所以效果特好。而光臉屬吏的門子的比喻"爺好張光淨屁股，多了一條蛔蟲掛在外面"，將自己老爺的臉比作屁股，將老爺未吃進而掛在嘴角的麵條比作屁股上掛着的蛔蟲，喻體選擇不好，而且這兩個喻體所說事項都不宜在吃飯時提及，而那門子卻偏偏"哪壺不開提哪壺"。雖然喻體選擇得新穎，出人意表，但不自然，更不貼切，本應要讚揚自己的老爺，結果卻罵了自己的老爺，言不達意，是個非常失敗的比喻。可見，比喻的三原則的關係是應該恰當處理的。

二、比擬：春風她吻上了我的臉，告訴我現在是春天

春風她吻上了我的臉，告訴我現在是春天。

這是台灣的一首流行歌曲中的兩句。1999 年 6 月，我應邀從日本赴台灣參加由台灣中國修辭學會和台灣師範大學舉辦的"第一屆中國修辭學學術研討會"，會餘走在台北街市上，從一家唱片店播放的歌曲中聽到這麼兩句，加之由一位女子嗲聲嗲氣的唱出，韻味特足，不由你不深受感染，所以至今還記憶猶新。我相信，很多人聽到這兩句唱詞後，都會印象深刻，長存腦海的。

那麼，這兩句流行歌曲的唱詞何以有如此的魅力呢？這是由於它的語意表達運用了一種有效的表達策略，這策略便是比擬。

所謂"比擬"，是表達者因移情作用將物我貫通交融為一體，使無生命之物或非人類生物具有有生命之人的情狀，或者使有生

命之人具有無生命之物或非人類生物的特質，從而為表達增添生動性、形象性的一種語言表達策略。據此，我們可以將比擬分為兩大類：一是"擬人"，即將無生命之物比作有生命之人；二是"擬物"，即將有生命之人比作無生命之物或非人類之物。

比擬表達策略中"擬人"的運用特別常見普遍，上述兩句歌詞即是典型的擬人表達策略運用。"春風"是一種空氣流動的自然現象，它不是人，它沒有"嘴"，自然不能"吻上了我的臉"，也不可能對着"我"的耳朵"告訴我現在是春天"。很明顯，這是詞作者因移情作用而將我的情感移注於物，從而使物我交融一體。這樣的表達儘管從邏輯上看是説不通的，但卻反邏輯而無理而妙，使表達生動形象，語言靈動飛揚，給人留下深刻的印象，讓人咀嚼再三，回味無窮，遐思不已，於欣賞接受中享受到無盡的審美情趣。《詩經》中有詩句説："有女懷春，吉士誘之。"我想，聽到上述兩句感性的歌詞，即使是不怎麼敏感的人也會頓生感覺，對春天的到臨撩起諸多遐想，並由"吻上了我的臉"的詞句的撩撥挑逗而情不自禁，想入非非。可是，如果不以上述擬人的策略來表達，直接、理性地將其意思表述為："春風吹在了我臉上，讓我感知到是春天"，那麼接受效果肯定大打折扣，要想給人留下多少印象也不是那麼容易的，讓人深受感染自然也是不可能的。可見，擬人的表達策略作用實在不可低估。

説到了上述台灣的兩句流行歌曲詞句之妙，這裏不禁想起20 世紀"五‧四"新文學運動的先驅者之一劉復劉半農的那首著名的"情歌"：

"

天上飄着些微雲，
地上吹着些微風，
啊！微風吹動了我頭髮，

教我如何不想她？

月光戀愛着海洋，
海洋戀愛着月光。
啊！這般蜜也似的銀夜，
教我如何不想她？

水面落花慢慢流，
水底魚兒慢慢游。
啊！燕子你説些甚麼話？
教我如何不想她？

枯樹在冷風裏搖，
野火在暮色中燒，
啊！西天還有些兒殘霞，
教我如何不想她？

　　作者劉半農是中國現代史上一位十分有個性的傳奇式學者和文學家。他“原本在上海寫鴛鴦蝴蝶小説，民國六年蔡元培接掌北京大學，聘他為文科教授，從此搖身一變，而成為文學革命的大將。”“民國九年攜眷赴歐留學，先到英倫，後轉至法國，獲語言學博士，留學的動機是見北大學生傅斯年、羅家倫紛紛渡洋，唯恐自己落伍”。這首〈情歌〉是作者 1920 年 9 月 4 日作於英國倫敦。後來著名語言學家兼作曲家趙元任教授為之譜曲，於是便“成為膾炙人口的流行歌詞〈教我如何不想她〉，傳誦廣遠，迄今未衰。”這首詩之所以成為一首傳唱不已的流行歌曲，是因為作者創製了一個“她”字（是中國文字學史上“她”字的創始人），以致很多人都犯了一個美麗的錯誤，把“她”誤認為是作者心中的情人。其實，作者詩中的“她”是指“中國”，不是指人。“據當時與劉半農同在歐洲留學的趙元任表示：詩中的‘她’，代表趙元任和劉半農在海外日夜思念的祖國。”⑤可是，這一歷史真相，當時卻很少有人了知，以致還出現了這樣一個有趣的歷史插曲：劉半農“曾到北平女師大演講，前排女生曾竊竊私語：‘怎麼會是一個老頭子！’〈教我如何不想她〉的主角，想當然耳，理應是風度翩翩的俊男，未免令人失望。劉半農非但不以為忤，且以‘教我如何不想她，可否相與吃杯茶。原來如此一老叟，教我如何再想他’自嘲。”⑥作者的風趣幽默可見。了解到歷史的真相，我們對於這首“情歌”之所以妙傳天下的因由就易於看清了。它的妙處是擬人策略運用得好，它將祖國比作“情人”，不僅使作者心中的祖國更具形象性，深切地凸顯了作者對祖國的刻骨思念之情，同時也給接受者以更多的遐想與想像，擴張了詩作的審美價值。還有詩中的“月光戀愛着海洋”、“海洋戀愛着月光”、“燕子你說些甚麼話”三句也是生動的擬人，更增添了詩作的形象性、生動性的表達效果。因此，它不能不被人傳誦，不能不讓人難忘。

擬人策略除了常見的將無生命之物比人外，還有將非人類生物比人的。如錢鍾書《圍城》中有這樣一段文字：

> 當天晚上，一行五人買了三等臥車票在金華上火車，明天一早可到鷹潭，有幾個多情而肯遠遊的蚤蝨一路陪着他們。

趙辛楣一行五人同赴國立三閭大學就職，路上在金華一家叫

---

⑤　沈謙《林語堂與蕭伯納——看文人妙語生花》第 47－49 頁，台灣九歌出版社，1999 年。

⑥　沈謙《林語堂與蕭伯納——看文人妙語生花》第 54 頁，台灣九歌出版社，1999 年。

做 "歐亞大旅社" 的小旅館住宿，被店中的蚤蝨咬得體無完膚，離開金華還有蚤蝨跟在身上追咬不已。作者為了描寫那家旅店蚤蝨之多之厲害，就運用了擬人表達策略，將蚤蝨隨身追咬他們五人說成 "有幾個多情而肯遠遊的蚤蝨一路陪着他們"，非人類生物的蚤蝨竟然有了人類的情感、行為情狀 —— "多情"、"肯遠遊"、"陪（人）"，表達頓然生動起來，而且形象性也特別強，給人留下的印象也就特別的深刻。

比擬策略中的 "擬物" 也不少見，也有很好的表達效果。如魯迅《忽然想到》（七）一文中有段文字說：

> 我還記得中國的女人是怎樣被壓制，有時簡直並羊而不如。現在託洋鬼子學說的福，似乎有些解放了。但她一得到可以逞威的地位如校長之類，不就僱用了 "掠袖擦掌" 的打手似的男人，來威嚇毫無武力的同性的學生們麼？不是利用了外面正有別的學潮的時候，和一些狐群狗黨趁勢來開除她私意所不喜歡的學生們麼？而幾個在 "男尊女卑" 的社會生長的男人們，此時卻在異性的飯碗化身的面前搖尾，簡直並羊而不如。

這段文字寫於 1925 年 5 月，是魯迅抨擊北洋政府時代北京女子師範大學校長楊蔭榆及其總務長吳沆壓制迫害學生的暴行。其中 "幾個在 '男尊女卑' 的社會生長的男人們，此時卻在異性的飯碗化身的面前搖尾"，即是運用了將人比物的擬物策略。人無尾巴，自然不能 "搖尾"，魯迅這裏這樣說，是將吳沆之流比作了狗，不僅十分形象生動地再現了吳沆之流在有權勢的異性面前獻媚取寵的醜態，而且表達了自己對吳沆之流極端憤慨之情。如果作者的表意達情不以擬物策略來進行，那麼表達效果不可能這樣好。

比擬表達策略的運用確實有非常好的效果，但應該遵循兩項基本原則：一是要比得新穎，二是要擬得貼切。如上述將 "春風" 比作能吻臉、能耳語訴說的人，就比得新穎，堪稱好比擬；上述魯迅將吳沈之流擬作 "搖尾乞憐取媚的狗"，擬得貼切，表達了自己鮮明的情感情緒態度，也是好比擬。

三、摹狀：車轔轔，馬蕭蕭，行人弓箭各在腰

> 車轔轔，馬蕭蕭，行人弓箭各在腰。爺娘妻子走相送，塵埃不見咸陽橋。牽衣頓足攔道哭，哭聲直上幹雲霄。……

這是唐代大詩人杜甫的名作〈兵車行〉中的開頭一段文字。這首詩意在批評朝廷當局所實行的開邊和長期對外用兵而苦累人民的政策，體現了當時民眾普遍的反戰情緒。開頭這幾句就已鮮明地體現了這一思想。其中 "車轔轔，馬蕭蕭" 兩句生動逼真地再現了當時將士出征時車馬喧囂的真實情景，讓人如聞其聲，彷彿回到一千多年前的唐朝，置身於長安咸陽橋送行的人流中，不禁唏噓不已。

杜甫開篇闢首的這兩句詩，何以有如此獨特的藝術魅力？

這是與杜甫所運用的表達策略有關。杜甫這裏所運用的語言表達策略，就是修辭學上所謂的 "摹狀"。

所謂 "摹狀"（或稱 "摹繪"、"摹擬"），是一種摹寫自然界或其他事物情狀以獲得敍寫的形象性和逼真性的語言表達策略。這種策略可以突破時空的界限，在表達上有令人如臨其境，如聞其聲，如見其狀等親歷感效果。摹狀作為一種表達策略，大體上可以區分為 "摹聲"、"摹色"、"摹形"、"摹態"、"摹味" 等五類。[7]

---

⑦　汪國勝等編《漢語辭格大全》第 324 頁，廣西教育出版社，1993 年。

上述我們所説的杜甫〈兵車行〉開首兩句運用的是摹狀策略中的
"摹聲"一類。

"摹聲"一類是摹狀策略中最常見最常用的，表達效果也特
別好。如張守仁〈從傍晚到黃昏〉一文中有這樣一段文字描寫：

> 進入園區，面前奔竄着松鼠，有黑色的、灰色的、黃色
> 的……牠們吱吱吱叫着，像淘氣的孩子似的，在雪杉、楓樹的
> 枝幹間嗖嗖嗖地攀援、跳躍。一隻大松鼠，眨着黑眼睛，彎聳
> 着弧形大尾巴，從樹幹上躥下來，在我腳邊飛掠而過。

這段文字是寫加拿大湖灣公園中松鼠之多，與人類相親之可
愛情狀。其中"牠們吱吱吱叫着"、"在雪杉、楓樹的枝幹間嗖嗖
嗖地攀援、跳躍。"就是運用了"摹聲"的策略來寫松鼠的叫聲
和在樹間攀援、跳躍之聲，讓人如聞其聲，彷彿身臨加拿大的湖
灣公園，大洋彼岸人與自然和諧相處的幽境如在目前，令人心曠
神怡，不禁生出無限的嚮往之情。

運用"摹色"、"摹態"的，也很多。如台灣作家季季的〈油
菜花和炊煙〉一文有云：

> 我只知道我的童年是真的有油菜花和炊煙的：油菜花黃
> 艷艷搖曳在廣漠的田野，而炊煙從每一家的煙囱嫋嫋飄向天
> 空。

這段文字是身處喧囂的大都市台北的作者對童年鄉野田園生
活的深情回憶。其中"油菜花黃艷艷搖曳在廣漠的田野"，運用的
是"摹色"表達策略，用"黃艷艷"來摹寫油菜花的金黃欲滴的
鮮艷顏色，令人眼睛為之一亮；"而炊煙從每一家的煙囱嫋嫋飄

向天空"，運用的則是"摹態"表達策略，用"嬝嬝"來摹寫鄉野炊煙繚繞上騰的樣子，令人心靜氣閒。如此"摹色"與"摹態"結合，一幅生動的田園風光歷歷在目，生活於鋼筋水泥叢林中、遠離大自然的現代都市人讀之不知要生出多少嚮往之情，從中獲取到一種可望不可及的審美情趣。

運用"摹形"的，如葉永烈〈生死未卜〉一文有云：

> 　　幾十個年頭過去了，施宏樂變成了禿頂的老人，眉間深深地印着"川"字紋，額頭深深地印着"三"字紋，眉毛、鬍子像一根根銀絲。

這段文字是"用漢字'川'和'三'來描寫人物的面部皺紋"[8]，屬於"摹形"表達策略的運用。它將施宏樂歷經歲月的滄桑與磨難而老邁的面容更顯形象而真切地呈現出來，讓人如見其人，為之感喟不已。

"摹味"的策略也有運用，如楊雄〈葱翠三月〉一文中有云：

> 　　我平時最喜歡吃油茶、糯米粑、黃豆、花生和麻油筋等十幾樣茶崽崽，又香又脆，再拌以花椒末、葱絲等佐料，經金黃的滾燙的茶葉水一泡，吃到嘴裏，香噴噴，熱辣辣的，麻酥酥的，頓時從頭到腳，渾身都覺得輕快、愜意，每每一碗下肚，還要迫不及待從竹凳上跳起，再來一碗。

這段文字寫油茶泡茶崽崽的美味，寫得極富感性。其中，"'香噴噴'和'熱辣辣'、'麻酥酥'是分別摹繪氣味和味道的感

---

⑧　汪國勝等編《漢語辭格大全》第 328 頁，廣西教育出版社，1993 年。

覺的"⑨,屬於"摹味"策略的運用。它真切而形象地寫出了油茶泡茶崽崽的獨特美味,令人如聞其香,如嚐其辣,如味其酥,不禁為之垂涎三尺。讀此美文,感覺上何嘗遜於親嚐一碗油茶泡茶崽崽呢?

摹狀表達策略的運用,關鍵在於摹聲、摹色、摹態、摹形、摹味都要逼真形象,也要自然,不可勉強為之。否則就"畫虎不成反類犬"了。上述所舉摹狀文本,都是相當成功的,值得借鑒。

四、示現:暮春三月,江南草長

> 暮春三月,江南草長。雜花生樹,群鶯亂飛。見故國之旗鼓,感平生於疇昔。撫弦登陴,豈不愴悢!所以廉公之思趙將,吳子之泣西河,人之情也!將軍獨無情哉?想早勵良規,自求多福。

這是南朝梁代丘遲〈與陳伯之書〉中的一段文字。〈與陳伯之書〉是丘遲寫給陳伯之勸其歸順梁朝的書信。"陳伯之,梁時為江州刺史,於梁武帝天監元年叛降北魏,官持節散騎常侍,都督淮南諸軍事。天監四年,武帝命臨川王蕭宏率軍北伐,伯之領兵相抗。時丘遲為巨集記室,巨集命其作書與伯之。"⑩丘遲遂給陳伯之寫了一封信,勸其棄暗投明,重回梁朝為國效力。由於丘遲書信寫得極其巧妙,"信中以陳氏的前途為出發點,並以鄉國之

---

⑨ 汪國勝等編《漢語辭格大全》第 330 頁,廣西教育出版社,1993 年。

⑩ 朱東潤主編《中國歷代文學作品選》中編第二冊第 452 頁,上海古籍出版社,1982 年。

情來打動陳的心靈。行文情理並至，極富感染力。陳氏接書後，讀之深受感動，遂從壽陽率眾歸順了梁朝。由此，在中國歷史和文學史上留下了一段佳話。"⑪由於這一特定背景，丘遲此文，歷來備受人們讚歎。台灣學者沈謙教授曾評價説："此為千古勸降文之壓卷作，一封書信，兵不血刃，化干戈為玉帛，使陳伯之擁兵八千歸降梁朝。其所以幡然悔悟，棄暗投明，端賴丘遲之文章精彩絕倫，足以打動對方的內心。這封書信膾炙人口，傳誦一千五百年，為人所津津樂道者，緣於其感染力足以竦動人心。喻之以理，不如動之以情。文中最為人所讚頌者，於利害相喻之時，忽然插入'暮春三月，江南草長，雜花生樹，群鶯亂飛。見故國之旗鼓，感平生於疇昔。撫弦登陴，豈不愴悢！'一段警策文字，所以江南美景，動其鄉思，緩迫之勢，俾以情動之。'將軍獨無情哉？'掌握了人性之微妙處——情關，攻心為上，一舉破解了對方的心防。此文動人因素固多，最精彩的關鍵處，即為善用'示現'筆法，將江南美景與對方撫弦登陴的愴悢之情景描繪得狀溢目前，躍然紙上。"⑫沈教授的分析，確是精到之言。丘遲的這段文字確是因為"示現"策略運用得好才深切感動了陳伯之的。

那麼，何為"示現"？

所謂"示現"，就是説寫時把事實上並不聞不見的事情説得如在眼前一般，令人有一種如臨其境、如見其人、如聞其聲的親切感的語言表達策略。它可分為三類：一是"追述的示現"，就是"把過去的事跡説得彷彿還在眼前一樣"；二是"預言的示現"，就是"把未來的事情説得好像已經擺在眼前一樣"；三是"懸想的示

⑪　吳禮權《修辭心理學》第 56 - 57 頁，雲南人民出版社，2002 年。
⑫　沈謙《修辭學》第 205 頁，台灣空中大學印行，1996 年。

現", 即是 "把想像的事情説得真在眼前一般, 同時間的過去未來全然沒有關係"。⑬

上述丘遲所寫的 "暮春三月, 江南草長, 雜花生樹, 群鶯亂飛", 即是運用了 "懸想的示現" 策略, 將寫作時並不見的江南美景寫得如在目前, 從而引發接受者陳伯之的想像, 勾起無限的鄉國之思, 所以他才毅然率部歸順梁朝, 回到日思夜夢的江南故土。可見 "懸想示現" 策略的運用, 作用是何等之大!

追述的示現, 在表達中運用得最為普遍, 往往敍述歷史上的人事都要觸及, 表達效果非常好。如李國文〈從嚴嵩到海瑞〉一文中有這樣一段文字描寫:

> 當然, 海瑞也付出了代價, 據《明史》, 朱厚熜拿到等於罵他不是東西的上疏時, 氣得跳腳, 一把摔在地上, 喝令左右:"馬上給我把這個姓海的逮捕, 別讓他跑了!快, 快!"
>
> 在皇帝身邊的宦官回他的話:"都説這個人是有名的癡子, 他為了上書, 準備好了要坐牢殺頭, 先就買了一具棺材, 和妻子淚別, 家裏的童僕也早嚇得各自走散, 看來他是不打算逃跑的。"
>
> "抓起來!"嘉靖吼。

這段文字所寫的嘉靖皇帝接到海瑞痛斥時政腐敗的奏章後大發雷霆的情節, 並非作者李國文親眼所見, 而是作者根據《明史》記載而來, 由於作者運用了追述示現的表達策略, 配合現代白話語進行敍述, 將四百多年前嘉靖皇帝被海瑞上書激怒的形象以及嘉靖與太監對話的情景鮮活、生動地呈現於我們面前, 讓我們如

---

⑬ 陳望道《修辭學發凡》第 124 - 125 頁, 上海教育出版社, 1997 年。

見嘉靖盛怒之面容，如聞嘉靖與太監對話之聲音，彷彿我們就置身於事件發生的第一現場，覺得格外的親切有味。如果不以追述的示現策略來表達，這種獨特的效果就難以企及。

預言的示現也頗多見，表達效果也好。如《孟子‧梁惠王上》中有一段孟子與齊宣王的著名對話：

> 王曰：“吾惛，不能進於是矣！願夫子輔吾志，明以教我。我雖不敏，請嘗試之。”
>
> 曰：“無恆產而有恆心者，惟士為能。若民，則無恆產，因無恆心。苟無恆心，放辟、邪侈，無不為己。及陷於罪，然後從而刑之，是罔民也。焉有仁人在位，罔民而可為也！是故明君制民之產，必使仰足以事父母，俯足以畜妻子，樂歲終身飽，凶年免於死亡；然後驅而之善，故民之從之也輕。今也制民之產，仰不足以事父母，俯不足以畜妻子，樂歲終身苦，凶年不免於死亡：此惟救死而恐不贍，奚暇治禮義哉！王欲行之，則盍反其本矣！五畝之宅，樹之以桑，五十者可以衣帛矣；雞豚狗彘之畜，無失其時，七十者可以食肉矣；百畝之田，勿奪其時，八口之家，可以無飢矣；謹庠序之教，申之以孝悌之義，頒白者不負戴於道路矣。老者衣帛食肉，黎民不飢不寒，然而不王者，未之有也。”

孟子向齊宣王推銷自己“保民而王”的主張。齊王說：“我老了，糊塗不中用了，希望夫子明而教我如何做，我會努力嘗試實踐你的主張。”孟子說：“沒有固定產業可以賴以生活但又安居守分善心的人，只有士可以做到。像老百姓，就不一樣了，他們沒有固定的產業，就不會保有安居守分的善心了。如果沒有安居守分的善心，就會不守法度，甚麼違法之事都能做得出。等到他們犯了罪，然後按罪處罰他們，這好比是張網羅致人民。哪有仁君在位，張網羅致人民而有作為的呢？所以英明的君主規定人民的財產，一定使他們上可以贍養父母，下可以撫養妻兒老小，豐年吃得飽，壞年成能免於死亡。然後才可能讓他們守法向善，他們實踐起來也容易。現在規定老百姓的產業，上不足以贍養父母，下不足以撫養妻兒老小，豐年吃不飽，荒年免不了死亡。這樣救命尚且不足，哪有功夫治禮義呢？大王您要實行仁政，何不返回根本，從解決人民的溫飽的基礎工作做起呢？如果這樣做了，那麼，老百姓每個男丁五畝宅地，都栽上桑樹，五十歲的人就都可以穿上絲綢的衣服了；雞豬狗等家畜，飼養不失其時，七十歲的人就都可以吃肉了。每個男丁分得的百畝田地，當局不侵佔他按時耕作的時間，八口之家，就不會餓肚子了。重視學校教育，告誡他們孝順父母敬重兄長的道理，頭髮半白的長者就不會背着東西、頂着東西奔走在路上了。老人穿綢吃肉，少壯之人溫飽安樂，這樣而不能稱王天下的，是不會有的。"這裏，孟子所説的"五畝之宅，樹之以桑，五十者可以衣帛矣；雞豚狗彘之畜，無失其時，七十者可以食肉矣；百畝之田，勿奪其時，八口之家，可以無飢矣；謹庠序之教，申之以孝悌之義，頒白者不負戴於道路矣。老者衣帛食肉，黎民不飢不寒"，並不是孟子説話時就有的社會現實，而是孟子預言齊王實行他的"保民而王"的主張後可能實現的遠景，是孟子運用"預言的示現"表達策略所構擬出的一幅如詩如畫的封建時代人人憧憬的小康社會的美好情景，讓人陶醉不已。孟子的話之所以能感動齊宣王，關鍵就在於他運用的表達策略 —— 預言的示現，極為成功，即使我們今天聽之也要為之動情動心，不由得你不聽從他的主張。

示現表達策略的運用，主要看運用者的想像力如何，同時也要注意運用得合理、恰當，不能過分。追述的示現如果運用不合理，會給人不符合歷史真實之感；預言的示現和懸想的示現如果想像發揮得不合理，會給人虛無縹緲不可信之感，自然要人感動更是不易達到的。

五、列錦：琴劍茅台酒，詩書凍頂茶

> 琴劍茅台酒，詩書凍頂茶。

這是台灣學者沈謙教授自題書室聊以自娛的聯語，它由亮軒題台灣著名女作家張曉風盹谷聯語"歲月端溪硯，詩書凍頂茶"改寫而來。"張曉風在天母山上的櫻谷，購置了一間小屋，取名‘盹谷’，除了自家人偶爾去‘打個盹兒’之外，經常招待朋友。房子不大，卻很迷人，還有許多可愛的小玩藝兒，燒水的是外表陶製的灶形電爐，泡茶的是藝術家的手拉胚，窗前掛的是從象脖子上解下來的木製風鈴，牀頭桌上，有各種奇石，還有席慕容的畫，楚戈、亮軒的字，……""亮軒的對聯，與屋裏的情境與氣氛，正相契合。"⑭不管是亮軒題張曉風"盹谷"小屋的對聯"歲月端溪硯，詩書凍頂茶"，還是沈謙改亮軒對聯而成的"琴劍茅台酒，詩書凍頂茶"的聯語，都是各由四個名詞或名詞性詞組構成的兩個句子，沒有任何動詞或其他詞縮合，不符合漢語句子構成的規律，但卻讀之令人拍案叫好。這是何故？這是因為作者運用了一種叫做"列錦"的語言表達策略。

所謂"列錦"，就是一種"以名詞或以名詞為中心的定名詞組，組合成一種多列項的特殊的非主謂句，用來寫景抒情，敍事

---

⑭　沈謙《修辭學》第463頁，台灣空中大學印行，1996年。

述懷"⑮的語言表達策略。這種表達策略的運用，就像電影"蒙太奇"一般，每一個名詞或名詞性詞組所呈現的都是一個特定的景象，形象性特別強，而且眾景象所組合的大景象則因接受者不同的組合而變幻無窮，給人以無限的欣賞美感。上述亮軒題張曉風"砒谷"小屋的聯語，名詞"歲月"與"端溪硯"之間，名詞"詩書"與"凍頂茶"之間都沒有任何動詞綰合，它們之間語法上或邏輯上的聯繫都沒有明顯地標示出來，每一個名詞或名詞性詞組都是一幅景象，由各幅景象組合的景象則更是意境無窮，讓人可以展開想像的翅膀，咀嚼到無窮的意味。如果按平常的語法和邏輯規範來表達，說成："歲月消磨了端溪硯，看詩書喝着凍頂茶"，語盡意盡，形象感也不強。而"歲月端溪硯，詩書凍頂茶"，蕩開語法和邏輯的規約，直接以畫面呈示，形象生動地展示了"砒谷"小屋之雅和作為屋主的女作家張曉風的優雅，令人嚮往不已。而沈謙自題聊以自娛的聯語"琴劍茅台酒，詩書凍頂茶"，由於改"歲月"為"琴劍"，改"端溪硯"為"茅台酒"，既能形象地見出沈謙教授書室不同於女作家張曉風小屋的風格，更能形象地呈現沈謙教授沉靜之中見瀟灑，儒雅之中有豪放的真性情，讓人企慕不已。同時，從對偶的角度看，"茅台酒"對"凍頂茶"，一烈，一淡；一陽剛，一沉靜；一大陸名酒，一台灣名茶，真是妙趣天成。所以說，沈謙教授的這一改筆，堪稱是點鐵成金。如果沈謙教授的聯語換成平常的表達，便是"弄琴劍喝茅台酒，看詩書喝凍頂茶"，雖然也是雅事，但讀起來沒有感覺，既無多少形象感，也無多少機趣情味。可見，列錦表達策略的運用作用確非一般的表達可比。

說到沈謙教授聯語之妙，我們便情不自禁地想到元代曲作家

---

⑮ 譚永祥《漢語修辭美學》第 224 頁，北京語言學院出版社，1992 年。

馬致遠的〈天淨沙・秋思〉：

> 枯藤老樹昏鴉，小橋流水人家，古道西風瘦馬。夕陽西下，斷腸人在天涯。

　　這首曲子說盡了遊子天涯飄零的淒涼之情。"枯藤"、"老樹"、"昏鴉"、"小橋"、"流水"、"人家"、"古道"、"西風"、"瘦馬"這九個名詞所構成的三個句子，每一句都只是三個名詞並置，各名詞之間無任何動詞或其他詞從語法上或邏輯上將其綰合，但卻如電影"蒙太奇"一般，每個名詞即是一個景象鏡頭，而眾鏡頭的組合，即成就了一幅曠古未有的淒涼畫面：黃昏時，荒郊外，枯藤纏老樹，烏鴉繞樹三匝，淒厲的叫聲令人頓起無限的淒涼之感；一位遊子騎着一匹瘦馬正走在西風緊吹的古道之上。真是無限淒涼意，盡在此畫中。其表達的形象性、生動性、含蓄性，都非任何其他表達策略可比，堪稱寫景抒情的絕妙好辭，"千古誰堪伯仲間"？

　　列錦表達策略的運用有很好的效果，但是是否能運用得好，關鍵在於運用者的功力，即想像力與邏輯思考力，幾個名詞的並置表面是漫不經心，實則排列有深刻的邏輯聯繫在其中，結構上不合語法規約，內涵卻深刻雋永，妙趣橫生。因此，我們要學習運用列錦的表達策略，應該深刻體悟到上述的要點，切不可學其皮毛，僅僅將一些名詞簡單地堆砌在一起，抽去各名詞間的動詞或其他詞語就算完事。若此，就會適得其反，結果是不僅不能取得好的表達效果，還會文理不通。

第 2 章

形式美創造的策略

—— 整中見紀律，平衡悦耳目

> 風聲雨聲讀書聲，聲聲入耳；
>
> 家事國事天下事，事事關心。

這是明代著名學者顧憲成（1550 － 1612）為無錫東林書院所寫的楹聯。數百年來，其在中國民眾中流傳之廣泛，對一代又一代中國知識分子心繫國家、憂思天下的"社會良心"角色的塑造所起的巨大影響，都是人盡皆知的。

那麼，這副楹聯何以有如此巨大的影響呢？

究其原因，一是源於它思想上的深刻性，二是源於它形式上的美感性。

眾所周知，明朝中期開始，社會矛盾加劇，政治日益黑暗，吏治愈益腐敗。萬曆以後更甚，閹黨魏忠賢勢力的自大橫行，更加劇了明朝的內憂外患。為此，顧憲成等東林黨人雖被排除在"廟堂"之外，處於"江湖之遠"，但他們並不因此放棄對國家對社會的責任。於是，他們便結社講學，在野議論朝政，自覺擔負起"社會的良心"的角色。正因為如此，他們的言行在歷史上得到了肯定。即看上面顧憲成所寫的東林書院的那副楹聯，我們便可看出東林黨人那種憂國憂民、以天下興亡為己任的闊大胸懷。它不僅顯現了讀書人的志節與懷抱，令中國的歷代知識分子引以自豪，而且"更為傳統知識分子樹立了為學做人的典範,不只是刻在東林書院的門檻,更烙印在無數士人的心版上!"①

這副楹聯,除了文字本身所折射出來的中國知識分子獨特的人格魅力令人印象深刻以外,還有它形式上所造就的擲地鏗然有聲的內質,也是讓人銘記難忘的重要原因。因為它運用了一種中國最常見最傳統的語言策略——對偶,以整齊勻稱的形式特徵與朗朗上口的聲音韻律,強化了人們的接受印象。

熟悉中國文學史者皆知,中國人向來有一種講究並欣賞對偶的傳統與心理。這一方面與人類共通的審美觀(平衡對稱即有美感)有關,另一方面也與漢語的特點有關。我們都知道,"人類都喜歡對稱平衡,對稱平衡是一個基本的美學原則,不管中國人外國人,現代人還是古代人,概莫能外。這是有學理根據的。我們看自然界,人體各部位是對稱平衡的,樹葉以中莖為界對稱地分為兩半,雪花的晶體是對稱的,蝴蝶和蜻蜓的兩翅是對稱的,等等,不一而足。由於受自然界現象的啟發,人類就逐漸體認到事物現象對稱形式的合理性,並在肯定其合理性的同時逐漸確立了對稱的獨特審美價值。逐漸地,對稱觀念便自然而然地被人類引入到繪畫、雕塑、建築、音樂、文學等藝術創造活動之中,並在人類的一種定勢心理作用下得以凝固加強,一切都以對稱平衡為美。根據心理學的實驗研究證明,對稱平衡的事物往往能夠引起人生理上的一種左右平衡律動的快感,所以就有美感產生。由於這種審美觀的確立和根深蒂固的影響,人們在語言運用中也就有了這種追求對稱平衡的心理與愛好。所以,世界很多語言中都有追求對稱平衡的語言形式出現,叫'對偶'。這在漢語中,英語中或其他各語言中都存在。不過,在漢語中更甚。這一來由於中

---

① 沈謙《修辭學》第 470 頁,台灣空中大學印行,1996 年。

　　國人尤其偏好對偶，凡事喜歡成雙成對，送禮要送雙的，結婚辦喜事要挑雙日，平常說到‘才子’必想到‘佳人’，說到‘青山’一定想到‘綠水’。這是一種特有的尚偶民族情結。除此心理因素之外，漢語本身的條件也起了推波助瀾的作用。漢語是一個字一個音節，在古代漢語中單音節詞佔絕對優勢，一個詞往往就是一個字，加上漢語語法上彈性比較大，不像印歐語言那樣語法嚴密，所以漢語做對偶很容易。比方說杜甫《秋興八首》第八首中有‘香稻啄餘鸚鵡粒，碧梧棲老鳳凰枝’，對得非常工整，讀來朗朗上口，非常有韻味。如果照此譯成英文或其他語言，語法上就成問題了，音韻上、形式長短上也都很難做到整齊平衡。正因為漢民族的尚偶心理和漢語特有的有利條件，在中國人的說寫中追求對稱平衡的修辭現象就司空見慣了。”[2]

　　在漢語中，實現“整齊見紀律，平衡悅耳目”的接受效果，除了“對偶”之外，還有諸如“排比”、“互文”等多種語言策略，都是可以殊途同歸的。下面我們就分而述之。

一、對偶：兩個黃鸝鳴翠柳，一行白鷺上青天

> 兩個黃鸝鳴翠柳，一行白鷺上青天。
> 窗含西嶺千秋雪，門泊東吳萬里船。

　　這是唐代大詩人杜甫《絕句四首》（其三），是一首有名的寫景詩，作於“安史之亂”平定和故人嚴武重鎮成都之後，寫景中折射出詩人的無比欣悅之情，歷來為人傳誦，甚至兒童啟蒙教材也常常選這首詩。

② 　吳禮權《傳情達意：修辭的策略》第 176 頁，吉林教育出版社，2004 年。

如果要問原因，相信很多人都會有一個樸素的回答：朗朗上口。

那麼，它何以會朗朗上口呢？這是因為它運用了對偶的表達策略。

所謂"對偶"，就是表達者在説寫時有意以字數相等、句法結構相同或相似的兩個語言單位成雙作對地排列在一起，通過齊整和諧的視聽覺美感形式實現達意傳情的最佳效果的語言表達策略。一般説來，對偶可以從形式上分為"嚴對"和"寬對"兩類。"嚴對"要求字數相等、詞性相同、句法結構相同、平仄相對，另外，辭面上不能有重複的字詞。如上述杜甫的四句詩，即是兩個"嚴對"。"兩個黃鸝鳴翠柳，一行白鷺上青天"，在句法上是主謂結構相對，其中的兩個主語"兩個黃鸝"與"一行白鷺"都是"數詞＋量詞＋名詞"的偏正結構整齊相對。"黃鸝"與"白鷺"又是鳥類相對；兩個相對仗的謂語"鳴翠柳"與"上青天"，則皆是"動詞＋賓語"的短語，且相對仗的兩個賓語都是"形容詞＋名詞"的相同形式。句法結構與詞性相對工整，聲音上也平仄相對。"兩個黃鸝鳴翠柳"是"仄仄平平仄仄仄"；"一行白鷺上青天"是"仄平仄仄仄平平"。根據律詩"一、三、五不論"的門法，這兩句的聲音對仗是工整的。"窗含西嶺千秋雪，門泊東吳萬里船"，在句法結構上都是"狀語＋動詞＋賓語"的形式，十分工整。詞性相對也很整齊，"門"與"窗"是宮室類名詞相對，"含"與"泊"是動詞相對；"西嶺"與"東吳"是地點相對，其中"西"與"東"又是方向詞相對；"千秋"與"萬里"是數量詞相對；"雪"與"船"是名詞相對。聲音形式上，"窗含西嶺千秋雪"是"平平仄仄平平仄"；"門泊東吳萬里船"是"仄仄平平仄仄平"，十分齊整。正因為如此，這四句詩才會給人整齊平衡、朗朗上口的視聽覺美感效果，歷來為人所傳誦。

所謂"寬對",是指構成對偶的語言單位只要在字數上相等、句法結構相似（有些甚至不同），至於相對的詞性是否相同，聲音上是否平仄相對，字面上是否重複，要求不嚴。如楊聞宇《混沌小語》中有云：

錢財是繡龍的外套，地位是雕花的坐椅。

這兩個句子就是"寬對"。兩個相對的句子在句法結構上相同，相對的詞性中有的相同，如"錢財"與"地位"是名詞相對，"繡龍"與"雕花"是偏正詞組相對，"繡"與"雕"是動詞相對，"龍"與"花"是名詞相對；有的詞性則不相同，如"外套"中的"外"與"坐椅"中的"坐"，一是名詞，一是動詞，不是同類。聲音上的平仄相對也沒有做到。另外辭面上兩句中各有"是"、"的"二詞在同一句法結構位置上重複。儘管如此，但整體上，這個對偶文本還是給人一種形式齊整、聲音悅耳的效果。

對偶，從意義上進行分類，一般認為可以分為"正對"、"反對"、"串對"三類。③ 所謂"正對"，就是構成對偶的兩個語言單位"在意義上相似、近似，或相互補充、相互映襯"。④ 如楊聞宇《混沌小語》有云：

童心慧眼，俠骨柔腸，為作文根基。

其中"童心慧眼，俠骨柔腸"，即為"正對"，兩句在意義上相互補充、相互映襯，不僅意義表述完足，而且視聽覺上有一種

③ 汪國勝等編《漢語辭格大全》第 124 頁，廣西教育出版社，1993 年。
④ 李定坤《漢英辭格對比與翻譯》第 417 頁，華中師範大學出版社，1994 年。

整齊和諧的美感效應。

所謂"反對"，就是構成對偶的兩個語言單位在意義上相反或相互對立。如王松祿〈那雪夜中的炭火〉有云：

> 世態炎涼，人情澆薄，在"萬事如轉燭"的無常運命中，錦上添花易，雪中送炭難；落井下石易，狂流引渡難。

這段文字中的"錦上添花易，雪中送炭難；落井下石易，狂流引渡難"是兩個對偶，且都是"反對"。它們從正反兩個方面將世態人情的炎涼和澆薄揭示得十分深刻全面，形式上有齊整和諧的美感效果，有助於接受者加深對內容的印象和理解。

所謂"串對"（或稱"流水對"），是指構成對偶的兩個語言單位在意義上有承接、因果、條件、轉折等關係，兩個語言單位不能彼此互相獨立表意，而必須相互依存才能表達完整的意義。"因串對兩聯順勢而下，有如行雲流水一般，故又稱'流水對'。"⑤ 如唐代詩人王之渙〈登鸛鵲樓〉詩：

> 白日依山盡，黃河入海流。
> 欲窮千里目，更上一層樓。

其中"欲窮千里目，更上一層樓"，即是"串對"，兩名在語意上有條件關係。它不僅形式工整和諧，語意表達更是充滿了深刻的哲理，形式內容俱美，所以成為千古傳誦的名句。

對偶是一種很有效的語言表達策略，在中國古代講究作詩特別是格律詩的時代，它有很多門法，對偶的分類特別多也特別

---

⑤　汪國勝等編《漢語辭格大全》第130頁，廣西教育出版社，1993年。

細。今天我們已不作格律詩了，對形式的要求也沒有那麼多了。所以，這裏我們就不一一介紹了。儘管我們今天不作格律詩了，作白話新詩也不怎麼講究這一套了，但對偶作為一種表達策略所獨具的深厚魅力是不能抹煞的。關於對偶的表達魅力，我曾在《修辭心理學》中作過強調："作為一種修辭文本模式，不管是從表達的角度還是從接受的角度看，它的建構都確有其存在的合理性與審美價值的。因為從表達的角度看，由於對偶修辭文本是以兩個語言單位對仗的整齊形式來表情達意的，在視覺形象上，兩個語言單位在字數上的相等、句法上的相同或相似，自然造就出一種整齊平衡、對稱和諧的視覺形式美感；在聽覺形象上，兩個語言單位在音節上的相等，在平仄上的相對，自然而然地營構出一種節奏均衡和諧的聽覺形式美感。但是，應該指出的是，對偶修辭文本形式上的整齊對稱平衡，不管是視覺上的還是聽覺上的，都不是機械呆板的均衡美，而是猶如'黃金分割'比例的美，是一種寓變化於整齊的均衡和諧美。因為不論是'嚴對'還是'寬對'，構成對偶的兩個語言單位除了字數音節完全相同外，辭面、平仄上都是不同的，是整齊中的變化因數。所以，對偶修辭文本才顯得整齊而不呆板，是一種恰當和諧的美。從接受的角度看，由於修辭文本在視聽覺上的整齊均衡和諧的形式美感的存在，很容易引發接受者生理上的左右平衡的身心和諧律動，產生一種快感。同時對偶修辭文本形式上的寓變化於整齊的和諧美，既因形式上的大體平衡對稱而不使注意力浪費，又因整體平衡對稱中稍有變化而不致於使接受興趣停滯，從而使接受者在文本接受中易於集中且能夠保持注意的前提下、在具快感的生理和心理狀態下愉快而有效地接受文本建構者所要傳達的文本內容意義上的信息，最終達到對文本內涵的深刻理解，與表達者達成思想情感上的共鳴。"⑥

正因為對偶表達策略確實有很好的表達效果，所以我們今天的説寫中仍然時時有運用。如卞毓方〈思想者的第三種造型〉中有這樣一段文字：

> 馬寅初之可愛，用得上當年的一句時髦詞語：全身心擁抱時代。比方説，他早年留學美國，精通英文、德文，粗通法文，算得是學貫中西。然而，為了研究蘇聯的社會主義經濟，在 69 歲那年，他又"老夫聊發少年狂"，一頭鑽進俄文，並且只花了三年工夫——注意，這純粹是指業餘時間——就能夠自如地出入俄文書報。這成績，即使擱在風華正茂的學子身上，也洵非尋常。又比方説，他是 1916 年登上北大講壇，位至教授、系主任、教務長，10 年後離開，海闊天空一陣搏殺，又 25 年後，不顧自己已屆古稀之齡，欣然重返沙灘紅樓，出任建國後第一任北大校長。再比方説，他皓首窮經，老而彌堅，人在校園，心濟蒼生，思考的是理論，關注的是實際，着眼的是中國，輻射的是世界，檢索的是歷史，透視的是未來。

這裏末十句，作者運用的即是對偶的表達策略，它不僅充分寫出了馬寅初先生闊大的胸襟抱負和對國家強烈的責任感、熱愛情，而且全段散行文字中有此十句形式齊整的對偶，讀起來就顯得格外齊整和諧，朗朗上口，給人留下了深刻印象，馬寅初先生作為"第三種造型"的思想家形象也更加鮮明生動了。

除了文章（包括散文）中經常運用對偶表達策略外，在日常

---

⑥　吳禮權《修辭心理學》第 202 頁，雲南人民出版社，2002 年。

語言生活中由於傳統文化的影響，還時有利用對偶語言策略構造聯語來表情達意的情況，有些是相當有機趣的。如抗日戰爭勝利後，當時的國民黨政府從重慶遷都回到南京。於是有人寫了這樣一副對聯：

> 南京重慶成都，中國捷克日本。

這副對聯運用對偶表達策略表達了中國人民八年抗戰，打敗日本侵略者，中國淪陷的首都南京再次重生的喜悦之情。這副對聯的妙處在於上聯用三個城市名對下聯的三個國家名，且"重慶"、"成都"、"捷克"三個名詞的詞義都非正常用法。"上聯意謂：淪陷了八年的南京，又重新慶祝成為中國的首都了。下聯意謂：中國奏捷，克服了日本。上聯三個地名，下聯三個國名。在抗戰勝利喜慶氣氛中，有此對聯，自然令人振奮。"[7]

對偶表達策略的運用有其特殊的表達效果，但是應該運用自然，要根據表達的需要，不可為對偶而對偶，徒然賣弄文字技巧。對此，台灣學者沈謙總結説："對偶除了形式上的典麗精工之外，同時須講究內容的意境高遠，自然成趣，不見斧鑿痕跡。誠如嚴羽《滄浪詩話》所謂：'羚羊掛角，無跡可求，故其妙處，透徹玲瓏，不可湊泊。'又沈德潛《説詩晬語》云：'固在屬對精工，然或工而無意，譬之剪綵為花，全無生韻。'"[8]這一點應該説是我們運用對偶策略時要注意的。

---

⑦ 沈謙《修辭學》第 475 頁，台灣空中大學印行，1996 年。
⑧ 沈謙《修辭學》第 475 頁，台灣空中大學印行，1996 年。

二、排比：政治家的臉皮，外交家的嘴巴，殺人的膽量，釣魚的耐心

> 我買東西很少的時候能不比別人的貴。世界上有一種人，喜歡到人家裏面調查物價，看看你家裏有甚麼東西都要打聽一下是用甚麼價錢買的，除非你在每一事物上都黏上一個紙籤標明價格，否則將不勝其囉嗦。最掃興的是，我已經把真的價格瞞起，自欺欺人的只說了一半的價錢來搪塞他，他有時還會把頭搖得像個"波浪鼓"似的，表示你上了彌天的大當！我承認，有些人是特別的善於講價，<u>他有政治家的臉皮，外交家的嘴巴，殺人的膽量，釣魚的耐心</u>，堅如鐵石，韌似牛皮，所以他能壓倒那待價而沽的商人。

這是梁實秋先生〈講價〉一文中的精彩片斷，寫喜歡打聽人家物品價錢的人和善於講價的人可謂窮形盡相。尤其是寫善於講價的人的一段文字："他有政治家的臉皮，外交家的嘴巴，殺人的膽量，釣魚的耐心"，真是精彩絕倫，入骨三分，讓人過目難忘。

那麼，梁實秋先生的這段寫善於講價的人的文字何以有如此深厚的魅力呢？這是因為梁先生這裏運用了一個有效的表達策略，這就是排比。

所謂"排比"，是一種將"同範圍同性質的事象用了組織相似的句法逐一表出"[9]，以獲求形式整齊、表意充足酣暢效果的語言策略。排比"同範圍同性質的事象"，一般是兩項或兩項以上，常見的是三項或三項以上。上述梁實秋先生的排比，是以四個句法

---

⑨ 陳望道《修辭學發凡》第 203 頁，上海教育出版社，1997 年。

結構相同的偏正詞組來寫善於講價的人的能耐：他殺價時的厚顏無恥可如政治家空口許諾、睜着眼睛說瞎話一樣從容；殺價的理由陳述言之鑿鑿可比巧舌如簧的外交家；殺價幅度的狠心可比殺人者下刀時的心腸；殺價時與賣者硬磨軟泡的興致可比釣魚者垂釣的耐心。如此多角度地行文着筆，不僅形式整齊，而且表意充足酣暢，生動地勾勒出善講價人的鮮活形象，讀之如見其人，永世難忘。

台灣作家李敖也是善於運用排比語言策略的高手，如他在《李敖回憶錄》的開頭就有一個令人難忘記的排比：

> 1935 年的世界是一個多變的世界。這一年在世界上，波斯改國號叫伊朗了、英國鮑爾溫當首相了、墨西哥革命失敗了、意大利墨索里尼身兼八職並侵略阿比西尼亞了、法國賴伐爾當總理了、挪威在南極發現新大陸了、德國希特勒撕毀凡爾賽條約擴張軍力了、捷克馬薩利克辭掉總統職務了、土耳其凱末爾第三次連任總統了、菲律賓脫離美國獨立了。

這裏李敖一連用了十個結構相同相似的主謂句加以鋪排，同時兼在每句末尾加助詞 "了" 來推波助瀾，不僅形式齊整，氣勢不凡，而且表意充足酣暢，淋漓盡致地渲染強調了他出生的1935 年確是一個不同一般的多事多變的年頭，極富煽情色彩，讀之讓人久久不能忘懷，堪稱超凡脫俗的妙筆。

由於排比策略有形式齊整，又有 "廣文義，壯文勢"（宋代陳騤《文則》）的效果，所以人們常常運用之。但是，應該指出的是，只有確有必要，需要從幾個方面強調說明某一事象或語意才可運用。否則，僅為形式齊整而運用之，則會徒然辭費而讓人讀之生厭。

三、互文：將軍百戰死，壯士十年歸

> 萬里赴戎機，關山度若飛。
> 朔氣傳金柝，寒光照鐵衣。
> <u>將軍百戰死，壯士十年歸。</u>

這是〈木蘭詩〉中的片斷，寫代父從軍的女英雄木蘭身經百戰，凱旋而歸的事蹟。其中，"將軍百戰死，壯士十年歸"二句，尤能見出木蘭的英勇與不凡。這兩句是寫戰鬥的殘酷與凱旋而還的不易。意思是說：戰鬥太激烈殘酷，將軍們有的身經百戰而戰死沙場，有的百戰凱旋而還；壯士們有的十年凱旋而歸，有的十年為國捐軀，獻出了自己寶貴的生命。這兩句的意思決不能理解為：做將軍的百戰而死，當兵的十年征戰而生還。果如此，那麼恐怕就沒有人要當將軍了，邏輯上也講不通。因此，這兩句常規的表達應該是：將軍或百戰而死，或十年而歸；壯士或十年而歸，或百戰而死。

那麼，詩人又何以不這樣清楚地表達呢？這是詩人為了詩歌的形式齊整和語意表達的簡潔而運用了一個詩歌常用的表達策略，這就是修辭學上所說的"互文"格。

所謂"互文"，是一種將在上下兩句或語言單位中都應該出現的幾個詞語分散配置於上下兩句或兩個語言單位中，上下兩句或兩個語言單位參互成文、合而見義，以求表達形式的齊整和表意的簡潔的語言策略。如上述〈木蘭詩〉中的兩句，上下兩句都應該出現"百戰死"、"十年歸"，但詩人卻將"百戰死"和"十年歸"分置上下兩句中，使二句參互成文，合而見義，這樣既使詩句形式齊整，又使表意顯得簡潔，讀之朗朗上口，味之雋永含蓄，所以能成為千古傳誦的妙句。

　　由於互文策略有上述獨特的表達效果，所以自古以來常常被運用。特別是詩歌中尤其常見。如唐代王昌齡〈出塞〉詩："秦時明月漢時關，萬里長征人未還"，其中"秦時明月漢時關"即是互文策略的運用，它的常規表達是"秦漢時的明月秦漢時的關"，但這樣表達不易與後句"萬里長征人未還"構成對仗的整齊形式，表意上也不簡潔。又如唐代杜牧〈泊秦淮〉詩："煙籠寒水月籠沙，夜泊秦淮近酒家"，其中"煙籠寒水月籠沙"也是運用了互文表達策略。它的常規表達應該是"煙籠寒水亦籠沙，月籠沙亦籠寒水"，但這樣表達明顯不能構成與下句"夜泊秦淮近酒家"的相互對仗，達意也不夠簡潔。

　　古代詩歌喜歡運用這種表達策略，現代的散文亦有運用這種表達策略的，效果也很好。如魯迅〈記念劉和珍君〉一文中有這樣一段話：

> 　　中國軍人的屠戮婦嬰的偉績，八國聯軍的懲創學生的武功，不幸全被這幾縷血痕抹殺了。

　　這裏"中國軍人的屠戮婦嬰的偉績，八國聯軍的懲創學生的武功"兩句，即是互文策略的運用，意思是說："中國軍人（指段祺瑞的反動軍隊）與八國聯軍屠戮婦嬰的偉績和懲創學生的武功"。[10] 由於運用了互文見義的互文策略，不僅形式上顯得齊整，表意上也顯得簡潔，嘲弄批判之意盡在其中，但卻含蓄深刻。

　　互文表達策略有很好的效果，但運用起來也應該注意，不可過於晦澀，以免使接受者會錯意，結果適得其反。

---

⑩　汪國勝等編《漢語辭格大全》第 227 頁，廣西教育出版社，1993 年。

四、迴環：客上天然居，居然天上客

　　客上天然居，居然天上客。

　　據説這是清代乾隆皇帝和名臣紀曉嵐合作的名聯。"清代北京有酒樓名曰'天然居'，相傳乾隆皇帝為此作對子，只作了上聯'客上天然居'，下聯苦思不得，後紀曉嵐用'迴文'作了下聯'居然天上客'。"[⑪]這副對聯，一讀就令人頓覺其渾然天成，妙趣橫生，過目難忘，所以會被人傳誦不已。

　　那麼，這副對聯何來如此魅力呢？原因無他，表達策略運用得好，它運用的是中國傳統的"迴環"表達策略。

　　所謂"迴環"，就是一種通過漢語字或詞的特定組配以字序或詞序的順讀倒讀，在表達特定情意的同時着重展現一種迴環往復的形式美的語言策略。一般説來，"迴環"可以從形式上區分為"嚴式迴環"和"寬式迴環"兩類。所謂"嚴式迴環"，一般是指構成迴環的兩句或兩段文字是以字為單位，可以順讀，也可以倒讀，順讀倒讀都有意義且語義不同。如上述"客上天然居，居然天上客"，即是"嚴式迴環"，這兩句不管是從前句順讀，還是從後句逆序倒讀，兩句都能成文。真是妙趣天成，既形式工整，讀來朗朗上口，又深刻地揭示了酒樓與酒客之間的關係，含而不露地誇示了"天然居"酒樓的好處，讀之令人心嚮往之，生出無限的企慕之情，情不自禁地想要進去坐坐，品品其酒其菜，享受一下其優雅的環境和周到的服務。

　　所謂"寬式迴環"，是指構成迴環的兩句或兩段文字以詞為單位，順讀倒讀能夠成文有意的迴環，甚至只要求上句的末尾與下

---

⑪　沈謙《林語堂與蕭伯納——看文人妙語生花》第579頁，台灣九歌出版社，1999年。

句的開頭相同，下句的末尾又同於上句的開頭，就算迴環。這種迴環因為結構上的限制比較寬鬆，一般易於做到，所以在很多人的説寫中都能見到聽到。如梁啟超〈為學與做人〉中有名言道：

> 宇宙即是人生，人生即是宇宙，我的人格和宇宙無二分別。

這裏"宇宙即是人生，人生即是宇宙"兩句，即屬於"寬式迴環"，它是以詞"宇宙"、"人生"、"即是"為單位構成的。以詞為單位，它能順讀倒讀能夠成文，也有意義。若以字為單位，順讀可以成文有意，倒讀則不能成文有意義了。梁氏的這一迴環策略運用得自然，清楚地表明了自己的人生與宇宙之間的關係，在形式上有整齊悦耳的美感效果，所以讀之也是令人記憶深刻的。

迴環作為一種表達策略憑藉的是漢語的獨特條件，即單音節詞在古代漢語中佔絕大多數，所以中國古代有很多文人能運用這種表達策略營構出很多十分巧妙的迴環文字，它的極致是我們所常説的"迴文詩"。如宋人蘇軾〈題金山寺〉詩：

> 潮隨暗浪雪山傾，遠浦漁舟釣月明。
> 橋對寺門松徑小，檻當泉眼石波清。
> 迢迢綠樹江天曉，靄靄紅霞晚日晴。
> 遙望四邊雲接水，碧峰千點數鷗輕。

這首詩在歷史上非常有名，可以稱得上是真正意義上的"嚴式迴環"。它的高妙之處是"可以以字為單位，順讀倒讀都能成文，而且一點不勉強牽強，自然貼切地寫出了金山寺前的美麗風光，表達上形式齊整，符合詩的格律要求；接受上，齊整的形式看了讓人賞心悦目，讀之頓生一種平衡和諧的視聽覺美感，從而加深了接受者對金山寺美麗風光的深刻印象，急欲一睹為快。"⑫

不過，應該指出的是，"嚴式迴環"能做得如蘇軾上面這首既言之有物又有形式的優美，畢竟是非常罕見的。歷史上大多數的"迴文詩"，一般來說，多是沒有表現多少實質性內容，而徒然賣弄文字技巧而已。因此，像"迴文詩"這種"嚴式迴環"，現代就沒有多少人再做了。

"寬式迴環"因為放寬了結構上的限制，一般説來可以比較自然地表情達意，也比較易於做到，且能表達些真情實感的思想內容，所以運用的也比較多，表達效果也很好。如晉人李密〈陳情表〉中有這樣一段文字：

臣無祖母，無以至今日；祖母無臣，無以終餘年。

李密的這篇名曰〈陳情表〉的奏章"是意在拒絕晉武帝讓他出山仕晉。李密原是三國時代蜀漢的官員，屢次出使東吳，很有辯才。蜀亡後他不願仕晉，所以才有這篇拒官的奏表。由於寫得好，晉武帝無奈他何，就沒能勉強他了。"⑬這裏的四句"是互為因果關係的迴文句，'臣無祖母'與'祖母無臣'中間另夾着其他字句，故屬'寬式迴文'。"⑭正因為作者主要是以着表情達意為目標，沒有選擇"嚴式迴環"表達策略，表達自然，十分真切地寫出了作者李密與祖母祖孫二人不可須臾分離的、相依為命的關係，情切切，意深深，讀之令人感動不已，晉武帝又豈可不通情理而苦苦相逼，硬是不讓李密盡孝呢？皇帝的一言一行都是國人

⑫　吳禮權《傳情達意：修辭的策略》第 195 頁，吉林教育出版社，2004 年。
⑬　吳禮權《修辭心理學》第 232 頁，雲南人民出版社，2002 年。
⑭　沈謙《修辭學》第 583 頁，台灣空中大學印行，1996 年。

的表率，自然是應該大力倡導"孝道"的。李密是個聰明人，以
"孝"來搪塞皇帝，不僅語言策略運用得好，心理策略也運用得
極為出色。

　　學術界有一種普遍的傾向，多認為迴環表達策略尤其是"嚴
式迴環"太過於在文字技巧上下功夫，近於文字遊戲，是難能而
不可貴的，所以不贊成使用這種表達策略。我們認為，不能一概
而論。迴環中的"寬式迴環"因為結構上的限制相當寬，基本上
可以自然地表情達意，且有形式齊整，朗朗上口，便於記憶的特
點，表達效果是相當好的。至於"嚴式迴環"，只要能夠運用自
然，確有必要，還是相當有效果的。如我們常常所説的口號：
"人人為我，我為人人"，既形式工整，朗朗上口，又深刻地揭示
了人與人之間應有的一種合作互助關係，頗富哲理性，所以這句
話現在幾乎成了人們常掛口頭的名言了。

五、錯綜：裙拖六幅湘江水，鬢聳巫山一段雲

> 裙拖六幅湘江水，鬢聳巫山一段雲。

　　這是李群玉〈同鄭相並歌姬小飲戲贈〉一詩中的兩句，寫歌
女之打扮，不僅形象鮮活，栩栩如生，而且讀來朗朗上口，悦耳
動聽。也許很多人看了這兩句，會覺得奇怪：詩人為甚麼不將這
兩句寫成"裙拖六幅湘江水，鬢聳一段巫山雲"，這樣豈不對仗更
見工整些嗎？

　　其實，詩人之所以不這樣寫，是有他的道理在的。這兩句運
用的是一種叫"錯綜"的表達策略。

　　所謂"錯綜"，就是一種將本可説寫得整齊的語句，為着表達
的靈動，整齊之中有變化的美感，故意説寫得形式參差的語言策

略。我們都知道，人類都有一種喜歡平衡對稱的心理，漢民族人尤其如此，凡事喜歡成雙。所以中國古代詩歌會走上格律化的道路，日常生活中我們會看到或聽到人們喜歡用偶句的現象。從心理學的角度來看，對稱平衡能帶給人一種生理或心理左右平衡律動的快感。但是，過分過多講究平衡對稱，就會顯得板滯乏味。所以有時要故意打破平衡，讓語句參差錯落，使行文說話有些變化，表達效果反而會更好。上述詩句，詩人之所以不寫得工整，而是讓本可相對仗的兩個數量詞組"六幅"與"一段"錯開位置，正是追求一種整齊之中有變化的美感效果。從心理學的角度看，是一種叫做"代替的平衡"，它既可以體現均衡美，又能凸顯變化美。同時從聲音角度看，"六幅"與"一段"交錯位置後，詩句讀起來就能平仄相對，抑揚頓挫，有一種音樂美，而這正是詩歌所要追求的目標之一。正因為如此，我們說李群玉上述詩句的表達策略運用得好，詩句的表達效果突出。

"錯綜"作為一種表達策略，它常見的形式有四種：一是"抽換詞面"的錯綜，二是"交錯語次"的錯綜，三是"伸縮文身"的錯綜，四是"變化句式"的錯綜。[15]

"抽換詞面"的錯綜，是將本來可以寫說相同的辭面變為不同的辭面。如漢人賈誼〈過秦論〉中有這樣一段非常知名的文字：

> 秦孝公據崤函之固，擁雍州之地，君臣固守，以窺周室。有席捲天下，包舉宇內，囊括四海之意，併吞八荒之心。

這段文字不僅表意充足，寫盡了秦孝公的雄才大略，而且讀來朗朗上口，一氣呵成，讀之令人難忘。這段文字之所以顯得高

---

⑮　陳望道《修辭學發凡》第 207 頁，上海教育出版社，1997 年。

妙，關鍵之點就是"抽換詞面"的錯綜策略運用得好，動詞"據"與"擁"同義而辭面不同，"席捲"與"包舉"、"囊括"、"併吞"義同而用詞相異，還有名詞"天下"與"宇內"、"四海"、"八荒"，都是意義相近之詞，作者也未用同一詞來表達，而是用了四個辭面不同的詞。這樣，既便於建構上述整齊的句式，又使相對的詞語聲音上有所變化，視聽覺上都有一種整齊之中有變化，變異之中有統一的美感效果。所以，它能成為千百年來人們耳熟能詳的名句。

"交錯語次"的錯綜，是將本可安排得整齊的語序故意安排得參差，前後有所變化。如上述李群玉的兩句詩即是。又如魯迅〈秋夜〉一文中有這樣的句子：

> 這上面夜的天空，奇怪而高，我生平沒有見過這樣的奇怪而高的天空。

這裏前句"夜的天空，奇怪而高"與後句"這樣的奇怪而高的天空"，由於"奇怪而高"在兩個句子中的語次不同，句子結構也發生了變化，前句是主謂結構，後句則是偏正結構。這樣，整齊之中見參差，錯綜之中有平衡，讀起來也較上口，有"大珠小珠落玉盤"的參差錯落之美感。如果寫成相同語次，結構相同，那麼就沒有這種效果了。

"伸縮文身"的錯綜，是將本來可以說寫得整齊的句子，故意以長句短句交雜的形式安排得參差不齊。如蕭復興《姜昆走麥城》有云：

> 話不多，暖人；
> 酒不多，醉人；

罐頭不多，卻留下永久甜甜的回憶。

　　這三句話完全可以調整得整齊的。如說成＂語語不多，讓人感到溫暖；老酒不多，使人感到陶醉；罐頭不多，卻留下永久甜甜的回憶＂，便就成了形式較為整齊的排比了。可是作者並沒有這樣調整，可見是故意＂伸縮文身＂以求長短句交錯的。這樣一錯綜，明顯有較好的效果：＂前兩句形式整齊，簡潔明快，第三句伸縮文身，句式拉長，使語氣舒緩，耐人尋味。＂[16]讀起來也較為上口，視聽覺上都有美感。

　　＂變化句式＂的錯綜，是＂雜用各種句式，例如肯定句和否定句，直陳句和詢問句、感歎句之類，來形成錯綜的一種方法。＂[17]如徐志摩〈我所知道的康橋〉一詩中有這樣的句子：

啊，那是新來的畫眉，在那凋不盡的青枝上試牠的新聲！

啊，這是第一朵小雪球花，掙出半凍的地面！

啊，這不是新來的潮潤，沾上寂寞的柳條？

　　徐志摩這裏所寫的三個句子，前二句用陳述句，後句為反問句。這樣的句式安排頓使詩句形式整齊之中有變化，使接受者視聽覺上同時感受到一種平衡之中有錯落的美感效果。

　　錯綜表達策略的運用可使表達齊整之中見錯落，平衡之中有變化，既不失視覺上的平衡勻稱的形式美感，又能錯落有致，聲音聽覺上板而不滯，有抑揚頓挫之美。所以，在韻文和散文作品

---

[16]　沈謙《修辭學》第 613 頁，台灣空中大學印行，1996 年。

[17]　陳望道《修辭學發凡》第 212 頁，上海教育出版社，1997 年。

以及我們日常口語交際中都能時時有之。只要把握好整齊與變化的度，就能兼收視聽覺雙重美感效果。

第 3 章

新巧奪人的策略
—— 謝朝華於已披，啟夕秀於未振

> 　　兩地的風都有時候整天整夜的颳。春夜的微風送來雁叫，使人似乎多些希望。整夜的大風，門響窗戶動，使人不英雄的把頭埋在被子裏；即使無害，也似乎不應該如此。對於我，特別覺得難堪。我生在北平，聽慣了風，可也最怕風。

　　這是老舍〈春風〉一文中的文字，寫濟南與青島兩地的風給自己的感受。其中"整夜的大風，門響窗戶動，使人不英雄的把頭埋在被子裏"一句，乍一讀，覺得有些特別，還有些怪怪的，但略一尋思，則不禁讓人會心一笑，深深感歎其文筆的新巧奪人。

　　那麼，這是為甚麼呢？

　　無他！因為他這裏運用了一個叫做"轉品"的語言策略，突破了現代漢語語法的規範，直接讓否定副詞"不"修飾名詞"英雄"（按照現代漢語語法規範，否定副詞"不"只能修飾限制動詞或形容詞，如"不走"，"不好"等等），從而使其表達具有一種新異性、簡潔性的特點，讓讀者眼睛為之一亮，由此激發起接受中的"隨意注意"，增加其對文本解讀接受的興味，獲取到一種文本解讀接受中的審美情趣。①

---

① 吳禮權《現代漢語修辭學》第 216 頁，復旦大學出版社，2006 年。

　　如何達到新巧奪人的表達效果，除了上面我們提到的"轉品"策略外，還有諸如"拈連"、"移就"、"仿擬"、"序換"等各種語言策略。下面我們分而述之。

一、拈連：水調數聲持酒聽，午醉醒來愁未醒

　　《水調》數聲持酒聽，午醉醒來愁未醒。送春春去幾時回？臨晚鏡，傷流景，往事後期空記省。

　　沙上並禽池上暝，雲破月來花弄影。重重簾幕密遮燈，風不定，人初靜，明日落紅應滿徑。

　　這是宋人張先的一首名作〈天仙子〉詞，抒傷春之情纏綿動人，寫景物之筆搖曳生姿。特別是其中"雲破月來花弄影"成為傳誦千古的名句。其實，詞的上闋第二句也很有表現力，寫盡了作者傷春惜春之深情，令人感動。

　　何以這句有此獨特的表達效果呢？這是因為作者運用了一個有效的表達策略 —— 拈連。

　　所謂"拈連"，就是"甲乙兩項說話連說時，趁便就用甲項說話所可適用的詞來表現乙項觀念"[②]的語言策略。這種表達策略因突破了常規的語法邏輯規約，所以常有新穎奪人，令人印象深刻的效果。上述張先的詞句"午醉醒來愁未醒"，即是採用這一策略的。"酒醉"（甲項說話）可以說"醒"，可"愁"無所謂"醒"，從語法上看二者不能匹配，從邏輯上看，說"愁未醒"不合事理。但是，正是這"違法"、"悖理"的說法，卻形象地寫出了作者傷春的深切之情，正常表達則不足以表現出這種深切的情感。所以

---

② 陳望道《修辭學發凡》第114頁，上海教育出版社，1997年。

這一表達是"無理而妙",是一種藝術化的語言表達,效果遠遠超越正常表達所能企及的境界。

現代人運用拈連策略的更是"司空見慣尋常事",如台灣詩人余光中的散文〈聽聽那冷雨〉中有云:

> 雨是一種回憶的音樂,聽聽那冷雨,回憶江南的雨下得滿地是江湖,下在橋上和船上,也下在四川的秧田和蛙塘,一下肥了嘉陵江,下濕布穀咕咕的啼聲。

這段文字是作者對青年時代在四川時所見春雨綿綿的情景的深情回憶。可以說"江南的雨下得滿地是江湖,下在橋上和船上,也下在四川的秧田和蛙塘,一下肥了嘉陵江",但說"江南的雨""下濕布穀咕咕的啼聲",在語法和邏輯上似乎都不通。可是詩人余光中還要這樣寫,這是運用拈連策略,將本不可與"啼聲"搭配的動詞"下"與之匹配,看似"違法"、"悖理",但卻形象地寫出了江南春雨綿綿使一切都變得潮濕的情形,表達新穎、形象、感性,遠非正常表達所可比擬,使人對江南春雨綿綿的情形留下深刻難忘的印象。

由上可見,拈連確是一種很有表達效果的語言策略,只要有特定的語境提示,不至於使人不可理解或誤解,就可以加以運用,以使表達顯得新穎奪人,在增強表達效果的同時也使接受者對表達者的敘寫內容有更深刻的印象。

二、移就:行宮見月傷心色,夜雨聞鈴腸斷聲

> 蜀江水碧蜀山青,聖主朝朝暮暮情。
> 行宮見月傷心色,夜雨聞鈴腸斷聲。

　　這是唐代大詩人白居易〈長恨歌〉裏的詩句，寫唐玄宗在楊貴妃死後入蜀的心情，其所表現的一代帝王玄宗對其妃子楊玉環的深切懷念之情，讀之無不令人動情動容，情不自禁要為這位耽於女色而幾使大唐江山毀掉的昏君灑一掬同情的熱淚。

　　那麼，這詩句何以有如此感人的力量？這是因為詩人運用了一個極有表現力的表達策略 —— 移就。

　　所謂 "移就"，是 "語言活動中表達者在特定情境下‘把人類的性狀移屬於非人的或無知的事物’以凸顯其特殊情感情緒狀態"[3] 的一種表達策略。上述詩句 "行宮見月傷心色，夜雨聞鈴腸斷聲"，就是運用了這種表達策略，將人類所有的情感情緒狀態 "傷心"、"腸斷" 移屬於非人類無知的 "月色"、"鈴聲"。説唐明皇見月色而覺其是令人傷心之色，聞鈴聲而覺其是令人腸斷之聲，其失去楊貴妃的深切悲傷之情，其刻刻難忘楊玉環的無限懷念之意，一一淋漓盡致地凸顯出來，讀之怎能不令人動情動容？

　　唐明皇失去心愛的貴妃固然悲傷，那麼李後主失去國家又是何等心情呢？李煜〈烏夜啼〉一詞自道心曲，説得明明白白：

> 無言獨上西樓，月如鉤。寂寞梧桐深院，鎖清秋。
> 剪不斷，理還亂，是離愁；別是一般滋味，在心頭。

　　上引這首詞是南唐後主 "李煜國亡被囚於北宋京師汴梁時所作，它不僅寫盡了古往今來在外遊子的思鄉之苦，更兼詞人是個被囚的亡國之君，因此思鄉之苦情中更包蘊了一般人所無法體認到的刻骨銘心的亡國之恨，所以全詞讀來倍使人感到凄涼憂傷，

---

③　吳禮權《修辭心理學》第 183 頁，雲南人民出版社，2002 年。

有無限的藝術感染力。"④ 這首詞之所以會有如此的藝術魅力，除了詞的下闋"剪不斷，理還亂，是離愁"的比喻寫得動人外，還有上闋的"寂寞梧桐深院"這句運用移就策略極妙。"梧桐"、"深院"都是非人無知的事物，不可能有"寂寞"的情感體驗，而詞人卻說它們"寂寞"，這明顯是因為"詞人在亡國之恨與思念鄉國的雙重痛苦情緒下凝神觀照自己被囚的庭院及院中的梧桐樹等景物中產生了移情心理作用，我的情趣與物的情趣出現了往復回流，並且在我的強烈的懷鄉念國的情感情緒主導下，使'深院'、'梧桐'等非人無知的事物有了人所特具的生命情態——'寂寞'的情感體驗。"⑤ 由此，反邏輯的無理之辭"寂寞梧桐深院"，便形象化地凸顯出詞人亡國被囚的那種常人無法體認到的鄉國之思的痛苦之情。雖然李後主的亡國是自己無能、不務正業的結果，是咎由自取，從道理上不值得同情，但是讀他的這首詞，我們卻無法不同情他，不能不為他悲切傷感，這就是他善於運用表達策略表露感情的魅力所在。

　　詩詞中運用移就策略常見，其他類作品中也時時有之。如錢鍾書小說《圍城》中有一段文字說：

> 　　明天早上，辛楣和李梅亭吃了幾顆疲乏的花生米，灌幾壺冷淡的茶，同出門找本地教育機關去了。

　　這段文字是寫趙辛楣一行五人應高松年之聘，在去國立三閭大學途中因路資不濟，電請高松年匯來了一筆錢。但郵政當局不給他們領款，非要他們提供擔保不可。為此，趙辛楣、李梅亭二

④　吳禮權《修辭心理學》第 185 頁，雲南人民出版社，2002 年。
⑤　吳禮權《修辭心理學》第 186 頁，雲南人民出版社，2002 年。

人在人地生疏之處奔波多日，求助無門，弄得筋疲力盡，嘗盡了被人冷淡的滋味。我們都知道，"花生米"、"茶"是非人無知的事物，不可能有"疲乏"和"（被人）冷淡"的感受。可是作者卻說"疲乏的花生米"、"冷淡的茶"，雖然辭面上顯得悖理荒謬，但在表達上卻形象生動地凸顯出趙、李二人身心疲乏、備嘗人世冷淡的真切心理狀態。如果用常規語言來表達，就會顯得平淡無生氣，無法達到上述生動形象的效果，不會給人留下深刻的印象。

可見，移就表達策略確是一種有效的語言策略，只要表達者正確把握"移情作用"的心理學原理，善於在"物""我"之間找到兩者交融的切合點，移就移得合情合理，就能大大提高語言的表達效果，使自己的表達更富魅力。

三、仿擬：疏影橫斜水清淺，暗香浮動月黃昏

> 眾芳搖落獨暄妍，佔盡風情向小園。
> 疏影橫斜水清淺，暗香浮動月黃昏。
> 霜禽欲下先偷眼，粉蝶如知合斷魂。
> 幸有微吟可相狎，不須檀板共金樽。

這首名曰〈山園小梅〉的詩是宋人林逋所作，是歷來為人所傳誦的佳作，其中"疏影橫斜水清淺，暗香浮動月黃昏"兩句尤為出名，全詩在中國文學史上突出的地位實在仰賴這兩句不少。宋人司馬光《溫公詩話》稱林逋"有詩名，人稱其梅花詩云：'疏影橫斜水清淺，暗香浮動月黃昏'，曲盡梅之體態。"那麼，這兩句何以這樣讓人覺得妙呢？台灣學者沈謙教授曾作過分析說："此詩三四句'疏影橫斜水清淺，暗香浮動月黃昏'為自古詠梅佳句之最。但也是其來有自。《紫竹軒雜綴》云：'江為詩："竹

影橫斜水清淺，桂香浮動月黃昏。”林君復改二字為“疏影”、
“暗香”以詠梅，遂成千古絕調。詩字點化之妙，譬如仙者丹頭
在手，瓦礫皆金矣。’林逋愛梅，與陶淵明愛菊、周敦頤愛蓮齊
名，輝映千古，並垂不朽。江為原作用‘竹影’、‘桂香’，雖然是
佳作，但林逋換用‘疏’、‘暗’二字，就比原來的靈動有致，含
蘊無窮。‘疏影橫斜’繪梅之姿態搖曳，‘暗香浮動’寫梅之聲氣
遞送。饒有情致，耐人尋味。”⑥

　　原來，林逋的名句並非自己的創造，而是改他人之句而成。
那麼，歷代欣賞者何以還要如此讚美喜愛林逋的這兩句，而忘記
了江為的原作呢？因為林逋的改句運用了一種叫“仿擬”的語言
表達策略，點化了原句，效果勝過了原作。

　　所謂“仿擬”，是一種有意模仿已有名句或他人寫得較好的
句子的結構形式而替換以新內容來正面表情達意的語言表達策
略（這和後文我們要談到的“仿諷”不同，“仿諷”雖也是仿用
前人或他人的名句的結構形式，但意在諷刺，不是正面表情達
意）。這種表達策略運用得好，往往可以化腐朽為神奇，有點鐵
成金的效果，青出於藍而勝於藍，比被模仿的原句更為有名。上
述林逋的兩句詩不僅結構形式上全套江為的原詩，而且詞句大部
分照搬，只是將“竹影”改“疏影”、“桂香”換“暗香”，雖僅二
詞之替代，但意境全變，韻味大不相同，兩者相較，表達效果不
可以道理計。由此林逋的詩句大出名，而江為原作卻少有人知，
這就是林逋的運用仿擬表達策略的成功處。諸如此類的情形，在
中國古典文學創作中不是少數。最著名的如唐代大才子王勃的駢
文名作〈秋日登洪府滕王閣餞別序〉之所以千古傳誦，其中實仰
賴篇中“落霞與孤鶩齊飛，秋水共長天一色”兩句不少。當時都

---

⑥　沈謙《修辭學》第 160 頁，台灣空中大學印行，1996 年。

督閻公讀到此二句即歎服："此真天才,當垂不朽矣!"關於這篇文章的寫作,歷代還有不少傳說甚至是神話,這是大家都知道的。其實,王勃的這兩個名句亦非自己的首創,只是化其前人,是運用仿擬策略的結果。南朝文學家庾信有一首〈馬射賦〉,內有"落花與芝蓋齊飛,楊柳共春旗一色。"寫的是春色春景。王勃仿其句式結構,改"落花"為"落霞",變"芝蓋"為"孤鶩",換"楊柳"為"秋水",替"春旗"為"長天",雖僅是四個詞的替代改換,但境界效果與原作就大不相同了。與原作相比,王勃之句顯得"句秀境美,靈動有致,遠勝舊作。即以上句而言,庾信敍落花與繪着芝草的車蓋齊飛,難免雕鑿造作。王勃敍紅霞在天空中飄動,白鴨翱翔乎其間,在色彩上藍天中紅白對映,動態上有生命的飛鳥與無生命的晚霞並舉齊飛,畫面鮮活,真是狀溢目前。"⑦還有王勃的詩作〈送杜少府之任蜀川〉中有"海內存知己,天涯若比鄰"兩句,也是人所皆知皆用的名句,大家都讚其妙。其實,它也是運用了仿擬表達策略點化而來的。點化的是三國魏時"才高八斗"的曹植的〈贈白馬王彪〉詩中的"丈夫志四海,萬里猶比鄰"兩句。由於仿句勝過了原句,以致現代大家都知王勃之句而不知曹植之句,用王勃之句送友人表心跡而不用曹植的原句了。可見,王勃確是運用仿擬策略的高手,仿擬表達策略確實效果不凡。

仿擬表達策略因為有點鐵成金的深厚魅力,所以不僅古人愛用,現代人亦然。如胡適在〈國學季刊發刊宣言〉中曾寫有這樣一段著名的文字:

---

⑦ 沈謙《修辭學》第 156 頁,台灣空中大學印行,1996 年。

> 　　整治國故，必須以漢還漢，以魏晉還魏晉，以宋還宋，以明還明，以清還清；以古文還古文家，以今文還今文家；以程朱還程朱，以陸王還陸王，……各還他一個本來面目，然後評判各代各家人的義理的是非。不還他們的本來面目，則多誣古人；不評判他們的是非，則多誤今人。但不先弄明白了他們的本來面目，我們決不配評判他們的是非。

　　胡適這段話強調古籍整理和研究先要弄清版本問題，要認真校勘，確定了原作的本來面目之後，再加以評判，不能以非本來面目的版本誤評了古人。也就是説，古籍整理和研究要本着科學客觀的態度，要從歷史真實出發，不能主觀臆斷。由於胡適表達得好，不僅讀之覺其精闢，而且朗朗上口，給人留下了深刻印象。其實，胡適的這段妙語精言不是他自己的首創，而是其來有自。它是運用了仿擬表達策略，"胡適自己明言此段仿自段玉裁《經韻樓集·與諸同志論校書之難》"⑧。其文有云："校經之難，必以賈還賈，以孔還孔，以陸還陸，以杜還杜，以鄭還鄭，各得其底本，而後判其義理之是非。……不先正註、疏、釋文之底本，則多誣古人；不斷其説之是非，則多誤今人。"段玉裁是清代著名的經學家、語言學家，他在《經韻樓集·與諸同志論校書之難》一文中的這段文字，如果不是專業的學者，一般很難見到，所以並不怎麼出名。而胡適能獨具慧眼地見出段玉裁此段文字表意的精闢，仿其句式寫出了上述那段名言，仿得恰切精當，且不乏創意，故其知名度遠超過段氏原作，可謂是"青出於藍而勝於藍"。

　　下面我們再來看一下台灣當代著名女作家張曉風運用仿擬策

---

⑧　沈謙《修辭學》第 162 頁，台灣空中大學印行，1996 年。

略所創造的一個出色文本。沈謙教授在其〈張曉風不得不精彩〉一文中敍其事云：

> 王大空替張曉風的《幽默五十三號》作序，提到一件事。
>
> 曾經有人問張曉風：
>
> "你的文章寫得那麼好，真是不簡單，一定有甚麼秘訣，能否透露一二？"
>
> 張曉風神秘一笑：
>
> "沒有啦，哪有甚麼秘訣？不過每當我提起筆來的時候，不由得想起，我現在所使用的語言，正是當年孔子、孟子、李白、杜甫所曾經使用過的同樣語言，下筆就不得不格外謹慎小心了！"
>
> 事實上，我們都知道，張曉風話並沒有說完，她省略了一句："文章就不得不格外精彩了！"
>
> 張曉風如此回答當然精彩，令人佩服。我懷疑她的句式是有來歷的，後來當面請教典出何處。她猶疑了一下，我立即再加上：
>
> "杜詩無一字無來歷，你一定有所本，能否詳言之？"
>
> 張曉風終於明言是仿自幽默大師蕭伯納的《窈窕淑女》：
>
> "你話說得如此漂亮，有甚麼秘訣？"
>
> "沒有啦！只不過我所使用的語言，正是莎士比亞、彌爾頓這些天才們所使用過的同樣語言，所以不得不精彩！"

張曉風的回答確實精彩，原來也是運用了仿擬表達策略。只不過，她仿的是英國作家蕭伯納而不是中國人的名句。雖然我們不能說蕭伯納的原話是"鐵"，說張曉風的仿句是"金"，但張曉風仿得確很自然、恰當，不露痕跡，生動地顯現出張曉風自負矜持而謙遜優雅的風度，效果明顯很好。因此，我們可以說張曉風的仿擬是成功的，如果說蕭伯納的原句是赤金，張曉風的仿句可算白金，蕭句是英國之"金"，張句則是中國之"金"。

可見，仿擬策略的運用確實有很好的效果，只要運用者有深厚的語言功力，確能達到點鐵成金的境界，這種語言表達策略是可以很好發揮作用的。若運用者功力不夠，還是慎用為妙，否則便會墮入點金成鐵，變神奇為腐朽的惡趣中。

四、轉品：我不卿卿，誰當卿卿

> 晉王戎妻語戎為卿。戎謂曰："婦那得卿婿？於禮不順。"答曰："我親卿愛卿，是以卿卿；我不卿卿，誰當卿卿？"

這是隋人侯白《啟顏錄》所記晉人王戎妻子之軼事。"卿"本是古代高級官名、爵位名，其位在公之下，大夫之上。如"上卿"、"三公九卿"之類即是。還有，封建時代帝王為了表示對臣子的親熱之情，常稱臣子為"卿"或"愛卿"，如在舊小說中我們可以經常看到皇帝稱某些大臣為"王愛卿"、"李愛卿"等等。因為作為稱謂代詞，"卿"是君對臣的一種愛稱，它有社會約定性。可是王戎的妻子卻稱自己的丈夫為"卿"，所以王戎覺得大不解，也覺得彆扭還有點肉麻。於是就跟妻子說："女人怎麼能稱丈夫為'卿'呢？"他的妻子振振有詞地回答道："我親你愛你，所以稱你為'卿'；我是你娘子，我當然最有資格稱你為'卿'了，我不稱你為卿，誰還有資格稱你為'卿'呢？"是啊，夫妻關係是最親密的關係，夫妻之間親熱地稱呼，也是人之常情，也是彼此相愛、感情深厚的表現之一。但王戎過於拘泥封建的一套，不解閨房情趣，所以被他那位風流瀟灑的妻子親熱地教訓了一頓，給他洗了一次腦子，也讓他略解些風情，知道甚麼叫生活情趣。

這則故事歷來被人傳誦。陳望道先生認為王戎之妻的稱謂"用法也極尋常，但因用得合拍，便覺異常生動，終至歷代流傳作為親昵的稱謂。"[9]

那麼，何以"用法也極尋常"，而歷來人們都覺其"異常生動"呢？這是因為王戎妻子的說法運用了一種叫轉品的表達策略。

所謂"轉品"（或稱"轉類"），是一種在特定語境中臨時將某一類詞轉化作另一類詞使用以收新穎奪人效果的語言表達策略。上述王戎妻之語"我親卿愛卿，是以卿卿；我不卿卿，誰當卿卿"，其中三個"卿卿"中的第一個"卿"，都是臨時由代詞轉類為動詞使用了，即"稱……為卿"。因為這種用法突破了漢語詞類使用的常規，但在特定的語境下又不妨礙語義理解，所以就顯得新穎奪人，加之以封建時代女子少有的大膽，以帝王稱臣的愛稱來稱自己的丈夫為"卿"，所以就顯得"異樣的生動"了。

轉品策略因為有獨特的表達效果，所以在很多作家筆下都有這種表達策略的運用。如魯迅雜文〈風馬牛〉一文中有這樣一段文字：

> 《小說月報》到了十一月號，趙先生又告訴了我們"塞意斯完成四部曲"，而且"連最後的一冊《半人半牛怪》(*Der Zentaur*) 也已於今年出版"了。這一下"Der"，就令人眼睛發白，因為這是茄門話，就是想查字典，除了同濟學校也幾乎無處可借，那裏還敢發生甚麼貳心。然而那下面的一個名詞，卻

---

⑨　陳望道《修辭學發凡》第 192 頁，上海教育出版社，1997 年。

不寫尚可，一寫倒成了疑難雜症。這字大約是源於希臘的，英文字典上也就有，我們還常常看見用它做畫材的圖畫，上半身是人，下半身卻是馬，不是牛。牛馬同是哺乳動物，為了要"順"，固然混用一回也不關緊要，但究竟馬是奇蹄類，牛是偶蹄類，有些不同，還是分別了好，不必"出到最後的一冊"的時候，偏來"牛"一下子的。

這篇文章是魯迅嘲笑趙景深提出的"順而不信"的翻譯主張及趙氏誤將《半人半馬怪》譯成《半人半牛怪》一事。其中末一句"偏來'牛'一下子的"，運用的即是轉品表達策略。"牛"是名詞，後面不可以跟補語"一下子"的。但是，魯迅卻這樣寫了，這明顯是將名詞"牛"臨時轉類為動詞使用，意即張冠李戴地亂譯。由於運用了轉類策略，不僅使表達頓顯新穎靈動，而且表意也較含蓄、幽默，不至嘲笑對方太過尖刻而失君子風度。如果採用常規的語言表達，不以轉品策略來表達，效果就不會有上述那樣好。那麼，魯迅也就不成其魯迅了。

又如台灣作家李敖在其《李敖回憶錄》中寫有這樣一段文字：

有些人整天遊手好閒、喜歡跟你聊天，我最怕交到這種朋友，因為實在沒工夫陪他神聊，但這種人往往又極熱情、極夠朋友，你不分些時間給他，他將大受打擊。所以一交上這種朋友，就不能等閒視之。這種朋友會出現在你面前，以憐憫姿態勸你少一點工作，多享受一點人生。當然我是不受勸的，我照樣過我的清教徒生活，不煙、不酒、不茶、不咖啡、不下棋、不打牌、不考究飲食、不去風月場所，甚麼三溫暖、甚麼啤酒屋、甚麼電影院、甚麼高爾夫球……統統與我無緣。

　　李敖的這段文字是寫自己珍惜時間、努力工作和不講究享受的生活態度。其中說自己"不煙、不酒、不茶、不咖啡"，這也是明顯運用了轉品的表達策略。因為現代漢語副詞"不"是不能直接修飾名詞的。而李敖卻用否定副詞"不"來修飾名詞"煙"、"酒"、"茶"、"咖啡"，這是臨時將上述名詞轉用為動詞"抽煙"、"喝酒"、"喝茶"、"喝咖啡"，不僅表達新穎奪人，而且足可以表現李敖"橫眺一世，卓而不群"的處世作風和行文不拘的瀟灑風格，堪稱妙筆。

　　轉品策略確有使表達新穎靈動的效果，但是應該適應特定的語境，比較自然的運用，不至於使人誤認為是表達者不懂語法，語句不通，那樣不僅收不到好的表達效果，還會為人譏笑。所以，這種表達策略表達者沒有足夠的功力，就不能為表達增添活力和新穎奪人的效果，還是慎用為妙。

五、牴牾：我達達的馬蹄是美麗的錯誤

我打江南走過
那等在季節裏的容顏如蓮花的開落

東風不來，三月的柳絮不飛
你底心如小小的寂寞的城
恰若青石的街道向晚
跫音不響，三月的春帷不揭
你底心是小小的窗扉緊掩

我達達的馬蹄是美麗的錯誤，
我不是歸人，是個過客。

　　這是台灣著名詩人鄭愁予的成名詩作〈錯誤〉。其中“我達達的馬蹄是美麗的錯誤”一句尤其為人傳誦。“‘美麗的錯誤’不但為大眾所津津樂道，簡直成為鄭愁予的註冊商標。”[10]鄭愁予“美麗的錯誤”這一“註冊商標”出現以後，被很多人“盜用”，而且“盜風特盛”，好在美辭妙語的創造不算“發明創造”，美辭妙語的仿用也不關涉知識產權問題。如果事涉知識產權問題，如果詩人鄭愁予較真的話，那肯定有打不完的官司，那詩人也就別想有時間再寫詩了。因為美辭妙語人人覺得賞心悅目，仿用也不違“行規”，所以“美麗的錯誤”的說法時時為人所用。如前些年有一件世界聞名的事情（說來也算是上個世紀末的事了，算得上是“千年老話”了），想來大家都還有深刻的印象。美國總統比爾·克林頓的“緋聞案”鬧得全世界沸沸揚揚，丟盡美國人的大臉。時過不久，世界又爆出了一個新聞：英國首相托尼·貝利雅年近半百卻又添一丁，英國人在世界上掙夠了面子。美國總統克林頓年過半百“出花頭”，搞得夫妻反目，幾乎家庭破裂；英國首相年近半百喜添一丁，夫妻恩愛情深可知。貝利雅為此在英國的民意測驗中好評直升，以前有“政治經濟學”，這次大概要算是“愛情政治學”了。對此事件，世界各國媒體都有熱鬧的報道和評論。中國的媒體也沒閒着，於是也有很多報道和評論。對貝利雅之事有報紙標題說：“貝利雅美麗的錯誤”，大家讀之甚覺其妙。

　　我們都知道，“美麗”和“錯誤”是一對相排斥的概念，既是“錯誤”總是不好的，更不可能是“美麗”的了。那麼，詩人鄭愁予硬是將不相容的矛盾語詞相搭配，違反了漢語語法的基本規則，邏輯上也不合理，應該說是“違法”、“悖理”的不通之辭，是病辭，何以大眾還要津津樂道，很多人還要模仿運用呢？這是

[10]　沈謙《修辭學》第 83 頁，台灣空中大學印行，1996 年。

因為這一説法是詩人運用了一個特別的語言表達策略，它產生了特別的表達效果，這個表達策略叫做"牴牾"。

所謂"牴牾"（或稱"矛盾"），是一種在特定語境下將語義上本不相容的兩個語詞或句子硬性聯繫匹配在一起以表達某種特定情感或深刻語義，令人回味咀嚼的語言表達策略。上述鄭愁予的詩句之所以"為大眾津津樂道"，就是因為運用這一表達策略十分成功。因為"我達達的馬蹄"是"我"急於"回江南見那'容顏如蓮花'的'她'"的動因，"回江南"的感覺自然是美好的；可是"我不是歸人，是個過客"，那麼這"回江南"豈不是給"我"、給心愛的"她"添加更深的苦情嗎？所以説"我達達的馬蹄是美麗的錯誤"。"我"無限矛盾、複雜的思想和感情都在這表面語義矛盾的短短詩句中凸顯出來，令人回味無窮，感歎不已。同樣"貝利雅美麗的錯誤"的説法也如此。年近半百的男人還讓妻子生孩子，在西方人看來並不是甚麼美事，因為年齡、精力和經濟能力都對出生的孩子不利；但是在人丁不旺的英國，年近半百的首相還能為國添丁，美國總統年過半百還鬧緋聞，英國的首相卻夫妻恩愛而生子，則確算一段美麗的佳話。這層語意，作者只用"貝利雅美麗的錯誤"八個字説盡，語短意深，令人回味咀嚼。所以，我們説它是妙語，表達成功。

説到鄭愁予的"美麗的錯誤"，再此想到詩哲徐志摩的名作〈沙揚娜拉 —— 贈日本女郎〉：

> 最是那一低頭的溫柔，
> 像一朵水蓮花不勝涼風的嬌羞。
> 道一聲珍重，道一聲珍重，
> 那一聲珍重裏有蜜甜的憂愁 ——
> 沙揚娜拉！

　　這首詩是徐志摩 1924 年陪同印度大詩人泰戈爾訪問日本時所作。詩雖不長，卻寫盡了這位情種詩人對那位日本女郎的無限留戀之意，纏綿俳惻，令人感動。其中 "那一聲珍重裏有蜜甜的憂愁" 一句尤其精彩，它運用的也是牴牾的表達策略。"蜜甜" 是一種令人喜愛的味道，"憂愁" 是一種令人傷感的情感，這兩個語詞在語義上是互相排斥的矛盾概念，但是詩人卻將它們匹配在一起，這似乎很不合邏輯，也不合漢語語法規約。可是，讀來又令人大覺其妙。何也？男女之戀情是一種十分甜蜜幸福的情感體驗，可是有情人離別則是一種痛苦的情感折磨。詩人與日本女郎那心靈深處的彼此互悅互愛深情固然有一種甜蜜的感覺，但很快詩人就要與她離別，那種情人分別的憂愁痛苦之情馬上就逼上心頭，所以詩人會有 "蜜甜的憂愁" 這種情人間特有的複雜情感體驗，會有 "那一聲珍重裏有蜜甜的憂愁" 的詩句。這句詩雖然短短幾字，雖然表面語義矛盾，但卻寫盡了詩人與日本女郎道別時的無限深情和複雜的內心世界，堪稱 "無理而妙" 的絕妙好辭！

　　牴牾表達策略的運用，似乎在詩歌創作中最為常見。如詩人臧克家的一首名詩〈有的人 —— 紀念魯迅有感〉有云：

> 有的人活着，
> 他已經死了；
> 有的人死了，
> 他還活着。

　　"活着" 和 "死了" 本是兩個根本對立的概念，語義上是絕對矛盾的。然而詩人卻說 "有的人活着，他已經死了；有的人死了，他還活着"，這種說法表面看去是不合邏輯的，但是從另外的角度看，它又有很大的合理性：有些人雖然形體上是活着，可是他精神上已經死了；有些人雖然形體沒有了，但他的精神長在，在人們心中他還活着。然而這層語義詩人並沒有用這麼多的話來表述，而只用了短短十九個字，熱烈地歌頌了魯迅先生的崇高人格，批判了另一些人格低下者。不僅説盡了全部意思，還顯得簡潔含蓄，耐人尋味，成為人們傳誦的名句格言，這就是詩人運用牴牾表達策略的成功之處。

牴牾表達策略的運用有獨特的效果，但應該運用得合理，即所表達的內容確是存在着客觀的矛盾性，但表達時又能表現矛盾內容並存的合理性，這樣才能產生"無理而妙"的表達效果。否則，就會墮入"畫虎不成反類犬"的惡趣中。

六、序換：先生教死書，死教書，教書死

> 先生教死書，死教書，教書死；
> 學生讀死書，死讀書，讀書死。

這是著名教育家陶行知先生所作的一副聯語，意在"批判封建社會的學校教育"。（金禪《短語變序的奧妙》）短短 22 字，精闢無比，一語直刺中國封建社會學校教育制度和教學方式腐朽落後的要害，令人印象深刻，感喟不已。

那麼，這樣一副對聯何以有如此好的表達效果呢？這是因為陶行知先生運用了一個獨特的表達策略 —— 序換。

所謂"序換"，是一種利用漢語單音節詞佔一定數量（古代漢語則是佔絕對優勢）和語序在漢語表意中具有特別重要的意義這兩大特點，通過詞或短語詞組、句子語序的變換實現語義的轉換，從而達到表意深刻雋永、別具幽默諷刺效果的語言表達策

略。陶行知的上述聯語，上聯通過“教”、“書”、“死”三個單音節詞的不同語序排列，寫出了封建時代先生教學方式的落後呆板和先生教學生涯的悲情結局；下聯通過“讀”、“書”、“死”三個單音節詞的不同語序組合，寫出了封建時代學生讀書方式的不科學和學生採用這種方式讀書的悲慘結果。僅僅 22 字就將中國封建教育制度害人害己的弊端揭露得深刻深入，令人警醒，歎服不已。這就是序換表達策略獨特而深厚的魅力所在。

序換表達策略的運用，不僅有言簡意深、警策深刻的表達效果，還有幽默諷刺的表達效應。如錢鍾書《圍城》中有這樣的一段文字：

> 好幾個拿了介紹信來見的人，履歷上寫在外國“講學”多次。高松年自己在歐洲一個小國裏讀過書，知道往往自以為講學，聽眾以為他在學講 —— 講不來外國話藉此學學。

這段話是寫一些人想到國立三閭大學就職，為了獲得校長高松年的另眼相看，就在履歷上寫上自己在外國“講學”的光榮歷史。哪知高松年是留學過的人，知道這“講學”是怎麼回事，所以就打心眼裏瞧不起。其中“知道往往自以為講學，聽眾以為他在學講 —— 講不來外國話藉此學學”，就是高松年的心裏話，更是小說作者所想表達的意思，只不過借高松年之口來說而已。這話就是運用了序換表達策略。“講學”意為有學問有專長的專家學者公開講述自己的學術理論，這是一個具有很高學術層次的行為；而“學講”意為學習講話，這是最最低等的語言行為。作家通過“講學”與“學講”二詞辭面上語序的細微差別和語義上的高下天壤之別的對比，並借小說中人物高松年之口講出，深刻地諷刺挖苦了那些假洋鬼子之類的學術騙子在國人面前招搖撞騙的醜陋行徑，表達含蓄婉約且不失幽默，堪稱妙筆！

上述"講學"與"學講"，是屬於詞的序換；"教死書"與"死教書"、"教書死"，"讀死書"與"死讀書"、"讀書死"，是屬於短語詞組的序換。還有句子的序換，效果也很好。如有個故事說，"文化大革命"末期，"四人幫"的狗頭軍師張春橋想當總理，於是便慫恿心腹在上海貼出這樣一條標語："強烈要求張春橋當總理！"當夜有人將此標語重新拼貼了一下，成為：

> 張春橋強烈要求當總理！

這條重新拼貼的標語，沒有改換原標語的一個字和一個標點符號，只是將原標語中的"張春橋"這一人名專有名詞在句子中的位置作了一下更動，讓"張春橋"一詞由原句子中的賓語地位在新句子中上升為主語的位置。這樣，"張春橋"一詞在新舊句子中雖然只是語法地位的微小變動，但是在語義上新舊兩條標語的差別卻在天壤之間。原句是說：人民擁戴張春橋，人民強烈要求張春橋當總理；變序後的新句子是說：張春橋想篡黨奪權，想當總理，實現自己的個人私慾。但是這層意思表達得很婉轉，卻極具諷刺意味，不費詞句即將張春橋的狼子野心抖落得淋漓盡致。

又如《上海家庭報》2001年10月10日第2版有一篇文章〈中國隊出線感言〉（未署作者名）中有這樣一段話：

> 知名"球記"董路在中國隊獲得世界盃後，曾寫下了100句感想，讀後隱約記得其中一些，湊滿10句錄之同享：
>
> 1、我們實現了衝擊世界盃夢想的同時，我們也就失去了一個曾經讓我們如醉如癡的夢想。……10、閻世鐸豪邁地宣稱

"五年後我們怕誰"的時候，他或許忘了該摑心自問一句"五年後誰怕我們"？

　　2001 年 10 月 7 日，在瀋陽五里河體育場，中國足球隊戰勝亞洲勁旅阿曼隊。至此，中國足球隊經過 44 年的奮鬥才終於首次圓了"衝出亞洲"的夢，獲得了世界盃足球賽的入場券。為此，舉國一片歡騰，士氣大振，所以足協負責人閻世鐸有"五年後我們怕誰"的豪言，大有從此中國隊就可以天下無敵之意。記者董路認為中國隊應該保持清醒的頭腦，繼續努力，要有憂患意識，否則"五年後誰也不會怕我們，我們又要落後了。"記者董路的話是運用了序換的表達策略，對閻世鐸的話中的主、賓語進行了變序。儘管只是兩個詞語語序的交換，可是卻精闢地講出了中國隊應該時刻清醒、不斷努力的一番道理，表達婉轉含蓄，但卻深刻雋永，發人深省，堪稱至理名言！

　　序換表達策略運用得好確能收到很好的效果，但應根據需要，表達要言之有物，不能墮入為"序換而序換"的文字遊戲的惡趣中。

第 **4** 章

婉約蘊藉的策略

── 含不盡之意，見於言外

> 人到了遲暮，如石火風燈，命在須臾，但是仍不喜歡別人預言他的大限。……胡適之先生素來善於言詞，有時也不免說溜了嘴，他六十八歲時來台灣，在一次歡宴中遇到長他十幾歲的齊如山先生，沒話找話的說："齊先生，我看你活到九十歲決無問題。"齊先生愣了一下說："我倒有個故事，有一位矍鑠老叟，人家恭維他可以活到一百歲，忿然作色曰：'我又不吃你的飯，你為甚麼限制我的壽數？'"胡先生急忙道歉："我說錯了話。"

這是梁實秋〈年齡〉一文所敘述的一個故事。

胡適與齊如山都是中國現代史上著名的學者，胡適之名又在齊如山之上。齊如山做壽，胡適前往慶賀。可是，一向以善於說話，又善於恭維他人的胡適，這次恭維齊如山卻"馬屁拍到了牛腿上"，惹得比他年長的齊如山先生大不高興。但是，礙於胡適是出於好意，且又聲名在己之上，齊如山也就只得隱忍，最終以講故事來婉轉地表達了自己的不滿。結果，故事沒講完，就讓胡適為之道歉不迭。

那麼，齊如山的故事何以有如此之魅力呢？

其實，原因很簡單，因為齊如山這裏所講的這個故事，用的是一種叫做"諷喻"的語言策略。其所講的"故事"，根本無其事，只是他為了達意傳情（對胡適説他只能活到九十歲表示不滿）而臨時編造出來的。由於運用了這種語言策略，表達者齊如山既明白無誤地向胡適傳達了自己的不滿之情，又不失了自己文人學者溫文爾雅的風度。同時，還保全了胡適的面子，免了胡適的尷尬，終使胡適心悦誠服地接受了自己的批評，愉快地向他作了道歉。

我們都知道，"語言活動是一個雙向的活動，有表達必然有接受，表達的目的在於讓人接受，要讓表達者與接受者雙向互動，接受者必須有自己發揮積極性的空間，他才有成功的快慰，言語交際活動才有活力，交際氣氛才能活躍。特別是對於那些不便於明説或有可能刺激接受者情感情緒的話，就應該説得'言有盡而意無窮'，説得婉轉，説得曲折，讓接受者自己去意會，去回味，這樣人際互動才能成功。我們都會有這樣的經驗，現實生活中，有時我們實話實説，誠實表情達意反而效果很差，招致接受者（聽話人）極大的心理抵觸，結果鬧得很不開心，人際關係受損。而轉彎抹角地説，説得隱隱約約、吞吞吐吐、曲裏拐彎，接受者反而能心領神會，情緒愉快地接受之，人際關係能夠融洽，交際目標易於實現。何以如此？因為婉約曲折、含蓄蘊藉的表達，符合中國人的接受心理。中國文化講究'中庸'，做事説話都要留有餘地，不把話説過了頭，不把事情做絕。講究高手過招，點到為止。用中國傳統詩歌所追求的崇高境界來説，叫做'不着一字，盡得風流'。""正因為如此，在中國這樣文化底蘊深厚的國度，言語交際、言語表達，就必須考慮中國人崇尚婉約含蓄的文化心理，在特定的情境下注意運用恰當的修辭策略，儘量把自己的思想情感表達得圓滿些，使人際關係得以融洽，言語交際目標得以實現。"①

　　台灣學者沈謙教授曾經說過："中華民族是不是全世界最優秀的民族，我們不知道，因為沒有經過客觀的研究、分析、比較，不可能達成一致的結論。但是，無可置疑的，中華民族有兩樣絕活 —— 美食和美辭，被公認為世界第一，卻是不爭的事實！"（《修辭學》自序）

　　中國人擅長"美辭"，其中突出的表現之一，就是善於說話曲裏拐彎，極盡婉約蘊藉之能事，既能將滿腔的憤怒之情表達得怨而不怒，又能將諷刺挖苦之言說得不着痕跡，更能將討好獻媚之辭說得莊嚴肅穆、一本正經、冠冕堂皇。下面我們就介紹幾種臻至婉約蘊藉效果的語言策略。

一、雙關：蓮子心中苦，梨兒腹內酸

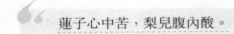

　　　　蓮子心中苦，梨兒腹內酸。

　　上述二句，是清初著名文人金聖歎與其子二人所作的聯語。清初，金聖歎"痛恨清朝政府橫徵暴斂，到文廟去哭泣，請求減免錢糧，他這種抗爭的舉動，激怒了清廷，以'哭廟抗糧，鼓動謀反'為由，將他處死。當金聖歎臨刑前，他的兒子來看他，便出了一句上聯，要其子對下聯，這個對聯流傳廣遠，頗為人們所津津樂道"②。那這兩句聯語何以會流傳廣遠，並為人們所津津樂道呢？

　　我想，主要有三個原因。一是金聖歎視死如歸，砍頭只當

---

① 吳禮權《傳情達意：修辭的策略》第 19 頁，吉林教育出版社，2004 年。
② 沈謙《修辭學》第 63 頁，台灣空中大學印行，1996 年。

風吹帽的凜然正氣令人感佩；二是金聖歎臨刑不懼，與子聯語對句，從容優雅的風度令人絕倒；三是死別憐子之情表達得深沉婉約，哀而不傷，讓人益發增其悲！

　　金聖歎視死如歸的凜然之氣與臨刑對句的從容優雅的風度，是學不到的。但是，金聖歎婉約表情達意的語言策略則是可以借鑒學習的。金聖歎所出的上聯“蓮子心中苦”和其子所對的下聯“梨兒腹內酸”，如果不是在金聖歎臨刑的刑場上這一特定情境下所說，那麼這只是一個古代常見的聯語對句的文人鬥才的尋常事，我們只會讚歎他們對仗工整而已。而上述金聖歎父子的對句，明顯不是父子比才或是父試子才的行為，而是別有寄託的。金聖歎的上句“蓮子心中苦”，表層語義是陳述一個人人皆知的生活常識：蓮子的心是苦的。實際上，這層語義不是金聖歎臨刑前要對兒子說的，他要說的是：“憐子心中苦”。即是說：我馬上要死了，想到你還小，以後沒有父親，生活會更艱難，我的心就感到悲苦不已。中國有句老話，叫做“虎父無犬子”，還有“文化大革命”時代的一句流行語，叫做“老子英雄兒好漢，老子反動兒混蛋”。我們不能說金聖歎是甚麼“反清復明”的大英雄，也不好說他是一個“虎父”，但是可以說，他是一個有骨氣，有學問，有品行的著名文人和學者，自然他的兒子也是有學養的。因此，他兒子的對句也不是那麼簡單的。“梨兒腹內酸”，表層語義也是陳述了一個生活常識：梨子的核是酸的。實際上，這層語義也不是他所要表達的。他真正要表達的是這樣的一個深層語義：“離兒腹內酸”，即是說：爸爸，您馬上就要離開孩兒了，心裏一定很辛酸。生離死別，是人生莫大的悲苦，呼天搶地，捶胸頓足，將自己心中的悲苦一古腦兒的傾瀉出來，也是人之常情。而金聖歎為了保持一個漢族士大夫的民族氣節，還有盡可能多地消解兒子的悲痛，所以達觀而從容優雅地對待離世別子的悲哀，以一語雙義的聯語"蓮子心中苦"婉轉地表達了自己別子的悲切之情；而他的兒子也是善解人意，知道父親的心中悲苦，也以同樣的方法，用"梨兒腹內酸"一句對接，從父親的角度着眼，婉轉地表達了自己離父深切的悲痛。很明顯，金聖歎父子的聯語對句是極其高妙的，是一種深具魅力的表達策略，它既深切、深沉地表達了父子二人生離死別的無限悲痛之情，同時鮮明地體現了漢族士大夫視死如歸、不屈服於異族統治者的淫威，從容赴死、優雅辭世的風度。

金聖歎父子表達策略之所以顯得高妙，是因為他們一語而關涉表裏二義，情意表達婉約蘊藉，令人思而復得，味之無窮。這種在説寫中一語而具二義的語言策略，就是中國傳統修辭學所説的"雙關"。

雙關作為一種表達策略，學術界一般認為可以分為三種類型。一是諧音雙關，二是詞義雙關，三是對象雙關。

所謂"諧音雙關"，就是利用語音的相同或相近的條件而使一語兼具二義。上述金聖歎與其子的聯語，就是典型的諧音雙關。因為"蓮子心中苦"中的"蓮"與"憐"，是同音字。所以，當"蓮"與"憐"通過語音的相同而關合後，表示蓮蓬子的"蓮子"也就與表示憐惜、憐愛兒子的"憐子"關合到一起。於是表層的"蓮子"便轉義為深層的"憐子"。諸如此類的諧音雙關策略的運用，在中國古代很多。如唐代大詩人劉禹錫有一首〈竹枝詞〉是這樣寫的：

楊柳青青江水平，
聞郎江上唱歌聲。
東邊日出西邊雨，
道是無晴還有晴。

　　這是一首描寫西南地區青年男女通過唱歌來表達彼此愛意的詩作。其中末句"道是無晴還有晴"中的"晴"即是同時關合着"晴"和"情"的雙關辭，它"一面關顧着上句'東邊日出西邊雨'，説晴雨的晴，意思是照言陳（就是語面的意思）説'道是無晴還有晴'，一面卻又關顧着再上一句'聞郎江上唱歌聲'，説情感的情，意思是照意許（就是語底的意思）説'道是無情還有情'。""眼前的事物'晴'實際是輔，心中的所説的意思'情'實際是主"。[3] 也就是説，這首詩的耐人尋味，是因為末一句運用了諧音雙關的策略，使一詩而同時兼具表裏二義。表層語義是寫這樣的一個場景：江上，楊柳青青，濃蔭夾岸，一清純美女子江堤上邊行進邊歌唱；江中，波瀾不驚，江面一平如鏡，一英俊少年郎邊撐船邊歌唱。江面之東陽光燦爛，江面之西小雨如麻，讓人分不清到底是晴天還是雨天。深層語義則是寫了這樣一個情景：一對有情青年男女，一個在江堤上，柳蔭後，面不露，歌聲揚；一個在江心，立船頭，對江岸，高聲唱。雖然不見面，彼此歌聲訴衷腸：想你想得我癲狂，俏冤家，你為何把哥（妹）折磨煞。

　　這首仿民歌的小詩之所以千古傳誦，歷久不衰。一言以蔽之：雙關表達策略運用妙。"晴"、"情"通過相同語音形式的扭結和搭掛，使一語而兼具表裏二義，寫盡了青年男女戀情的羞羞答答，給人留下了無盡的想像空間，令人味之無窮，思之再三，於文本解讀中獲取諸多美感享受。

　　這種利用諧音而一語兼關表裏二義的雙關表達策略，因為有特殊的表達效果，所以在中國歷代詩歌創作中十分常用。如南朝吳聲歌曲和西歌曲中這種諧音雙關表達策略的運用就特別普

---

③　陳望道《修辭學發凡》第 96 頁，上海教育出版社，1997 年。

遍，歷代學者都十分矚目。下面選取幾首，妙詩共欣賞，高義相
與析：

> 垂簾捲煩熱，卷幌乘清陰；風吹合歡帳，直動相思琴。
> （王金珠〈子夜夏歌〉）
> 仰頭看桐樹，桐花特可憐；願天無霜雪，梧子解千年。
> （〈子夜秋歌〉）
> 江南蓮花開，紅光覆碧水；色同心復同，藕異心無異。
> （梁武帝〈子夜夏歌〉）
> 罷去四五年，相見論故情；殺荷不斷藕，蓮心已復生。
> （〈讀書曲〉）

這幾首民歌類詩作中都是運用了諧音雙關的表達策略來抒情
達意的，其中"直動相思琴"中的"琴"諧"情"；"梧子解千年"
中的"梧子"諧"吾子"，相當於我們今天所說的"我親愛的"，用
英文表達，大概相當於 my dear；"藕異心無異"中的"藕"諧
"偶"（配偶）；"殺荷不斷藕"中的"藕"也是諧"偶"；"蓮心已
復生"中"蓮"諧"憐"，這兩句實際上是說原來的一對有情人因
故分手，四五年後"第二次握手"，"執手相看淚眼"，舊情復萌，
相憐相惜，意有重溫舊夢之慾。但通過諧音雙關的策略，表達得
相當含蓄而富詩意。

諧音雙關的表達策略在詩歌中運用較多，其他文體中也不乏
其例。如唐代張文成的誌怪小說〈遊仙窟〉中的一段人物對話，
也是用的諧音雙關的表達策略；

> 於是五嫂遂向果子上作機警曰："但問意如何，相知不在
> 棗。"

> 十娘曰：“兒今正意蜜，不忍即分梨。”
> 下官曰：“勿遇深恩，一生有杏。”
> 五嫂曰：“當此之時，誰能忍木奈。”

　　張文成的小説〈遊仙窟〉“採用第一人稱敍事，記述張文成奉使河源，道中夜投一大宅，乃是仙窟，得逢二絕色女子十娘、五嫂，與之歡宴飲樂，以詩相調，止宿而別。”“由於〈遊仙窟〉所描寫的是人們所十分樂道的戀愛故事，加之張文成的優美文筆，使它成為一時傳誦之作。兩《唐書》記載‘新羅、日本使至，必出金寶購其文’，以至〈遊仙窟〉在唐開元年間就流傳到日本，並且在古代日本文學界成為一本很流行的讀物，甚至還出現了註釋其文的著作。據日本人鹽谷溫所寫的《中國文學概論講話》説，日本紫式部所創作的日本第一部小説《源氏物語》亦是受其影響而作。可見，其在日本的影響之大。另外，在日本還有一種傳説‘言作者姿容清媚，好色多情，慕武則天后而無由通其情愫，乃為此文進之。’由於作者與武則天為同時代人，且作者與武后皆為當時風流人物，故此中國古代亦多有謂此作是影射作者與武后戀愛的故事，帝后之尊猶若仙界，故託仙女以寄其情意。雖然我們目前還不能肯定〈遊仙窟〉是否真是影射作者與武后的戀愛故事而作，但這確是一部頗為生動的‘情怪’類小説。”[4]

　　〈遊仙窟〉的生動浮艷，即由上引一段對話亦可窺其全豹。這段對話“全係以果子名稱諧音雙關人情：‘棗’雙關‘早’，‘梨’雙關‘離’，‘杏’雙關‘幸’，‘木奈’雙關‘耐’。正所謂‘指物借意’。”[5]破解了這些文字奧妙，張文成與仙女十娘、五嫂

---

[4]　吳禮權《中國言情小説史》第80－81頁，台灣商務印書館，1995年。
[5]　沈謙《修辭學》第70頁，台灣空中大學印行，1996年。

調笑通情的情景自可意會,表達含蓄,給人以無盡的遐思,真可謂"不着一字,盡得風流"!由此,我們可以再次見到雙關策略的魅力。

諧音雙關策略的魅力不僅表現在上述諸例的抒情達意上,在諷刺嘲弄方面也效果奇佳。如《金史·后妃傳》中記有這樣一個故事:

> 元妃勢位熏赫,與皇后侔矣。一日章宗宴宮中,優人瑇瑁頭者戲於前。或問上國有何符瑞。優曰:"汝不聞鳳凰見乎?"其人曰:"知之而未聞其詳。"優曰:"其飛有四,所應亦異:若向上飛則風雨順時;向下飛則五穀豐登;向外飛則四國來朝;向裏飛則加官進祿。"上笑而罷。

金章宗寵愛元妃李氏,以致李氏勢位熏赫,大有與皇后平起平坐之勢。宮中優伶(就是封建時代朝廷蓄養的專供皇帝娛樂的演員、文藝人士)有正義感的都對章宗過分寵愛元妃李氏和李氏恃寵驕縱的行為看不下去。於是,便借一次章宗在宮中宴樂之機,二藝員借給皇上宴會搞笑為名,兩人唱起了雙簧戲。一個説:"請問上國最近有沒有甚麼祥瑞出現呀?"另一個就説:"有呀,你沒有聽説有鳳凰現世嗎?"問話的那個又説:"聽是聽過,但不清楚具體情況。"另一個藝員便煞有介事地説:"鳳凰的飛有四種講究:如果向上飛,就預示着國家風調雨順;如果向下飛,就預示着有一個五穀豐登的好年成;如果向外飛,就有周邊國家來朝貢了;如果向裏飛,那就要加官進祿了。"章宗聽完,一笑了之。

那麼章宗聽了二位藝員的話為甚麼"笑而罷"呢?這裏面有名堂。因為藝員的末一句"向裏飛則加官進祿",大有玄機。因為

"'向裏飛'雙關'向李妃'"⑥。原來，藝員的故事關鍵就在這裏，它是借諧音雙關諷刺李妃的恃寵驕縱和朝廷官員走李妃的"夫人路線"往上爬的不良風氣。由於這層深層語義表達得含蓄婉約，又因為藝員所編"鳳凰四飛"故事的荒誕不經，所以章宗只能"笑而罷"，心裏知道二藝員在諷刺自己和愛妃，但也無法去追究他們甚麼了。如果二藝員不以諧音雙關的表達策略説出自己的心裏話，而是直言相諫，那必會吃飯的傢伙也難保了，章宗一定會説："混賬，有你説話的份嗎？你是個甚麼東西！也不撒泡尿照照？你也來管朕的事？拖出去'斬！'"好在二藝員畢竟是長在皇上身邊廝混的角色，知道皇帝老兒吃哪套。所以對症下藥，不但表達了自己對國家朝政的心聲，還贏得了皇帝的笑聲，不能説不是極大成功！可見，中國古代的宮中藝員確是了不起的。（關於他們的智慧故事，本書其他章節還會提到很多，這裏暫且打住，欲聽餘情，請待下回分解吧。）於此，我們也能見出諧音雙關的表達策略的特殊效果。

　　説到金代皇帝被他的藝員諷刺，不禁使我們想到中國現代史上一位不知死活、不識時務的短命皇帝袁世凱被全國人民唾罵的一首民謠：

> 大總統，洪憲年，正月十五賣湯圓。

　　獨夫民賊袁世凱竊取辛亥革命的勝利果實而做上中華民國大總統後，還覺得不過癮，於是又逆歷史潮流而動，恢復帝制，改元洪憲。結果，在舉國一致的文攻武伐中，做了 83 天皇帝就一命嗚呼了，真正成了"不齒於人類的狗屎堆"。上述這首民謠是

---

⑥　陳望道《修辭學發凡》第 102 頁，上海教育出版社，1997 年。

袁世凱稱帝尚未被拉下馬來時所流傳的。它也是運用諧音雙關的
表達策略，"以'賣湯圓'暗示'元宵' —— 袁消"⑦。儘管這個民
謠的諧音雙關比一般的諧音雙關要複雜，但是"湯圓"又名"元
宵"，是中國人大多都知道的，由"元宵"而諧音關合"袁消"，
即袁世凱稱帝必完蛋的深層語義是不難破解的。這裏，既可以
見中國人民的語言智慧，也可以見出諧音雙關表達策略的奇特
效果。

　　說完了"諧音雙關"，我們再來看雙關的第二類"詞義雙關"。
所謂"詞義雙關"，是指利用漢語中詞的多義性而在說寫中一詞兼
具二義的表達策略。如清代浮白主人所輯《笑林》中記有這樣一
個故事：

　　　　一位青盲人涉訟，自訴眼瞎。官曰："一雙青白眼，如
　　何詐瞎？"答曰："老爺看小人是青白的，小人看老爺是糊塗
　　的。"

　　一個青盲人因眼睛不好而吃上了官司。到了衙門，青盲人據
實說明因由後，官老爺說："你的一雙眼睛青白（黑白）分明，
怎麼詐說是眼瞎呢？"以為青盲人想詐瞎逃脫法律責任。青盲
人回答說："老爺看小人是青白的，但是小人看老爺卻是糊塗
的。"那麼，浮白主人何以將此故事作為笑話收入《笑林》呢？
這裏我們就要深究其中的玄機了。其實，這則故事的笑點全在青
盲人的妙答上，妙就妙在巧用雙關策略。它是同時運用了兩種
雙關策略。一是"老爺看小人是青白的"，是我們上面所說的諧
音雙關，它表層語義是說："老爺看小人的眼睛青白（黑白）分

---

⑦　沈謙《修辭學》第 71 頁，台灣空中大學印行，1996 年。

明，沒有瞎。"實際上，青盲人這裏的"青白"是諧音"清白"，即這句話的深層語義是説："老爺也認為小人是清白的，沒有過錯。"二是"小人看老爺是糊塗的"，是詞義雙關。因為"糊塗"一詞是個多義詞，有"模糊，不清楚"和"不明事理"二義。因此，青盲人的這句話其實就兼具了表裏兩層語義。表層語義是説："小人眼瞎，看老爺的形象看不清楚，很模糊"；深層語義則是説："小人認為老爺是個糊塗蛋，不明事理，是分不清是非的昏官。"由於"糊塗"一詞的多義性，青盲人的話可以作表裏兩層不同的理解，儘管官老爺知道青盲人話的實質不是表層語義，而是深層語義的表達，但也無把柄可抓。這就是詞義雙關策略的妙處，含蓄蘊藉，諷刺嘲弄不露痕跡。

　　青盲人雖然能運用詞義雙關策略為自己開脱法律責任，同時還順帶嘲弄了官老爺一頓，但這還只是小民的小聰明而已。下面我們看一個大人物的大智慧，這就是漢初著名的謀士蒯通以詞義雙關的策略遊説韓信背叛劉邦，自己稱帝一統天下的歷史故實，事見漢代司馬遷《史記・淮陰侯列傳》：

> 　　齊人蒯通知天下權在韓信，欲為奇策而感動之。以相人説韓信曰："僕嘗受相人之術。"韓信曰："先生相人如何？"對曰："貴賤在於骨法，憂喜在於容色，成敗在於決斷，如此參之，萬不失一。"韓信曰："善！先生相寡人何如？"對曰："願少間。"信曰："左右去矣！"通曰："相君之面，不過封侯，又危不安；相君之背，貴乃不可言。"

　　齊人蒯通是個很有眼光和謀略之士，他分析了漢初天下未定的局勢，認為劉邦雖是天下之主，但實際權力是操在兵馬大元帥韓信之手，因為在封建時代武人兵權在握，向來是能決定國家命運的。所以，蒯通就設奇計要感動韓信，遊說他背棄劉邦，自立門戶，逐鹿中原，榮登大寶。因為當時大家都比較相信命相之學，認為富貴乃天定，王侯將相皆有種。於是蒯通就以相士的身份見韓信，並遊說韓信說："在下曾學過相人之術，會看相。"韓信果然來了興趣，便說："請問先生如何相人呢？"蒯通見機會來了，便說："看一個人的貴賤主要看他的骨相，看一個人的憂喜看他的容色便知，看一個人的事業成敗就看他的決斷能力，這樣從幾個方面綜合起來權衡，看相的結果是萬無一失的。"韓信一聽，更來勁了，便急不可耐的說："好！先生看看我的相怎麼樣？"蒯通對韓信周圍的人看了一下，說："請借一步說話。"韓信知道人多說話有些不便，便摒退左右說："大家先下去。"剩下韓信和蒯通自己，蒯通便說："相您之面，充其量也就是封個侯，但還危險不安，朝不保夕；相您之背，那就貴不可言了。"我們一看就明白，蒯通的遊說，關鍵就在最後一句"相君之背，貴乃不可言"。這是典型地運用詞義雙關的策略。它表層語義好像承接上句"相君之面"而來，是指"相您的背部，貴乃不可言"；實際上，它的深層語義是說："如果您背棄劉邦，自立山頭，那就可以做皇帝，不必受制於人，危而不安，朝不保夕的。"韓信是個聰明人，自然知道蒯通說的是深層語義，只不過說得含蓄而已。儘管韓信心知蒯通之意，結果，大家都知道，蒯通沒有做成這筆大買賣，韓信優柔寡斷，沒有聽計於蒯通，以致於先被劉邦設計削去兵權，後又被呂后與蕭何合夥設計害死。真可惜了蒯通一番心機。假設韓信聽從了蒯通的計謀，必定能一統天下，面南稱帝，那麼蒯通的這一筆生意就可以使自己發跡變泰的，帝王之師與開國丞相則非他莫屬。

　　現代人運用詞義雙關的表達策略，水平也不讓古人的。如台灣作家李敖在《李敖回憶錄》中寫有這樣一段話：

> 　　李敖自寫《傳統下的獨白》闖禍起，被追訴多年，一直翻不了身，這本《獨白下的傳統》，是書名翻身，不是他。李敖大隱於市，常常幾個月不下樓，神龍首尾皆不見。這本重新執筆的新書，聊可如見其人，並為仇者所痛，親者所快。
> 　　遠景過去沒有李敖，李敖過去沒有遠景，現在，都有了。

　　李敖第一次政治犯罪出獄後，為台灣遠景出版社寫了一本名叫《獨白下的傳統》的書。此書出版之際，李敖應出版社之約為自己的這部新書寫下了一則有名的廣告文案，就是上面我們引到的這段文字。這段文字對於李敖此書的暢銷一時，有很大的推波助瀾作用，事實證明也是如此。由於這本新書的暢銷，還引出了李敖人生的一段佳話。這在《李敖回憶錄》中有清楚的記述："在《獨白下的傳統》使‘台北紙貴’的熱潮中，一位美人，當年在大學時代，曾把《文星》出版的《傳統下的獨白》插在牛仔褲後，招搖而過輔大校園的，這回也趕去買了一冊，這位美人，就是電影明星胡茵夢。"這位台灣的大美人不僅於此，還在 1979 年 6 月 17 日的台灣《工商日報》上寫了一篇名為〈特立獨行的李敖〉一文，引起社會雙重轟動效應。由此，李敖對胡茵夢大有好感，二人迅速墜入情網，不久就結為伉儷，在台灣更是掀起許多新聞。回過頭來，我們再看看李敖的這則廣告文案。我們不難發現，李敖的這則廣告文案確實寫得很有鼓動性，特別是末二句"遠景過去沒有李敖，李敖過去沒有遠景，現在，都有了"，寫得特別煽情。那麼這兩句好在哪裏，妙在何處呢？無他，善用詞義雙關策略耳！因為"遠景"一詞，一指"遠處的景致"，一指"未來的景象"，也就是"前途"、"前程"之義。在李敖的廣告文案中，正是利用了遠景出版社社名"遠景"一詞的多義性做足了文章。這末兩句表層語義似乎在說：遠景出版社過去沒有李敖這樣的作者，李敖過去也沒有遠景出版社這樣的合作對象，現在雙方合作了，就都有了。實際上，深層語義則是說：說到前程，過去是沒有李敖的份，因為他是政治犯；說到李敖，過去是不敢奢想前途的，因為他還在坐着大牢呢。現在，李敖出獄了，自由了，甚麼都有了。作者本來就是一個敏感而具爭議的人物，他的一舉一動本來就引人注目，再加上他如此含蓄婉約、內涵豐富、煽情高妙的廣告文案，他的書不暢銷才怪呢！

下面我們再來談談雙關策略的第三類："對象雙關"。所謂"對象雙關"，就是利用敍說對象在特定情境下的多解性而構成的一語而兼具二義的雙關策略。如漢代司馬遷《史記·齊悼王世家》中有這樣一段記載：

> 朱虛侯年二十，有氣力，忿劉氏不得職。嘗入侍高后燕飲，高后令朱虛侯劉章為酒吏。章自請曰："臣，將種也。請得以軍法行酒。"高后曰："可。"酒酣，章欲進歌舞，……曰："深耕概種，立苗欲疏；非其種者，鋤而去之。"呂后默然。

朱虛侯劉章是漢高祖劉邦之孫，齊悼惠王之子。劉章年二十時，正是劉邦死後呂后當權，呂氏家族一手遮天之時，劉家子孫都被廢置。劉章為此忿忿不平。心想，江山是自己爺爺打下來的，現在卻是呂氏坐江山，劉家子孫倒是沒份了，這叫甚麼事。一次劉章入宮陪呂后宴飲，呂后命劉章為酒吏，也就是相當於今天我們所説的酒桌上喝酒的主持人。劉章就自己請命説："臣是將門之種，請允許臣用軍法行酒。"呂后説："可以呀！"酒過三巡，喝得耳熱臉紅之時，劉章想給大家進獻歌舞以助興，並唱了一首〈耕田歌〉："深耕概種，禾苗要稀；不是禾苗，應當鋤除。”呂后聽了沉默不語。

　　那麼，呂后何以在聽了劉章的〈耕田歌〉後默然不語呢？原來，劉章的〈耕田歌〉是運用了對象雙關的策略，表面是說耕種要想收成好，就應該留禾除草；深層語義則是說：要想永保劉家江山，就應該剪除呂氏當政諸王，還政於劉氏。由於這層意思表達得含蓄婉約，雖然呂后心知肚明，但也不能對劉章如何。“呂后死後，劉章聯合周勃、陳平等大臣，盡誅諸呂，果然達成心願。”⑧若是劉章不用對象雙關的策略，而是直話直說，劉章也就沒命了，那麼他後來的作為也就不可能實現了。可見，對象雙關策略運用得好，作用是何等的大！

　　對象雙關策略的運用，在文學作品的人物對話中更是常見。如清代曹雪芹《紅樓夢》第八回中寫有這樣一個情節：

　　這裏寶玉又說：“不必燙暖了，我只愛喝冷的。”薛姨媽道：“這可使不得：吃了冷酒，寫字手打顫兒。”寶釵笑道：“寶兄弟，虧你每日家雜學旁收的，難道就不知道酒性最熱，要熱吃下去，發散的就快；要冷吃下去，便凝結在內，拿五臟去暖他，豈不受害？從此還不改了呢。快別吃那冷的了。”寶玉聽這話有理，便放下冷的，令人燙來方飲。黛玉磕着瓜子兒，只管抿着嘴兒笑。可巧黛玉的丫鬟雪雁走來給黛玉送小手爐兒，黛玉因含笑問他說：“誰叫你送來的？難為他費心。哪裏就冷死我了呢！”雪雁道：“紫鵑姐姐怕姑娘冷，叫我送來的。”黛玉接了，抱在懷中，笑道：“也虧了你倒聽他的話！我平日和你說的，全當耳旁風；怎麼他說了你就依，比聖旨還快呢！”

⑧　沈謙《修辭學》第 76 頁，台灣空中大學印行，1996 年。

　　黛玉這裏所説兩句話就是對象雙關策略的運用，"顯然是藉眼前的事物來講述所説意思的一種措辭法，就是舊小説上所謂指桑罵槐。"⑨ 其中，"難為他費心。—— 哪裏就冷死我了呢"一句，表面是説：難為紫娟為我費心，我哪裏就會冷死呢？實際上，它的深層語義是説：就你寶釵會為寶玉費心，喝點冷酒至於有那麼嚴重的後果嗎？所以這話一聽便知是婉曲地諷刺寶釵多情。"也虧了你倒聽他的話！我平日和你説的，全當耳旁風；怎麼他説了你就依，比聖旨還快呢"一句，表面是説：虧你雪雁那麼聽紫娟的話，我平時跟你説的怎麼都當了耳旁風，她説一句你就依，比領聖旨還快。實際上，這句話的深層語義則是説：虧你寶玉那麼聽寶釵的話，你怎麼不聽我的話，把我平時説的話當作耳邊風。寶釵説的，你就聽，還聽得比領聖旨都快。很明顯，黛玉這是在吃醋，在使小心眼兒，是繞着彎子挖苦寶玉對寶釵的百依百順。可見，在日常生活中對象雙關策略也蠻管用，最起碼它可以使人際關係不至於太緊張，矛盾不至於白熱化，這也是不小的作用。

　　雙關表達策略的運用，可使思想情感的表達顯得含蓄婉轉，可以收到"不着一字，盡得風流"的效果。但是，雙關策略的運用應該適應特定的語境，要使接受者能夠意會出表達者婉約表達的語義，這樣才能收到應有的理想效果。如果過於晦澀，不能使接受者意會出表達者婉約表出的思想情感，那麼雙關策略的運用就是失敗的。也就是説，雙關策略運用的理想境界是既能使表達者的思想情感表達得婉約含蓄，而又不礙於接受者的正確理解和意會。

---

⑨ 陳望道《修辭學發凡》第 102 頁，上海教育出版社，1997 年。

二、折繞：新來瘦，非關病酒，不是悲秋

> 香冷金猊，被翻紅浪，起來慵自梳頭。任寶奩塵滿，日上簾鈎。生怕離懷別苦，多少事、欲說還休。新來瘦，非關病酒，不是悲秋。

這是宋代著名女詞人李清照〈鳳凰台上憶吹簫〉一詞的上闋。此詞是詞人與丈夫趙明誠離別後所寫，感傷夫妻離別之苦情，讀來十分纏綿感人。尤其末三句寫詞人對丈夫的深切思念之情，婉約含蓄，韻味足，感人深。

那麼，這三句詞何以有如此深厚的魅力呢？這是因為詞運用了一個有效的語言表達策略 —— 折繞。

所謂"折繞"，是一種將本該一句話說清楚說明白的意思，故意迂迴曲折地從側面或是用烘托法將本事、本意說將出來，讓人思而得之，從而獲取婉轉深沉、餘味曲包效果的語言表達策略。上述李清照的三句詞，它的意思是說：自從離別後，相思人消瘦。可是，詞人卻沒有這樣直白地表達，而是繞着彎子，說自己的消瘦不是因為貪杯而病酒的緣故，也不是見秋天萬物搖落而感傷所致。那麼，又是甚麼呢？封建時代的女子，特別是一個女文人，除了病酒，悲秋，還會因甚麼事而消瘦呢？接受者排除了上述兩個原因後，很容易就會推理得出詞人所說的真正原因是"相思"。儘管這種曲折迂迴的寫法會給接受者的理解接受帶來些阻障，但是卻增加了表達的婉約蘊藉、餘味曲包的效果，提升了接受者的解讀興味，使詞作更具審美價值。如果詞直白地說："自從離別後，相思人消瘦"，或是更世俗點說："老公啊，我想死你了！"那麼，這首詞也就如同白水一杯，不復有令人品味咀嚼，回味無窮的美感效果了。很明顯，詞人通過折繞策略的運用，提

高了語言表達的效果，增強了作品的藝術感染力，提升了詞作的審美價值。

折繞表達策略的運用，不僅止於提升文學作品的審美價值，有時還能以柔制剛，增強諫議的說服力，有匡世濟人的大作用。如《晏子春秋》記有一則晏子諫說齊景公的故事云：

> 景公飲酒，七日七夜不止，弦章諫曰：“君從欲飲酒七日七夜，章願君廢酒也！不然，章賜死。”晏子入見，公曰：“章諫吾曰：‘願君之廢酒也！不然，章賜死。’如是而聽之，則臣為制也；不聽，又愛其死。”晏子曰：“幸矣章遇君也！今章遇桀紂者，章死久矣。”於是公遂廢酒。

弦章是個正直、忠心為國的臣子，他見齊景公縱慾飲酒七天七夜而不止，認為這會荒廢了朝政，對國家不利，所以他就直言相諫說：“您縱慾飲酒七天七夜，我希望您以國事為重把酒戒了！不然，您就把我處死吧。”景公覺得很為難，這時正好晏子入見。景公就對晏子說：“弦章對我進諫說：‘希望您把酒戒了！不然，就把我處死。’如果我聽從了他的話，戒了酒，這似乎我是被自己的臣子所制；不聽從吧，就要處死他，可我又很捨不得這樣的臣子死。”晏子知道景公的意思，就說：“弦章遇到您這樣的國君，真是他的大幸！今天要是遇到桀紂那樣的昏君，弦章早就死了。”景公明白了晏子的弦外之音，放了弦章，自己也戒了酒。那麼，忠心為國的弦章為甚麼幾陷於死的境地，而晏子何以能三句話既救了弦章，又讓景公戒了酒，挽救了齊國的國政呢？這是因為二人選擇的表達策略不同，結果自然大不相同。弦章沒有重視君臣之間思想的溝通應該注意語言表達策略，對於國君的失誤應該選擇婉轉的表達策略含蓄地指出。而弦章恰恰沒有這樣做，而是直話直說，直來直去，這當然讓齊景公尊嚴和面子上都過不去，所以弦章自己就陷入了絕境。而晏子的勸諫則很高明，他選擇了一個最恰切的勸諫國君的表達策略——折繞。他的話先是給景公戴了一頂高帽子，說景公是明君，弦章很幸運能遇到這樣的明君。然後將了景公一"軍"：表面是說，弦章若遇夏桀、商紂王那樣的昏君，早就死了。弦外之音則是說，如果您想做夏桀、商紂王那樣的昏君，那麼您就殺了忠心直諫的臣子弦章；如果您想做明君，就應該聽從弦章的諫言，戒了酒，不要殺弦章。景公並不糊塗，從他向晏子表白自己對弦章諫言的兩難處理苦衷，也可看出他是個明白人。所以晏子的這種曲折表意的語言策略選擇得是正確的。這樣，晏子將其所要表達的意思曲折地表達出來後，景公自己思而得之，自己意會到了自己的錯誤，也自己糾正了自己的行為。由此，景公的尊嚴和面子保住了，晏子的勸說目標也實現了。這裏，我們由晏子一語"三雕"的事例，可以清楚地見出折繞表達策略作用真是不同尋常！

折繞表達策略的運用不僅能發揮經世致用的大作用，也有融洽人際關係，平添人生情趣的效應。如台灣學者沈謙〈梁實秋的流風餘韻〉一文記有這樣一個故事：

> 1981 年，梁老八十誕辰，詩人瘂弦請了一桌壽宴，我有幸忝列末席，但不幸的是平生酒量太差，只好向他告饒："梁老，我酒量太差，只能乾半杯，您隨意！"梁老面露詭譎的微笑："那你就把下半杯乾了！"

梁實秋先生八十大壽，台灣文藝界擺酒慶賀，眾人自然少不了要敬壽星的酒。沈謙作為晚輩向梁實秋先生敬酒自在情理之中，可是敬酒者沈謙自己卻不勝酒力，所以只好告饒說喝半杯了事。按照常規，既然你要敬酒，壽星自然可以要你喝乾一杯，梁實秋先生完全可以這樣説："小伙子，你既然是尊老敬我酒，就應該乾了一杯，怎麼能只喝半杯呢？"如果梁實秋先生這樣説，那也是合理的。因為中國酒席上勸酒是甚麼招都可以用的，這是中國的禮貌。所以前些年在大陸有各種行酒令流行。如一方要另一方喝酒，就説："感情深，一口悶"。要你一口喝乾。而對方則會變着法子不喝，他也有説辭："感情好，能喝多少是多少。"梁實秋先生的勸酒説辭相比這些流行勸酒辭又要勝出幾籌了，因為他沒有直通通和太過明顯地"強酒"，而是運用折繞表達策略，於婉轉幽默中"逼"敬酒者沈謙一定要喝乾一滿杯。他所説的"那你就把下半杯乾了"，實際上就是説要沈謙喝乾一滿杯。因為要喝"下半杯"自然要先喝掉"上半杯"，這是很簡單的邏輯推理，沒有人不懂，但是就是很少有人想到這樣折繞地表達，強人喝酒既婉轉又幽默生動，令被強酒者沈謙啞口無言，只能喝下全杯，但是應該説是以愉快的心情喝下去的，酒宴也由此平添幾多的情趣。如果梁先生用常規説法來表達，儘管沈謙也會喝，但總不會太愉快的。可見，折繞表達策略的運用小處作用也不少。

折繞表達策略有上述諸多獨特的效果，確實可以為我們的語言表達增添魅力。但是，這一策略的運用應該在特定語境中進行，且應以接受者能夠準確破譯和正確理解為限。否則，表達雖然是極盡婉轉之能事，可接受者不知所云，那麼表達者運用折繞策略也就失去了意義。

三、諱飾：慈父見背，舅奪母志

> 臣密言：臣以險釁，夙遭閔凶。生孩六月，慈父見背；行年四歲，舅奪母志。

　　這是晉人李密寫給晉武帝的〈陳情表〉的開頭一段文字。〈陳情表〉是李密拒絕晉武帝要他出山仕晉的奏章。李密曾是三國蜀漢的官員，屢次出使東吳，有辯才。蜀亡後，他不願仕晉。可是晉武帝的命令也不是那麼好拒絕的，沒辦法他才寫了這封奏表，講明了自己不能出山做官的原因。奏表通過講述自己人生的不幸，祖母年邁體弱、與自己相依為命的情形，情深意切地表現了一個封建時代典型的孝子賢孫的真摯感情，令晉武帝也深受感動，無法駁回他的請求，只得答應他不再出山為官的要求。

　　這封奏表是歷代傳誦的名篇，僅看開頭一段就不同一般，以四言行文，先聲奪人，講述自己的悲情人生，哀傷淒切，令人不能不為之深切感動。它所說的意思，用今天的大白話來說，就是：“臣李密奏稟皇上：我因命運坎坷，罪孽深重，早年就遭憂傷不幸。出生六個月才剛剛會笑時，父親死了；年方四歲時，母親又改嫁了。”這確實是夠慘的，這麼多不幸的事，李密孩提時代就遭遇到，真是令人感傷，為之唏噓不已。其中，說到自己父親死了、母親改嫁了，沒有直說，而是分別用“慈父見背”、“舅奪母志”來表達，顯得十分得體且高妙，也是讀之最令人感佩的地方。

　　何以這兩句有如此好的表達效果呢？因為李密運用了一種叫“諱飾”的語言表達策略。

　　所謂“諱飾”，是一種說寫時為着顧念接受者或關涉者的情感，“遇有犯忌觸諱的事物，便不直說該事該物，卻用旁的話來迴避掩蓋或者裝飾美化”[⑩]的語言表達策略。上述李密所說“慈父見背”、“舅奪母志”，都是運用了諱飾的表達策略。我們都知道，“死”是人類普遍恐懼的，所以世界各國語言中都有對“死”

---

⑩　陳望道《修辭學發凡》第 137 頁，上海教育出版社，1997 年。

的概念採取迴避的語言表達。中國人對"死"概念的迴避更為嚴重，表達上還形成了一套固定的模式。如說帝王之死，有"山陵崩"（誇張帝王之死於國家損失的重大）、"駕崩"、"崩"、"崩逝"、"崩殂"、"賓天"、"大諱"、"大行"、"棄天下"、"棄群臣"之類說法；士或做官人之死，叫"不祿"（就是不拿朝廷俸祿了，用今天的話說，叫不拿工資或薪水了）、"棄祿"、"祿命終"等等；文人或才子之死叫"玉樓赴召"、"埋玉樹"、"埋玉"、"修文地下"等等；年輕女子早死或少女夭折叫"蕙損蘭摧"、"玉碎香埋"、"玉碎珠殘"、"玉殞香消"等等；一般人之死的普通說法如"走了"、"仙逝"、"歸西"、"作古"、"永辭"、"永別"、"老了"等等，不一而足。總之，不同身份的人、不同死法的人、不同年齡的人的死都有一套固定的避諱說法。（關於這一點，張拱貴主編的《漢語委婉語詞典》第 1 — 35 頁，有很詳細的關於"死"的委婉語彙編，可參閱）現代也有一些新見的關於"死"的新避諱說法，如共產黨人常說"見馬克思"，音樂家之死叫"生命劃上了休止符"，思想家之死叫"思想家停止了思想"等等，一般人普遍的說法有"心臟停止了跳動"等等。此外，還有古今對自己死亡的謙稱或對他人死亡的貶稱說法，如"填溝壑"、"伸腿"、"蹺辮子"等等。由於中國人特別忌諱"死"，李密說到自己父親的"死"自然不能直說，必須避諱，加上中國封建時代有為長者尊者諱的傳統，李密也要避說"死"字。又因為李密說的是自己父親的"死"，所以既要避諱又要表謙，故而他選擇了"見背"（離開了我）一詞來婉轉的表達自己父親的死。這樣的表達既符合中國人對"死"避諱的普遍心理，也符合中國封建時代為長者尊者諱的社會傳統，同時也體現了對接受者晉武帝的尊重。至於說到自己母親改嫁的事，這在封建時代也是應該要迴避的事。因為中國封建傳統是提倡女人"從一而終"，所以民間有一句俗語說：

"好馬不吃回頭草，烈女不嫁二夫男"。説到別的女人改嫁在封建時代尚且還要迴避，説到自己的母親改嫁，在封建時代更是難以啟齒的不光彩之事了。但是，這一事實是不能隱瞞晉武帝的。為此，李密又選擇了諱飾表達策略，説自己母親的改嫁是"舅奪母志"，將責任推到舅舅身上，説母親的改嫁不是她自己的本意，她有心替丈夫守節，而舅舅剝奪了母親的志向。這明顯是往自己母親臉上貼金，替母親遮掩。這一真相接受者晉武帝是看得出來的，但因為它符合中國封建時代為長者尊者諱的傳統，體現了"孝"的思想，所以皇帝是讚賞的。由上分析可知，李密説到自己父親的死、母親的改嫁，都運用了諱飾的表達策略，確是成功的高着，讓晉武帝感覺到他確是一位孝心感人的孝子賢孫，無法不成全他的孝行，同意他拒官不做的請求。如果李密不採用諱飾表達策略，直説父親死了，母親改嫁了，晉武帝不僅不會批准他不出山做官的請求，還會以"不孝"這一頂封建時代誰也扛不了的大帽子為名治李密"大逆不道"之罪。可見，李密的表達策略真是運用得高妙！

　　不僅"死"和"改嫁"之類的事，宜以諱飾表達策略來表達，凡是不潔不雅不祥不好之事物，亦復如此。不潔之事的諱飾，如台灣作家阿盛的散文〈廁所的故事〉中有這樣一段文字：

　　三年級放寒假的時候，爸和叔叔們合資蓋了一間廁所。"落成"那天，我們幾個小孩子熱烈的討論誰應該第一個使用，六叔把我們拉開，他説他是高中生，當然是第一。他進去了，一下子又走出來，很不高興的樣子，原來，有人進去過了，六叔一口咬定是那個泥水匠，他嘀咕着説要找泥水匠算賬，……那天晚上，爸和叔叔們在院子裏聊天，聊到這件事，二叔説，新廁所有外來的"黃金"，大吉大利，六叔不同意，

> 他認為新廁所應該由自己人開張才有新氣象，爸沒有意見。

這裏作者所說的"新廁所有外來的'黃金'"和"他認為新廁所應該由自己人開張才有新氣象"兩句，都是運用了諱飾的策略來表達的，它們所說的意思，接受者一看便明白，但由於作者沒有直白地說出，而是用相關的詞語來掩飾，所以文章讀來就顯得高雅，給人以美的享受，從而提升了文章的審美價值。如果直說本事，可能讀者在閱讀接受時就會感覺不潔而引發不愉快的情感情緒，文章的審美價值就會降低。

不雅之事的諱飾也很常見。如魯迅〈且介亭雜文・病後雜談〉中有一段文字寫道：

> 我想，這和時而"敦倫"者不失為聖賢，連白天也在想女人的就要被稱為"登徒子"的道理，大概是一樣的。

魯迅這裏所說的"時而'敦倫'者不失為聖賢"和"連白天也在想女人的就要被稱為'登徒子'"，都是運用了諱飾的表達策略。它們的意思分別是"時而過過夫妻性生活的人不失為聖賢"、"連白天也在想女人的就要被稱為色鬼（或好色之徒）了"。這層意思，魯迅沒有這樣直說，而採用文中那種諱飾的策略表而出之，讀之令人覺得優雅含蓄，在很大程度上提升了文章的審美價值。如果直白本事，讀之便會顯得粗俗，文采頓失。

不祥之事的諱飾在中國文化傳統裏更是歷史悠久，日常生活中也是司空見慣。如看望生病的人，不能說"死"字（上海人探望病人時送禮忌送"蘋果"，這是因為上海話中"蘋果"與"病故"音近，這也是諱飾不祥之事的）；結婚典禮上不能說"散"（婚戀中忌送"傘"，也是因為"散"與"傘"諧音，不吉祥）；考試前，應考者忌人說"落第"，如果應考者甚麼東西落到地上，別人說"及地了"，他會很高興，因為"及地"諧音"及第"，考上了；別人說"落地了"，他會不高興，因為"落地"諧音"落第"，沒考上。又如明代陸容寫有一本叫《菽園雜記》的書，內中記錄了明代吳地民俗忌說不祥事物的很多例子，如船行諱說"住"、"翻"，說"箸"為"快兒"，叫"幡布"為"抹布"；忌說"離散"，叫"梨"為"圓果"，"傘"為"豎笠"；忌說"狼藉"，叫"榔槌"為"興哥"；忌說"惱躁"，說"謝竈"為"謝歡喜"等等。這類諱飾的說法，我們現代還能時時聽到。我有一位同學，他吃魚時，一面吃完了，要翻過來吃另一面，他從不說"翻過來"，他一定說"正過來"，這就是長久以來忌說"翻"字的無意識的避凶趨祥的語言心理的典型凸現。這類忌言不祥之事的諱飾表達策略的運用，在日常生活中舉不勝舉，尤其是在文化層次不高的人群中特別突出，這大概是因為受傳統影響較深的緣故。

　　不好之事的諱飾，在人們的語言表達亦是常見的。如生病、失敗等等，都在諱飾之列。如《文匯報》1995 年 1 月 13 日有一則體育新聞標題是：

> 世界圍棋最強戰弈罷九輪，副帥馬曉春馬失前蹄。

　　這裏"副帥馬曉春馬失前蹄"一句，即屬對不好之事的諱飾，它主要是通過"馬失前蹄"一語來表達的。"舊時打仗，戰將常因'馬失前蹄'而導致戰敗。後因以為喻，婉指工作失誤，比賽等失利。"[11]圍棋世界比賽失敗對比賽者馬曉春本人乃至中國的廣大圍棋愛好者來說，都是件不好的事，直說出來對比賽者本人

---

[11]　張拱貴主編《漢語委婉語詞典》第 210 頁，北京語言文化大學出版社，1996 年。

和國人都是一種情感刺激，所以記者在這則新聞報道中就運用了
諱飾表達策略，婉轉地將比賽失敗的結果傳遞給廣大讀者和圍棋
愛好者，以消解他們激動而悲傷的情緒。很明顯，這種表達策略
的運用是成功的，表達效果也是好的。

諱飾表達策略的運用可以收到表意婉轉的效果，所以說寫
活動中對於那些可能傷及接受者或關涉者情感的不祥、不潔、不
好、不雅之事，應該儘量採用諱飾表達策略來進行，這對表達者
的言語交際目標的圓滿達成是大有助益的。

四、藏詞：君子之交淡如，醉翁之意不在

> 一士人家貧，與其友上壽，無從得酒，乃持水一瓶稱觴
> 曰："君子之交淡如"。友應聲曰："醉翁之意不在"。

這是明人馮夢龍《古今譚概‧巧言》中所說的一個故事。那
位貧窮的讀書人和他的那位善解人意朋友的一說一答，語含玄
機，真是耐人尋味的絕妙好辭，讀之讓人感佩不已。

那麼，這二人的一說一答何以顯得如此高妙呢？這與他們所
運用的表達策略有關，其所運用的就是修辭學上所說的"藏詞"
策略。

所謂"藏詞"，是一種在說寫中將人們習用或熟知的成語或名
句的某一部分藏卻，而以其中的別一部分來替代說寫，以獲致婉
轉含蓄效果的語言表達策略。藏詞可以分為三類：一是"藏頭"，
即將某一成語或名句的前一部分藏卻，只說後一部分；二是"藏
尾"，即將某一成語或名句的後一部分藏卻，只說前一部分；三是
"藏腰"，即將某一成語或名句的中間部分藏卻，只說頭和尾的。
上述士人與其朋友所說的話，運用的都是"藏尾"策略。士人所說

的“君子之交淡如”，是由〈莊子・山木〉篇中的名句“君子之交淡如水，小人之交甘如醴”的前一句，藏去末一字“水”而成的。朋友做壽，士人理應送酒相賀，可是士人是個窮書生，送不起酒，但又一定要這樣做，所以他就無奈中用酒瓶裝了瓶水權且充酒為友人賀壽。但是他這樣做必須跟朋友說明，可明說：“老朋友，請原諒，我沒有錢買酒為你祝壽，就裝了瓶水表表心意吧”，不但自己沒面子，他的朋友在人面前也一定很尷尬。所以這位士人就選擇了一個非常高明的表達策略——藏詞，引莊子名句並藏去不能說出的“水”字，婉轉地告知他的朋友：“我沒錢買酒送你，因為我們是君子之交，就裝瓶水表表心意吧！”他的朋友也很聰明，也運用藏詞表達策略，引宋人歐陽修〈醉翁亭記〉中的名句“醉翁之意不在酒，在於山水之間”的前半句，並藏卻關鍵的“酒”字，不露痕跡地解除了朋友的尷尬，並婉轉地表示了自己的心意：“我不在乎你送的是不是酒，我要的是你這個朋友的一片心意和真摯的友情！”真是會說話，把話說到了朋友的心坎上，可謂是有情有義、善解人意的好朋友。貧士有這樣一位朋友，也是他的福份了！如果朋友直說：“老朋友，別客氣，送水當酒也沒關係，有你一番心意就夠了”，那麼那位貧士將要找個地縫鑽進去了，還有甚麼顏面呢？由此可見，貧士和他的朋友真的是很有語言智慧，讀此故事我們不得不衷心感佩其表達的高妙，同時也可見出藏詞表達策略不同凡響的獨特效果。

藏尾表達策略的運用，如魯迅〈題“未定草”〉一文有段文字說：

　　由前所說，“西崽相”就該和他的職業有關了，但又不全和職業有關，一部分卻來自未有西崽以前的傳統。所以這一種相，有時是連清高的士大夫也不能免的。“事大”，歷史上有過的，"自大"，事實上也常有的；"事大"和"自大"，雖然不相容，但因"事大"而"自大"，卻又為實際上所常見——他足以傲視一切連"事大"也不配的人們。有人佩服得五體投地的《野叟曝言》中，那"居一人之下，在眾人之上"的文素臣，就是這標本。他是崇華，抑夷，其實卻是"滿崽"；古之"滿崽"，正猶今之"西崽"也。

這段文字是魯迅針對當時林語堂〈今文八弊〉批評"今人一味仿效西洋，自稱摩登，甚至不問中國文法，必欲仿效英文，……此類把戲，只是洋場孽少怪相，談文學則不足，當西崽頗有才。此種流風，其弊在奴"，"其在文學，今日紹介波蘭詩人，明日紹介捷克文豪，而對於已經聞名之英、美、法、德文人，反厭為陳腐，不欲深察，求一究竟。此與婦女新裝求入時一樣，總是媚字一字不是，自歎女兒身，事人以顏色，其苦不堪言。此種流風，其弊在浮"之類的言論而發的議論。幽默大師林語堂的這些話，實際是在諷刺文學大師魯迅的。因為魯迅當時正在翻譯俄國作家果戈理的《死魂靈》，又曾介紹過波蘭、捷克等國文學，所以在林語堂看來有"奴"、"媚"之嫌，是"西崽"。按照中國傳統觀念，對外族"奴"、"媚"便是失去民族氣節的"失節"行為。魯迅深察林語堂文章之諷意，所以這裏故意運用藏詞表達策略反唇相譏。"事大"是由中國古訓"餓死事小，失節事大"後句藏去前半部分"失節"而來，"自大"是由成語"夜郎自大"藏去前半部分"夜郎"而來。魯迅上述這段話的意思是，林語堂批評別人介紹波蘭、捷克、俄國等國文學的行為是"奴"、"媚"的"西崽相"，實際上他自己主張介紹"已經聞名的英、美、法、德文人"正是"失節"的"奴"、"媚"行為，也是"西崽相"。林語堂批評不該介紹波蘭、捷克等國文學，認為波蘭、捷克等國

"沒有已經聞名的文人"，這是一種眼界狹小的"夜郎自大"的表現。儘管魯迅的這段話的實質含義是罵林語堂是"奴"、"媚"英美法德等國文學的"西崽"，是不了解世界文學的"夜郎"，但由於運用了藏詞（藏頭）的表達策略，所以顯得含蓄婉約而深味深長，罵人不帶髒字，不失文學大師的風度，令人不得不佩服！

藏腰表達策略的運用，一般極少，但偶亦有見之。如南朝蕭統《昭明文選序》有云：

> 又楚人屈原，含忠履潔，君匪從流，臣進逆耳，深思遠慮，遂放湘南。耿介之意既傷，壹鬱之懷靡訴；臨淵有"懷沙"之志，吟澤有"憔悴"之容。騷人之文，自茲而作。

這裏作者蕭統敘屈原之事，其中"君匪從流，臣進逆耳"兩句都是運用了藏詞表達策略，後句運用的是藏頭（即由"忠言逆耳"藏頭而來），前句"君非從流"是"典型的'藏腰'。在'從''流'中間藏去'善'字。從善如流，是中國社會上習見的成語。"⑫ 作者這裏將"從善如流"藏去中間兩字，不僅使本句與鄰近幾句構成以四字行文的整齊形式，更使表意婉約，文章顯得深沉典雅，效果明顯很好。

藏詞表達策略的運用可使表意婉約，說寫顯得深沉典雅，有良好的表達效果。但是運用時應該避免過於晦澀的情形，不可使接受者難以解讀，否則表達者運用這一策略的意義也就不復存在了。

---

⑫　沈謙《修辭學》第 384 頁，台灣空中大學印行，1996 年。

五、留白：諸君必以為便便國家……

> 五年，諸侯及將相相與共尊漢王為皇帝。漢王三讓，不得已，曰："諸君必以為便便國家……。"甲午，乃即皇帝位氾水之陽。

這是漢人司馬遷《史記·高祖本紀》中的一段記載。劉邦打敗了楚霸王項羽後，諸侯將相們都拍馬逢迎，共同勸進劉邦當皇帝。劉邦謙讓再三，最後還是做了皇帝。劉邦雖是地痞無賴出身，但最終能夠戰勝楚霸王項羽，開創了大漢王朝四百餘年基業，儘管我們不能完全以成敗論英雄，但我們也不能說他不是英雄。即以上述他的一番話來看，說得也極有水準，表達策略運用得很高妙。

那麼，劉邦上述一番話運用的是甚麼表達策略呢？這就是"留白"。

所謂"留白"，是一種"由於感情複雜一時說不清楚，或是說清楚了反倒不如不說清楚的好，而有意留下空白，讓接受者盡情發揮想像力和理解力加以填補"⑬，從而獲致表意婉轉含蓄、耐人尋味效果的語言表達策略。上述劉邦所說的"諸君必以為便便國家……"，是一句沒有說完的話，他只說了一個假設條件："假設大家認為我做皇帝有利於國家"，在此條件下的推論結果："我就做皇帝"這一句，就沒有說出了。當然，劉邦心裏是特別想做皇帝的，如果不想做，他何必跟項羽爭得死去活來的呢？儘管心裏想，但他還是沒有將想說的後半句說出來，畢竟得要虛意表示一下謙遜的風格，不要讓人看破自己猴急急地想做皇帝的心理來，

---

⑬ 譚永祥《漢語修辭美學》第 45 頁，北京語言學院出版社，1992 年。

表現一下自己的高風亮節。明明想做，卻要推脫，且設了一個假設條件，以國家利益為藉口，真是冠冕堂皇！這樣好的表達，誰能不由衷情地威佩呢？如果劉邦不運用留白的表達策略，直話直說，那就索然無味了。司馬遷也不會去記錄他的話入史的。另外，司馬遷這裏記錄劉邦的話，除了表現劉邦的語言智慧外，還有另一層用意：通過劉邦說話激動口吃，"便國家"說成了"便便國家"，不着痕跡地凸顯了劉邦口是心非、扭怩作態的鮮活形象，真是"春秋筆法"的妙文！

　　劉邦想做皇帝不好意思明說，運用留白策略體面地達到了目的。可見，這一語言表達策略確實效果不凡。其實，留白表達策略的作用還不止於此，在表達中國人羞於啟齒的男女感情問題上，也非常有效。如《月老報》1986 年第 16 期載有一篇萌雅寫的〈初戀〉的文章，講述了這樣一個故事：

　　　我與她曾八年同窗，此期間接觸很少，相遇時也只打個招呼，點點頭。我們都很年輕，躊躇滿志而又矜持驕傲。

　　　後來，我們都踏上了工作崗位。時光悠遠逝去，我成了大小伙子。偶然的機會我得知她仍然是個老姑娘。於是我冒昧給她去一封信：

　　　小莉：你好！聽說……對嗎？若真的話，我想……

　　　　　　　　　　　　　　　　　你的同學　萌雅

　　　過了 15 天，我終於收到她的回信：

　　　萌哥：您好！也聽說……對嗎？若是的話，我也想……

　　　　　　　　　　　　　　　　　你的小妹　莉

　　　這就是我的初戀。

　　現實生活中，確實有很多有情男女因為種種緣故而失之交臂，最終沒能成為眷屬，着實令人遺憾。然而，這個故事裏的男女主人公萌雅和小莉可謂是"失之東隅，收之桑榆"，最後的關頭，由於彼此的努力而最終成就了美滿姻緣，真是令人為之欣慰！萌雅和小莉二人之所以"有情人終成了眷屬"，除了二人關鍵時刻的勇氣之處，還與他們彼此表達愛意的智慧策略有極大干係，他們沒有選擇實話直說的方式，而是運用了留白的表達策略。兩人表達彼此相愛意向的信中"沒有一個和主題'戀愛'有關的詞語，雙方心裏想說的話，全都溶化在那六個小圓點裏。"⑭ 然而，正是這種"不着一字"的表達，才使雙方都能從情感上最大限度地接受對方，達成心心相印卻心照不宣的默契。如果萌雅的信不運用留白策略，而是直白地說："聽說你還沒找着對象，如果是真的話，我們是老同學，彼此也了解，你就嫁給我吧。"這樣表達的意思與上述萌雅的留白表達儘管沒有區別，但會使對方受不了，心理情緒都不愉快，似乎自己是嫁不掉的老姑娘，現在要你老同學來"救濟"似的，你想哪個大姑娘自尊心受得了？結果必然砸鍋，不落頓臭罵才怪呢！如果小莉的回信不運用留白策略，而是直說："也聽說你還沒找到對象，若真的話，那我就嫁給你吧。"這樣表達的意思也與她信上留白的表達沒差別，可是真這樣表達出來，萌雅也受不了，似乎小莉是可憐自己找不到老婆才"犧牲"自己似的。再者，這樣表達，一個姑娘應有的羞澀感和矜持感全沒了，萌雅也會看輕她的。由此可見，萌雅和小莉真的很有語言智慧，留白表達策略在男女情感表達方面真是效果奇特！

除此，留白表達策略的運用在日常生活中還有消解語言衝突，融洽人際關係的效果。如錢鍾書小說《圍城》中有這樣一個

---

⑭ 譚永祥《漢語修辭美學》第 47 頁，北京語言學院出版社，1992 年。

情節：

> 　　鴻漸聽他說話轉換方向，又放了心，說："是呀！今天飛機震盪得利害。不過，我這時候倒全好了。也許她累了，今天起得太早，昨天晚上我們兩人的東西都是他理的。辛楣，你記得麼？那一次在汪家吃飯，范懿造她謠言，說她不會收拾東西——"
>
> 　　"飛機震盪應該過了。去年我們同路走，汽車那樣顛簸，她從沒吐過。也許有旁的原因罷？我聽說要吐的——"跟着一句又輕又快的話——"當然我並沒有經驗。"毫無幽默地強笑一聲。
>
> 　　鴻漸沒料到辛楣又回到那個問題，彷彿躲空襲的人以為飛機去遠了，不料已經轉到頭上，轟隆隆投彈，嚇得忘了羞憤，只說："那不會！那不會！"同時心裏害怕，知道那很會。

　　方鴻漸被國立三閭大學校長高松年解聘後，與女友孫柔嘉從桂林坐飛機繞道香港回上海完婚，路上二人雙飛雙宿。到了香港，原來的同事趙辛楣請吃飯，孫柔嘉因飛機震盪嘔吐，不能赴宴，趙辛楣以為孫柔嘉懷孕了，所以就想告訴方鴻漸："我聽說要吐的是懷孕的徵兆"。但是他知道方孫二人沒有辦結婚手續就同居的，所以他就沒把話說完，只說了"我聽說要吐的——"。這是運用了留白表達策略。儘管話沒說完，意思方鴻漸卻明白，所以連說"那不會！那不會！"趙辛楣的意思表達恰到好處，婉約含蓄，既打趣了朋友，又保全了朋友的面子，融洽了朋友間的關係。如果直白地說出本意，那麼方鴻漸肯定顏面盡失，這頓接風宴就沒法吃下去了，朋友關係也要大受影響。可見，留白表達策略的運用作用真是不小。

　　留白表達策略有上述諸多獨特的表達效果，但這種表達策略的運用需要有特定的語境幫助，否則接受者不能解讀，那表達者的交際目標就不能實現，表達策略的運用也徒然無效。

六、鑲嵌：總而言之，統而言之，不是東西

> 民猶是也，國猶是也，何分南北？
> 總而言之，統而言之，不是東西！

　　"民初北洋軍閥弄權，曹錕靠賄選當了總統，舉國大嘩，人神共憤。"[15] 著名學者章太炎遂作此〈諷曹錕〉聯語，諷之刺之討之伐之，可謂大快人心，令人歎妙！

　　那麼，章太炎的這副聯語妙在何處呢？仔細分析，我們不難發現，它的高妙處就在於諷刺討伐含蓄婉約且耐人尋味。而這一表達效果的取得則是源於他所運用的一種表達策略 —— 鑲嵌。

　　所謂 "鑲嵌"，是一種為着表意的婉轉含蓄或是耐人尋味的機趣而有意將某些特定的字詞鑲嵌於語句之中的語言表達策略。上述章太炎所要表達的語意是説："民國何分南北？總統不是東西！" 但是章太炎沒有這樣直白地説，而是選擇了鑲嵌表達策略，將表達這層語意的特定幾個字詞鑲嵌於兩個完整的語句中，讓人思而得之，表達既顯婉轉，罵人尖刻而含蓄有機趣，耐人尋味，令人拍案叫絕！如果直陳本意，那就和罵街潑婦沒甚麼區別了，章太炎也就不成其為章太炎了。

　　説到章太炎的罵人機趣，這裏想起宋代大文豪蘇東坡運用鑲

---

⑮　沈謙《修辭學》第 406 頁，台灣空中大學印行，1996 年。

嵌表達策略為官妓脫籍的故事。宋人陳善《捫蝨新話》下集卷三〈東坡為鄭容落籍高瑩從良〉條記其事云：

> 　　東坡集中有〈減字木蘭花〉詞云："鄭莊好客，容我樽前先墮幘，落筆生風，籍甚聲名獨我公。高山白早，瑩雪肌膚那解老，從此南徐，良夜清風月滿湖。" 人多不曉其意。或云：坡昔過京口，官妓鄭容高瑩二人嘗侍宴。坡喜之，二妓間請於坡，欲為脫籍。坡許之而終不為言。及臨別，二妓復之船所懇之，坡曰："爾但持我此詞以往，太守一見，便知其意。" 蓋是鄭容落籍高瑩從良八字也。此老真爾狡獪耶。

　　中國封建社會的很多朝代都有蓄養官妓的風氣，而官妓一旦入籍就很難脫籍從良，過正常人的生活，這實在是一種罪惡的制度，是對婦女的迫害。鄭容和高瑩是北宋時代京口的兩位官妓，自然也有着很多封建時代官妓的心靈痛苦，所以就時時想着脫籍，但是那時嚴格的官妓"戶籍"管理制度又何以能夠擺脫呢？想脫籍，沒門！進來了就甭想溜號，就別再想當良家婦女，過正常人的生活了。但是，二人為此都作了最大的努力。真是機會最寵倖於有心人！一次，大文豪蘇東坡經過京口，官妓鄭容和高瑩陪風流的蘇學士喝酒聊天（類似我們今天所謂的"三陪小姐"所為，不過今天的"三陪小姐"沒她們文化素質高，封建時代的不少歌妓或妓女都是琴棋書畫樣樣精的，有品味的名流也不在少數），侍侯得蘇大人很是高興。鄭、高二"小姐"就趁機向蘇大人提出了一個要求，希望他能幫助她們落籍從良（也就是利用職權或關係把她們的官妓"戶籍"取消，讓她們做個良家婦女，嫁人生子，過上正常人的生活）。蘇東坡答應了她們的要求，可就是不去為她們説辦此事。等到東坡要離開京口時，鄭、高二"小姐"着急了，又去東坡大人的船上去懇求此事。蘇大人就寫了上述那首〈減字木蘭花〉詞交給二"小姐"，叫她們拿這首詞找她們的上級領導太守大人即可，説，太守見詞就知。當然，憑蘇東坡的關係和名望，最後當然能辦成的。東坡是風雅文人，為兩個官妓辦事不便於直説要求，所以就運用封建時代文人都喜愛的鑲嵌表達策略，將自己請託於太守的事項："鄭容落籍高瑩從良"這幾個特定的字詞鑲嵌於詞作之中，送給太守。太守當然是風雅文士出身，能夠得到東坡的贈詞，那是無上光榮的事。當然他更能解讀得出東坡詞中所囑託的事。如果能辦，太守自然就爽快地辦了；如果實在為難，太守許可權不及，不能辦，可以理解為太守不解詞作用意，也可以理解為東坡僅是贈詞，沒有求託太守甚麼事，雙方都不尷尬。可見，蘇東坡這裏運用鑲嵌表達策略是何等的智慧，表達婉約含蓄，且充滿機趣、風雅，真是讓人佩服得五體投地！

　　鑲嵌表達策略是中國古代文人常喜歡運用的，現代這種表達策略的運用相當少多了。但是如果運用得好，能推陳出新，創出新意，還是大有用武之地的。如 1991 年 3 月 14 日台灣《中國時報》有一則報道説：

> 昨天，台視舉行《雪山飛狐》試片會，會場高掛兩標語："雪山壓垮望夫崖，飛狐踹倒張三丰"，足可見台視企圖藉《雪山飛狐》重拾八點檔威風的決心。

　　這裏所説的台視試片會會場懸掛的標語是麼甚麼意思？據台灣學者沈謙教授解釋，台灣有三大知名電視台：中視、華視、台視。當時中視正播映電視劇《望夫崖》，華視正播映《張三丰》。台視為了爭奪電視觀眾，所以打出了這幅標語，意在與其他兩家電視台競爭，是一種廣告戰。最後，台視是否蓋過其他兩家電視台，我們不知道。但是，台視所打出的這幅標語確實很煽情，表達效果很好。它把鑲嵌表達策略運用到了電視廣告戰上，真是有創意，有商業頭腦，而且還真是運用得好，貶低了對手所播的節目，抬升了自己所播映節目的可看性，但卻顯得婉約含蓄，讓對手又生氣又服氣，讓觀眾心知是宣傳誇張卻又不能不信不看，堪稱廣告中的絕妙好辭！

由上可見，鑲嵌表達策略的運用確能獲致較好的表達效果。但是，應當指出的是，這種策略的運用應該在確有需要時運用，不可為賣弄文字技巧而為之，否則便會墮入文字遊戲的惡趣之中。

七、倒反：跪在牀前忙要親，罵了個負心回轉身

> 雲鬟霧鬢勝堆鴉，淺露金蓮簌絳紗，不比等閒牆外花。罵你個俏冤家，一半兒難當一半兒耍。
>
> 碧紗窗外靜無人，跪在牀前忙要親，罵了個負心回轉身。雖是我話兒嗔，一半兒推辭一半兒肯。
>
> 銀台燈滅篆煙殘，獨入羅帷掩淚眼，乍孤眠好教人情興懶。薄設設被兒單，一半兒溫和一半兒寒。
>
> 多情多緒小冤家，迤逗得人來憔悴煞，說來的話先瞞過咱。怎知他，一半兒真實一半兒假。

這是元代大劇作家關漢卿的散曲〈[仙呂]一半兒·題情〉中的文字。寫男女歡愛中相聚的綢繆與相離的難耐之情，很是纏綿悱惻，生動逼真，耐人尋味，也令人感動。

那麼，這首散曲何以有如此好的表達效果呢？原因固然是

多方面的，但其中與作者三次所運用到的一個表達策略是有干係的。這個表達策略就是"倒反"。

所謂"倒反"，是一種正意而用反意來表達的語言策略。它可以分為兩類，一叫"倒辭"，是"因情深難言，或因嫌忌怕說，便將正意用了倒頭的語言來表現，但又別無嘲弄諷刺等等意思包含在內的"；二叫"反語"，是"不止語意相反，而且含有嘲弄譏刺等意思的"。[16]

上述關漢卿的散曲，其中第一、二、四曲都運用了倒反表達策略，且都屬於"倒辭"類。所謂"罵你個俏冤家"，其實就是"叫你聲最親愛的人兒"；所謂"罵了個負心回轉身"，就是"叫了聲親愛的回轉身"；所謂"多情多緒小冤家"，就是"多情多緒親愛的人兒"。由於正意反說，兩位有情人之間情深意切難表的深情才能得以凸顯，二人相聚時的恩愛纏綿和離別時的相思苦痛才能鮮明的表現出來，女子見情郎撒嬌撒癡的生動情態才能逼真鮮活地呈現出來。這就是作家之所以運用這一表達策略的緣由，也是這一表達策略的獨特魅力所在。如果正意正說，反而表達就顯得平淡了，不夠感人，不夠生動。

"反語"策略的運用，情況亦然。如《五代史·伶官傳》記有這樣一個故事：

> 莊宗好畋獵，獵於中牟，踐民田。中牟縣令，當馬切諫為民請。莊宗怒，叱縣令去，將殺之。伶人敬新磨知其不可。乃率諸伶走追縣令，擒至馬前，責之曰："汝為縣令，獨不知吾天子好獵耶？奈何縱民稼穡以供稅賦，何不飢汝縣民而空此地，以備吾天子之馳騁？汝罪當死！"因前請亟行刑。諸伶共唱之。莊宗大笑。縣令乃得免去。

---

[16] 陳望道《修辭學發凡》第 132 – 133 頁，上海教育出版社，1997 年。

　　五代後唐的開國皇帝莊宗李存勖因是武將出身，好打獵。一次打獵至中牟縣，馬踐民田。中牟縣令是個正直為民的好官，認為皇帝為打獵取樂而踐民田不對，就當馬向莊宗痛切陳說其行為失當，為民請命。莊宗很惱怒，斥罵喝退中牟縣令後，還不解恨，又要殺了他。伶人（宮中御用藝員）敬新磨覺得皇上這麼幹不對頭，於是就率領諸伶人跑步追趕中牟縣令，將他擒至莊宗馬前，斥責數落他的不是，說：“你是縣令，難道不知道我們的皇上喜愛打獵嗎？你為甚麼要縱容老百姓種莊稼來供國家的稅賦呢？為甚麼不讓你們縣的百姓餓着肚子，將田地空出來，以備我們的天子縱橫馳騁打獵呢？你該當死罪！”說完馬上請求莊宗趕快把中牟縣令殺了，別拖了。諸伶人也幫腔共唱。莊宗是一代開國之君，還是明白人，知道敬新磨的意思，加之諸伶人的雙簧戲搞笑，忍不住大笑，就赦免了中牟縣令。莊宗要殺中牟縣令，敬新磨積極慫恿他快殺，結果金口玉言的皇帝卻收回了成命，沒有殺中牟縣令，這是何故？這是因為敬新磨諫說皇帝時運用了一個非常有效的表達策略——反語，將其所要表達的正意以反語來表現，表面是數落中牟縣令的不是，實質上是為中牟縣令歌功頌德，從而十分婉約含蓄地提示了皇帝行為的失當，讓皇帝思而得之，自己體面地下台，主動收回成命，由此中牟縣令的生命得到挽救，莊宗在歷史上的聲名也得以維護。如果敬新磨直話直說：“中牟縣令沒錯，他鼓勵百姓種莊稼為國家供賦稅，這是有功於國的良臣好官，皇上你卻因為打獵取樂踐民田而要殺為民請命的好官，你的行為是錯誤的”，那麼不僅救不了中牟縣令，自己的小命也得搭上都不夠。臣下怎麼能這樣對皇上說話呢？再說敬新磨只是個供皇上取樂的伶人而已，要提諫議還輪不上他呢！所以，敬新磨是聰明人，他的表達策略運用得充滿智慧，也運用得得體，確實值得上史書寫一筆！

古人喜歡運用倒反表達策略，現代人亦然。如魯迅〈"題未定"草〉一文有云：

> 舊笑話云：昔有孝子，遇其父病，聞股肉可療，而自怕痛，執刀出門，執途人臂，悍然割之，途人驚拒，孝子謂曰，割股療父，乃是大孝，汝竟驚拒，豈是人哉！是好比方；林先生云："說法雖乖，功效實同"，是好辯解。

這裏，魯迅所說的一個孝子想以股肉療親來盡大孝，卻自己怕痛而執刀割路人肉，遭拒反怪他人的故事，其意是指斥林語堂先生的觀點是強辭奪理，是不講道理的詭辯。但是，魯迅卻並未這樣直說，而是運用了倒反表達策略，以反語來表達，既婉轉地指斥了林語堂先生的觀點之荒謬，又顯示了文人之爭的溫文爾雅的風度，不愧為文學大師！

倒反表達策略是一種極端的婉轉表達策略，表達者運用時應該注意把握，接受者理解時更要用心體會。否則，表達者的交際目標不能實現，接受者會錯了意，那麼這種語言表達策略的運用就失敗了，沒有起到它應有的作用。

八、析字：五人張傘，四人全仗大人遮

> 有三女而通於一人者，色美而才。事發到官，出一對云："三女為姦，二女皆從長女起。"一女對云："五人張傘，四人全仗大人遮。"官薄懲之。

這是清人褚人穫《堅瓠首集》卷二《巧對》條所講的一個故事。有三個女子，不僅長得美貌動人，而且很有才學，三人共通

於一男子，大概這男子是個美男子兼大才子，不然不會引三位美才女為之動心，且一個"甜點"三人分而不致引發她們天生的醋勁。不管是甚麼原因，反正這在中國封建社會是件傷風敗俗的大醜聞，是不得了的事（放在今天，問題不大，這是她們的自由，只要兩廂情願，想跟誰搞就跟誰搞，管得着嗎？頂多算是作風問題，不礙事的）。所以東窗事發後，就到了官府。未曾料到問案的大老爺是位好文的才子，他不問案情，先說了一句："三女為姦，二女皆從長女起。"其中一女子明白這位老爺的意思，是叫她們對對子呢！於是有一位女子就對上了一句："五人張傘，四人全仗大人遮。"結果，本來應該判大罪的，老爺只給她們一點小小懲罰就放過她們了。

那麼，這女子何以能讓問案的官老爺一高興就放她們一馬（其實何止"一馬"，放了不知幾"馬"），沒怎麼追究她們傷風敗俗的大罪就饒了她們呢？這是那女子的本事了。她運用了一個非常好的表達策略，表露了不凡的才學和智慧，讓老爺佩服，讓老爺高興了。這表達策略就是"析字"。

所謂"析字"，是一種利用漢字特有的條件，離合、增損漢字字形來婉轉含蓄或機趣地表情達意的語言表達策略。上述那位作奸犯科的女子回答官老爺的話以及官老爺自己的話，都是運用了析字表達策略的絕妙文本，用的都是離合字形的方法。漢字"奸"的繁體寫法是"姦"，所以官老爺將之離析為三個"女"字，並由此引出"三女為姦，二女皆從長女起"的話，是先離析，再拼合，婉轉含蓄地表達了這樣一個意思："你們三人作奸犯科，是誰領的頭？"這種表達，既委婉地問了案情，又於問話中暗考了三個女子的才學，讓她以同樣表達策略問答問題，申辯理由，同時得顯露才學，對上一個好的下聯。所幸老爺的這些機巧心思那位對答的女子都心領神會了。於是便運用離合字形的析字表達策略對了下聯：“五人張傘，四人全仗大人遮”。“傘”繁體的寫法是“傘”，由五個“人”字和一個“十”字構成。那女子便利用此漢字的結構部件做文章，作出上述下聯，婉轉地向老爺求情：“我們做錯了事，請老爺遮護，網開一面，放我們一馬。”但這層意思表面沒有，全蘊含在聯語的字裏行間，既婉約蘊藉地向老爺求了情，又顯露了自己不凡的才學，令老爺不能不佩服，不能不憐才放她們幾馬。那才女能將析字表達策略的作用發揮得如此淋漓盡致，我們今天讀此故事也不能不由衷地感佩！

　　上面所講是離合字形的析字策略運用，下面我們再看曹操損形的析字表達策略運用。南朝宋人劉義慶《世說新語·捷悟》篇記其故事云：

> 　　楊德祖為魏武主簿，時作相國門。始構榱桷，魏武自出看，使人題門作“活”字，便去。楊見，即令壞之。既而，曰：“‘門’中‘活’，‘闊’字，王正嫌門大也。”

　　楊修（字德祖）做魏武帝曹操（曹操稱魏武帝是曹操之子曹丕篡漢建立魏政權後追封其父的稱號，曹操實未稱帝）的主簿（本是漢代中央及郡縣官署所置典領文書，辦理事務的官員。魏晉以後，漸為統兵開府大臣幕府中的重要僚屬，參與機要，總領府事）時，曹操還是漢朝的丞相。楊修為曹操監造相國門。相國門剛架構椽子時，曹操親自出來察看，沒說甚麼，只讓人在門上題了一個“活”字後便揚長而去了。楊修是個絕頂聰明的人，見狀立即讓人把剛建好的門毀了，並告訴大家：“‘門’中有‘活’字，是‘闊’字，魏王（曹操曾被漢獻帝封為魏王）嫌門建得太闊了。”曹操嫌門建得太闊，沒有明說，而是運用了析字中的損形表達策略，委婉曲折地告訴監修人楊修，這門造得太闊大，太惹人扎眼了，不好，拆了重造。楊修是個足智多謀的謀士，曹操的心思是一眼即能看透的，曹操的這點小聰明他一下子就破解了。也許因為楊修太聰明，後來應了中國的一句老話："聰明反被聰明誤"。楊修與曹操之子曹植關係很好，曹植引之為羽翼。後來曹植失寵於曹操，曹操慮及楊修太有智謀，同時楊修又是曹操的宿敵袁術之甥，怕自己死後成為後患，遂借故把楊修殺了。當然，這是後話。不過，在這個故事發生之時，曹操與楊修君臣之間還是關係不錯的。所以曹操的表達是恰當的，他不便直接批評楊修說："這門太闊了，扎眼，拆了重建！"他運用析字表達策略來表情達意，一來顯得婉轉，二來也想試楊修的智慧，可謂一箭雙雕，曹操不愧是一代奸雄！劉義慶之所以要記這一段故事恐怕也正是要表現這一點。

　　離合漢字字形的析字表達策略和損形的析字表達策略都有很獨特的表達效果，那麼增形的析字表達策略效果又如何呢？記得小時候聽人講過這樣一個故事：有一個讀書人家，父子二人都考中進士，這在封建社會可是件了不得的事。父子二人都掩飾不住內心的激動，於是就貼出一副對聯："父進士，子進士，父子皆進士；婆夫人，媳夫人，婆媳皆夫人。"這樣張狂的對聯，看在別人眼裏自然就有想法。於是有一位士子在夜裏提了一枝筆，在此對聯的文字上略動了點手腳，便變成了這樣一副對聯：

> 父進土，子進土，父子皆進土；
> 婆失人，媳失人，婆媳皆失人。

　　這裏士人夜中所改的對聯，較之原對聯只是將"士"字下的一橫筆加長了，將"夫"字左上角加了一撇，都是在字形上做了點手腳而已，屬於增形的析字表達策略。這一表達策略的運用，一下子就讓那家得意的父子婆媳由天堂跌入了地獄，可謂罵人不費吹灰力。雖然那改聯的士子罵人有些過分尖刻，不夠厚道，但是他的語言智慧則不由人不佩服！

現代的人們運用這種表達策略的也不少，如台灣電視劇《追妻三人行大運》中有這樣一個片斷：牛家威是個很花心的男人，有個女子以請他的公司為她的女人內衣新產品做廣告為由，來到牛家威的辦公室與他廝磨。正在這個當口，負責此項廣告策劃的小蔡又不識相地進來了。這時牛家威對小蔡說了這樣一句話：

> 兩個山字疊在一塊叫甚麼？

接着小蔡就馬上退出牛家威的經理辦公室了。

那麼，小蔡何以聽了此話就馬上退出牛家威的辦公室呢？原來，牛家威的話運用了析字表達策略，婉轉地請小蔡"出去"。因為兩個"山"字疊一起，即為漢字"出"。很明顯，牛家威的表達策略是高明的，表意婉轉，給小蔡留了面子，也在女人面前顯出有才學有風度。如果直說本意，那麼，他的下屬小蔡是受不了的，自己在女人面前也失風度。可見，析字表達策略的運用，只要運用恰當，不管是古是今，都有獨特的效果。

我們說析字表達策略有達意婉約和傳情機趣的獨特效果，是一種有效的表達策略。但是我們應該注意，這種表達策略的運用應該根據需要，不能為賣弄文字技巧而硬性造作，那樣就變成無謂的文字遊戲了，是不足取的。

九、諷喻：單說老子的鬍子做甚麼

　　有一天，參政員開會休息時，三三兩兩坐着閒談，有人講了些嘲笑鬍子的笑話，說完還對沈老（沈鈞儒）發笑，沈老是有一口不算小的鬍子的。他立即笑着說："我也有一個鬍子的笑話可以講講。"大家很詫異。沈老接着說："當關、張遇害之後，劉備決定興兵伐吳，要從關興、張苞二人中選一個當正先鋒，叫他們當場比武，結果不分勝負，又叫他們各自講述他們父親的本領。關興說他父親過五關、斬六將；斬顏良、誅文醜，杯酒斬華雄，講了一大套。張苞也說他父親如何一聲喝斷灞陵橋，如何三氣周瑜蘆花蕩等等，說得也有聲有色。關興急了，說：'我父親丹鳳眼，臥蠶眉，一口長髯，飄到胸口，人稱美髯公，你爸爸比得了麼？'正講到這裏，關羽忽然在空中'顯聖'了，橫刀怒目對關興說：'你老子有這麼多長處你不說，單提老子的鬍子做甚麼？'"自然，大家聽完也是哄堂大笑。

　　這是徐鑄成〈舊聞雜憶續篇‧王瑚的詼諧〉一文所記沈鈞儒"藉着關公'顯聖'罵關興的話，來'反擊'那幾位嘲謔沈老鬍子的參政員們"的軼事。[17] 讀來令人回味不已，深為沈老表意的獨特魅力所傾倒。

　　那麼，沈老的這番話何以有這等深厚的魅力呢？這是因為沈老運用了一個很好的表達策略 —— 諷喻。

　　所謂"諷喻"，是一種通過臨時編造一個故事來寄託其諷刺或教導意向的語言表達策略。這種表達策略的運用往往能獲得一種

---

⑰　譚永祥《漢語修辭美學》第 430 頁，北京語言學院出版社，1992 年。

深文隱蔚的表達效果。這種表達策略一般可以區分為兩種類型：
一種是只編造一個故事，其深層含意通過故事本身來表現；另一
種是講完故事後，用一兩句話交待故事的主旨。一般說來，前一
種類型表達效果比較突出，使用也比較多。上述沈鈞儒所講的一
番話，只是沈老想表達對同僚們取笑他大鬍子的不滿而臨時編造
的一個子虛烏有的故事，歷史上並無此事。它的深層含意是說：
"你們這幫傢伙，幹嗎無聊地拿我的鬍子開玩笑！"這層意思如
果這樣直白地表達出來，那出語太過直露，會傷害同僚之間的感
情，同時也顯得沈老自己開不起玩笑。沈老的過人處在於通過諷
喻表達策略的運用，既婉轉地表達了自己對同僚們拿他鬍子取笑
的無聊行為的不滿之情，又顯得幽默詼諧，表現了自己的風度，
同時還討了他人的便宜，把取笑他的人說成了是他的兒子。真是
妙不可言！

　　說到沈鈞儒的機智詼諧，這裏想到台灣學者沈謙教授〈林語
堂的"風流"與"詼諧"〉一文所記載的幽默大師林語堂的一則幽
默精言：

　　猶記得 1961 年，林語堂返台，定居於陽明山，有一回應
邀至文化大學參觀，事先與文大創辦人張其昀約定，沒有充分
準備，不能演講。但是當幽默大師出現在學校餐廳午餐時，師
生蜂擁而至，爭睹風采，並一再要親聆"幽默"，林氏難違眾
意，只好說了一個故事：

　　"古羅馬時代，有一個人犯法，依例被送到鬥獸場，他的
下場不外兩種，第一是被猛獸吃掉，第二是鬥勝則免罪。羅馬
皇帝和大臣都在壁上靜觀這場人獸搏鬥的精彩好戲。不料，當
獅子進場後，這犯人只過去在獅子耳邊悄悄說了兩句話，獅子
就夾着尾巴轉身而去。第二回合老虎出來，依然如此。羅馬皇

帝問他：有甚麼魔力使獅子老虎不戰而退。他從容不迫地說：
沒有甚麼，我只告訴牠們，要吃掉我不難，不過最好想清楚，
吃掉我之後必須要演講！"

　　林語堂先生是非常有名的幽默大師，他到台灣文化大學被師
生們圍觀且要他演講，這是正常的事。但是，演講不是那麼容易
的事，講不好反而不美。所以，他事先就有言在先，沒有充分準
備是不作演講的。可是，事出突然，文化大學的師生要求演講的
盛意又不便於拂逆，不便直通通地說："演講太難，我今天講不
好，大家別為難我了。"如果真的這樣說，那麼林語堂也就不成
其林語堂，大家對他這個幽默大師一定很失望的。好在林語堂畢
竟是林語堂，靈機一動便有妙語，通過上述那個故事，既婉轉地
告訴大家："演講誰都怕，我沒有準備，大家還是別勉強我了"，
又於這層語意的表達中本身講述了一個有趣的故事，顯現了幽默
大師的幽默，令人真正領略了甚麼是幽默大師！
　　至於諷喻表達策略在中國古代的運用，則更為發達了，效果
也很好。如漢人劉向《說苑・正諫篇》中記載了這樣一個故事：

　　吳王欲伐荊，告其左右曰："有敢諫者死。"舍人有少孺
子者，欲諫不敢，則懷丸操彈，遊於後園，露沾其衣，如是
者三旦。吳王曰："子來，何苦沾衣如此？"對曰："園中有
樹，其上有蟬，蟬高居悲鳴飲露，不知螳螂在其後也；螳螂委
身曲附欲取蟬，而不知黃雀在其傍也；黃雀延頸欲啄螳螂，而
不知彈丸在其下也！此三者皆務欲得其前利而不顧其後之有患
也。"吳王曰："善哉！"乃罷其兵。

　　吳王要起兵伐楚，他怕大臣們勸諫，所以就有言在先，誰敢

諫阻就處死罪。於是，大臣們都一個個縮回去，沒人敢言了。但是吳王左右比較親近的屬官叫少孺子的，覺得吳王這樣幹不對，國家大事怎麼不讓大臣發表意見呢？但是，吳王有言在先，自己要是提諫議，那不是自己尋死，活得不耐煩了嗎？不過，少孺子想來想去，還是覺得國家利益重要，應該勸諫吳王，不過得想一個恰當的辦法，尋求一個恰切的表達策略，要讓吳王能聽進去自己的諫議。於是，他就故意拿個彈弓在吳王後園蕩來晃去，衣服都被露水打濕，希望能引起吳王注意，並詢問他緣由。如此這般三天，吳王覺得奇怪，就叫他過來問話：「你過來，你為甚麼這樣辛苦地起早貪黑，衣服都沾濕了呢？」少孺子終於讓吳王上鈎了，吳王終於問他話了，他就逮住了機會，說：「園中有棵樹，樹上有個蟬，蟬高居樹頂悲鳴飲露，牠自以為與世無爭，不會有甚麼危險，不知道牠的身後此時正有一隻螳螂在打牠的主意呢！螳螂正委身曲附，拉開捕食蟬的架勢要吃蟬的時候，螳螂不知道此時牠的身後也有一個想吃自己的黃雀在伸着脖子要吃自己。而當黃雀正要吃螳螂時，牠眼睛只是盯着螳螂，沒想到牠有被我懷彈操弓打下來的危險。」吳王聽到此，立即明白了少孺子之意，馬上說：「說得真好啊！」於是罷兵不攻打楚國了。少孺子的上述一番話，明顯是他自己心裏早就編好的一個子虛烏有的故事。他的本意並不是要給吳王講這個故事，而是想表達這樣一個諫議：「大王，您出兵攻打楚國，國家一片空虛，這個時候要是有別的國家乘虛而入，我們吳國沒有滅掉楚國，別人已把我們吳國給吞了，這樣不是失算了嗎？」但是，這樣的直話直說，吳王肯定是聽不進去的，自己反而要招致殺身之禍。所以，少孺子就運用了諷喻表達策略，通過上述螳螂捕蟬，黃雀在後的故事，婉轉含蓄地告訴了吳王應該考慮的問題，終於讓吳王徹底醒悟自己決策的失當，及時罷兵，避免了國家可能發生的一場巨大危機。於此，我們可見少孺子是何等智慧，諷喻表達策略是何等效果獨特不凡！

　　以上三例都是屬於第一種類型的諷喻，即只編造一個故事，所要表達的含意要接受者自己通過故事本身去解讀意會，表達相當婉轉含蓄。下面我們來看一例第二種類型的諷喻，即既編造故事，末了自己點明主旨的諷喻。如《辜鴻銘筆記》中有這樣一段文字：

> 有一西人，身服之衣蔽，召裁縫至，問：「汝能製西式衣否？」
>
> 曰：「有樣式，即可以照做。」
>
> 西人檢舊衣付之。越數日，裁縫將新製衣送來，剪裁一切無差，惟衣背後剪去一塊，復又補綴一塊。西人駭然問故。
>
> 答曰：「我是照你的樣式做耳。」
>
> 今中國銳意圖新，事事效法西人，不求其所以然，而但行其所當然，與此西人所雇之裁縫又何以異歟？噫！

　　辜鴻銘所編的上述中國裁縫依樣畫葫蘆的故事，其意是批評當時的中國學習西方不知選擇，全盤西化的錯誤傾向，這層意思其實故事本身即已表達，作者怕其意不彰，遂於文末加了一句，點明了自己這個故事所要表達的主旨。這也是運用了諷喻表達策略，屬於第二種類型。相比於第一種類型，這種類型在表意上婉轉含蓄性弱了不少，但是比起直述本意的平常表達還是顯得有些婉轉，因為在本意表達之前還有一個猶如引橋般的鋪墊，使本意表達不至於顯得太過突兀，因而從接受上看還是顯得較為婉轉。

　　諷喻的兩種基本類型，前一種在特定的語境中使用特別是在口語表達時運用效果較好，既能婉轉達意，又不至於讓接受者不可理解，而是令接受者思而得之，愉快地接受；後一種類型宜於在文章中運用，雖然點明主旨會弱化表達的婉轉含蓄性，但可突出所要表達的主旨，避免因主旨晦澀難解而達不到表達的目標。

第 5 章

強化語意的策略

—— 歌詠之不足，手之舞之足之蹈之

> 譬若老婆發了命令，穿大衫之丈夫可漫應之：yes，dear，而許久不動，直至對方把命令改成央求，乃徐徐起立。穿西服之丈夫鮮能為此：洋服表示乾淨利落之精神，一聞令下，必須疾驅而前，顯出敏捷脆快：yes，dear，未及説完，早已一道閃光而去，臉上笑容充滿了宇宙。久之，夫人並發令之勞且厭之，而眉指頤使，丈夫遂成了專看眼神的動物！這還了得，西洋男子必須革命！

這是老舍〈代語堂先生擬赴美宣傳大綱〉一文中的一段文字，讀之不僅讓人啞然失笑，更讓人由此對穿洋裝男人"懼內"的形象印象十分深刻。

那麼，這段文字何以有此獨到的魅力呢？

別無他因，乃是因為其中的一句："未及説完，早已一道閃光而去，臉上笑容充滿了宇宙"，有效地運用了"誇張"語言策略（屬"超前誇張"），通過句際關係，讓一前一後兩個行動在邏輯事理上呈現出悖逆反差（即讓其後一個動作"去"先於前一個動作"聽"），從而凸顯出穿洋服丈夫對太太之命奉若神明的生動情狀，給人留下深刻印象。

説寫表達中，能夠實現強化語意印象的語言策略，除了上面

所提到的 "誇張" 外，還有 "反覆"、"倒裝"、"疊字"、"設問"、
"層遞"、"同異" 等等。下面我們就分而述之。

一、誇張：白髮三千丈，緣愁似個長

> 白髮三千丈，緣愁似個長。不知明鏡裏，何處得秋霜。

這是唐代大詩人李白的《秋浦歌》第十五首，詩仙懷才不
遇、壯志難酬的無限愁情讓人為之深切感動，讀之心情久久不能
平靜！

那麼，這短短二十字的短詩何以有如此深厚的藝術魅力呢？
這與詩人運用了一個有效的表達策略 —— 誇張，是密切不可
分的。

所謂 "誇張"，是一種説寫表達時重在主觀情意的暢發而故意
違背客觀事實或邏輯事理，對所敍寫的對象內容進行張皇鋪張，
以獲致深切感動人心效果的語言表達策略。誇張，一般可以分為
兩種基本類型：一是 "普通誇張"，二是 "超前誇張"。[①] 其中，普
通誇張又可以分為兩小類，一是極力誇大，一是極力縮小。

上述李白的詩句 "白髮三千丈"，即是屬於極力誇大的普通
誇張。這一詩句通過誇張表達策略的運用，充分凸顯了李白才高
而不為世用、空有凌雲壯志而不得一展抱負的無以言表的愁苦之
情，讀之為之深深感動，情不自禁地為其抱不平。這首詩之所以
千古流誦，實與詩人誇張表達策略運用的成功分不開的。如果不
運用誇張策略，按照事實邏輯來寫，那麼這首詩就不可能有如此
深厚的藝術感染力，讓千古讀者為之感動的。

---

① 陳望道《修辭學發凡》第 129 頁，上海教育出版社，1997 年。

普通誇張的第二種類型，也很常見。如雷達〈走寧夏〉一文中有這樣一段文字：

> 銀川變得美麗多了，平添了好多現代建築，習習晚風中徜徉於新擴建的 "步行街"，有種身在高原的抬升之感，如踩高蹺一般。前些年我曾第一次匆匆到銀川，只記得灰蒙蒙的天底下，矮平房密麻麻擠成一簇，只有赫寶塔和承天寺塔一西一北高聳雲中，遂顯得塔愈高而房愈矮。不知那天是我心情不好，還是天陰得重，竟覺得銀川老城如一座蕭瑟的大村寨。我聽人說，昔日銀川民謠曰："一個公園兩隻猴，一條馬路兩個樓，一個警察看兩頭。"極言其小而寒傖，現在自然不可同日而語了。

這段文字是寫寧夏的最大都會銀川市的今昔變化之大。其中作者引用的 "一個公園兩隻猴，一條馬路兩個樓，一個警察看兩頭" 這首民謠，即是運用誇張表達策略創造出來的，屬於普通誇張的第二類，是極力縮小的誇張。它生動形象地凸顯了昔日銀川市政建設的落後和街市的狹小不堪，給人留下了深刻印象，由此更深刻地體認到今日銀川市變化之大。儘管昔日銀川市之小狹不至於如民謠所言，但是若照事實來寫，則不足以凸顯銀川市城市建設的落後，不能給人留下深刻的印象，也凸顯不出今日銀川市變化之大。很明顯，作者引這首運用誇張表達策略描寫的民謠來寫昔日銀川市是非常富有表現力。

誇張的第二種類型超前誇張，是指後起的事象與先起的事象同呈或後起的事象呈現於先起的事象之前。這種誇張策略，在說寫表達中也頗為常見。如清代曹雪芹《紅樓夢》第一回中有這樣一段文字：

> 　　二人歸坐，先是款酌慢飲，漸次談至興濃，不覺飛觥獻
> 斝起來。當時街坊上家家簫管，戶戶笙歌，當頭一輪明月，飛
> 彩凝輝，二人愈添豪興，酒到杯乾。

　　這裏寫賈雨村與甄士隱二人飲酒情狀，其中"酒到杯乾"一
句，即是"將後起的現象'杯乾'説成同先呈的現象'酒到'同
時"，[②] 屬於超前誇張策略的運用，它鮮明地凸顯出賈雨村、甄士
隱二人談興正濃之時，加之美麗夜景之助，愈益豪興逸發，酒
喝得十分暢快的生動情景，一幅酒逢知己千杯少、良辰美景助人
興的夜飲圖畫歷歷在目，讀之讓人如見其人，如臨其境，使人感
動，讓人陶醉。這就是曹雪芹的妙筆，真是令人歎服！

　　誇張表達策略確實有一種深切感動人心的藝術效果，但是運
用這一語言表達策略時應該注意兩點："（一）主觀方面須出於情
意之自然的流露；""（二）客觀方面須不致誤為事實"。[③] 所謂"主
觀方面須出於情意之自然的流露"，就是表達者用一種違反事實
和邏輯事理的語言表情達意之時，確實是因表達者當時有一種深
切強烈的情感不得不抒以獲求心理能量的釋放的需要。如《史記·
項羽本紀》所記載的項羽垓下被圍時自歌悲憤的〈垓下歌〉："力
拔山兮氣蓋世，時不利兮騅不逝。騅不逝兮可奈何，虞兮虞兮奈
若何！"其中，"力拔山兮氣蓋世"一句，就是項羽在表達自己
英雄蓋世、才能遠勝劉邦不知多少倍卻兵敗垓下、走投無路的不
平之情時運用誇張表達策略建構起來的文本。儘管我們知道，項
羽誇稱自己的才能"力拔山"、"氣蓋世"，並不是事實，而是有
悖事實和邏輯事理的"無理之辭"，但是這一"無理之辭"確實是

---

②　陳望道《修辭學發凡》第 131 頁，上海教育出版社，1997 年。
③　陳望道《修辭學發凡》第 132 頁，上海教育出版社，1997 年。

項羽當時強烈的憤激之情的真實自然的流露，"強烈地凸現了表達者項羽那種有曠世奇才而終不得伸展其曠世大志、有曠世之勇而終落得曠世慘境的曠世憤激之情，滿足了表達者項羽在極端的懷才不遇而極端憤激的激情狀態下釋放影響其心理平衡的能量以獲得心理平衡和情感紓解的需要"④。所以，後世讀者明知項羽之言是言過其實、悖理悖情的無理之辭，還是為之深受感動，並為之灑一掬掬同情的熱淚，這就是項羽誇張表達策略運用得自然的結果。項羽剛愎自用導致最終的失敗，落得個烏江自刎的悲情結局，在事業上他是個失敗者；但是，他撒手人寰前的這首〈垓下歌〉，由於誇張表達策略運用得自然高妙，千古流傳，由此我們又不得不感佩他是個成功者！所謂"客觀方面須不致誤為事實"，就是運用誇張表達策略時應該注意誇張之"度"，誇張的幅度應該與客觀事實有較大距離，讓人一看一聽便知是誇張，是一種凸顯某種強烈的情感情緒的語言表達策略，而不是在說客觀事實。如果誇張的幅度太過於接近事實，則可能給人以誤導，以為表達者說的是事實，而事實上又不是實際上所有，這就變成了浮誇或曰撒謊了。這樣，表達便有了負面效果，自然就談不上是成功的表達了。如李白〈望廬山瀑布〉詩有云："飛流直下三千尺"，我們一看一聽便知這是李白在運用誇張表達策略來抒發自己對廬山瀑布壯觀景象的無比讚歎之情，不至於認為廬山瀑布真的有三千尺。如果李白詩句寫成"飛流直下三百尺"，接受者就有可能產生誤會，以為廬山瀑布就是三百尺高。那麼，詩句不僅不能深切地感動接受者，還會給人一種負面效果，詩的藝術魅力自然更是談不上了。因此，誇張表達策略的運用，掌握好上述兩個基本原則，才有可能取得好的表達效果；否則，便會產生"畫虎不成反

---

④　吳禮權《修辭心理學》第110頁，雲南人民出版社，2002年。

類犬"的負效果。

二、反覆：一懷愁緒，幾年離索。錯！錯！錯！

　　紅酥手，黃滕酒，滿城春色宮牆柳。東風惡，歡情薄，一懷愁緒，幾年離索。錯！錯！錯！
　　春如舊，人空瘦。淚痕紅浥鮫綃透。桃花落，閒池閣。山盟雖在，錦書難託。莫！莫！莫！

　　這是宋人陸游的名作〈釵頭鳳〉詞。關於此詞之作，南宋詞人周密《齊東野語》卷一記其事甚詳："陸務觀（案：陸游字務觀，自號放翁）初娶唐氏，閎之女也，與其母夫人為姑姪。伉儷相得，而弗獲於其姑。既出，而未忍出之，則為別館時時往焉。姑知而掩之。雖先知挈去，然事不得隱，竟絕之。亦人倫之變也。唐後改適同郡宗子士程。嘗以春日出遊，相遇於禹跡寺南之沈氏園。唐以語趙，遣致酒餚。翁悵然久之，為賦〈釵頭鳳〉一詞，題園壁間。實紹興乙亥歲（即公元 1155 年）也。……未幾，唐氏死。"據此可知，陸游的元配妻子為唐氏，是唐閎的女兒，和陸游的母親為姑姪關係。陸游與唐氏結婚後，夫妻甚是恩愛，可是唐氏不討婆婆的歡心。要知道，在那萬惡的舊社會，封建家長的權力可大着呢！不管媳婦有沒有錯，只要是婆婆不喜歡，就可以強迫兒子將媳婦休了。陸游的母親休唐氏的原因也如此，並不是因為陸游與唐氏是近親聯姻怕影響下一代智商之類，那時代醫學還不講這一套，也只不過是陸游母親看唐氏不順眼之類原因而已。於是就強迫陸游把唐氏休了。唐氏被休離開陸家之後，陸游對唐氏很有感情，捨不得唐氏，於是就另置別館讓唐氏住下，自己常常去別館與唐氏相會。可是，沒想到老太太知道了，對其別館突然襲擊。雖然陸游預先得知消息，將唐氏帶走，但這件事是再也隱瞞不了，最後陸唐只得斷絕了往來，不得藕斷絲連了，一對有情人就這樣被活生生地拆散了。唐氏後來改嫁給宋朝宗室子弟趙士程。有一次，陸游與唐氏都因春日出遊，不期在紹興禹跡寺南的沈園遇見。二人可謂感慨萬千，真是造化弄人！唐氏沒有對丈夫趙士程隱瞞，就告訴其真情，並讓其送了些黃封酒（當時的宮酒）和魚肉熟食給陸游。陸游感慨萬千，悵然久之，於是就為唐氏寫了一首〈釵頭鳳〉詞，題於沈氏園壁間。這是發生於宋高宗紹興 25 年（即公元 1155 年）的事。不久，唐氏就離開了人世。

陸游的這首詞之所以深切感人，不僅與上述令人悲歡的背景和詞作內容所寫故事本身的悲涼有關，也與作者陸游在詞中兩次運用了"反覆"表達策略密不可分。

所謂"反覆"，是一種在特定情境下讓相同的詞句一再出現，以凸顯表達者某種強烈情感，以加深接受者印象，引發接受者思想情感共鳴的語言表達策略。一般說來，"反覆"有兩種基本類型：一是"連續的反覆"，二是"隔離的反覆"。[5] 所謂"連續的反覆"，是指相同的詞句，連續而不間斷地出現；所謂"隔離的反覆"，是指相同的詞句之間有其他詞句隔斷，不連續出現。

上述陸游的詞，上下兩闋都運用了"連續反覆"的表達策略，上闋的"錯！錯！錯"，下闋的"莫！莫！莫"，都是相同詞句連續重複出現的。上闋的"錯！錯！錯"，強烈地凸顯了陸游對於與唐氏婚姻的結束的無限悔恨自責之情：同時作者通過"東風惡"一語的雙關含義真切地表露了對母親硬性拆散他與唐氏美滿姻緣的憤恨之情。而在以"孝道"為大的封建時代，作者毫不掩

---

⑤　陳望道《修辭學發凡》第 199 頁，上海教育出版社，1997 年。

飾地表露自己對母親的怨懟之情，也由此凸顯出作者對唐氏的深厚的感情，讀之令人情不自禁地引發情感的強烈共鳴，為陸唐美滿姻緣的無端被拆而悲惜！下闋的"莫！莫！莫！"，則強烈地凸顯了作者面對有情人縱有千種柔情萬般愛意卻無法傾訴的無奈之情。因為唐氏已是他人之妻，在封建社會（即使在今天），按照封建禮法，陸游不能再與唐氏互通表達心衷的書信了，所以他只好發出"錦書難託，莫！莫！莫"的悲歎。有情人不能長相廝守，共度白頭，已是令人不堪的人生悲劇了；而陸游不僅如此，連與心上人通信訴訴衷腸亦不可得，這悲情又何以堪？所以，"莫！莫！莫！"的只好作罷的決斷，讀之就格外讓人悲傷不已了。

　　"隔離反覆"的表達策略運用，同樣效果顯著。如台灣作家李敖曾寫有這樣一首流行歌曲的歌詞：

不看你的眼，
不看你的眉。
看了心裏都是你，
忘了我是誰。

不看你的眼，
不看你的眉。
看的時候心裏跳，
看過以後眼淚垂。

不看你的眼，
不看你的眉。
不看你也愛上你，
忘了我是誰。

　　這首名曰〈忘了我是誰〉的流行歌曲歌詞，在台灣是曾經風靡一時的，很有知名度。關於這首流行歌曲歌詞的寫作，李敖在《李敖回憶錄》中敘其本事說："我在景美軍法看守所時，不准看報，外面消息只靠口耳相傳。有一天，一個外役搞到幾'塊'破報紙，他說他喜歡搜集歌詞，以備他年做譜消遣。如我能寫幾首歌詞同他交換，這幾'塊'報紙便是李先生的了。我同意了。就立即寫了幾首，其中一首就是〈忘了我是誰〉"；"這歌詞我發表在 1979 年 9 月 18 日《中國工商時報》，新格公司作為'金韻獎'第一名推出，由許翰君作曲、王海玲演唱，引起轟動。事實上，我認為作曲和演唱都比歌詞好。這首歌詞〈忘了我是誰〉五個字，後來變成台灣報刊常用語，經常用在標題上。傳說這歌是我為胡茵夢作的，絕對錯誤，因為在牢中寫它時全無特定對象，眼前只是一面白牆耳！"這首歌詞也是運用了反覆表達策略，屬於"隔離反覆"。"不看你的眼，不看你的眉"在三個段落中三次出現，"忘了我是誰"在兩個段落中兩次出現，它們都是隔離出現的。李敖所作的這首歌詞，通過隔離反覆表達策略的運用，一來加強了歌曲一唱三歎的音樂性，二來強烈凸顯了現代社會男女相愛時非常矛盾的心態，發人深省，唱之令現代戀愛中的青年男女"心有戚戚焉"，情不自禁地引發出思想情感的強烈共鳴。所以，這首歌詞能以流行歌曲的形式唱遍台灣，風靡一時，不能不歸功於作者對於現代青年男女戀愛心態把握的準確，也不能不歸功作者表達策略運用的成功！

　　反覆表達策略的運用，意在凸顯表達者特定情境下某種強烈的情思；所以，表達者如果沒有特別強烈的情思要表達，最好不要運用這種表達策略。否則，不僅顯得辭費，而且徒增無病呻吟之惡趣。這一點，應該切記。

三、倒裝：明月幾時有？把酒問青天

> 明月幾時有？把酒問青天。不知天上宮闕，今夕是何年。我欲乘風歸去，惟恐瓊樓玉宇，高處不勝寒。起舞弄清影，何似在人間。
>
> 轉朱閣，低綺戶，照無眠。不應有恨，何事長向別時圓？人有悲歡離合，月有陰晴圓缺，此事古難全。但願人長久，千里共嬋娟。

這是宋人蘇東坡的一首名曰〈水調歌頭〉的著名詞作。它是作者於宋神宗熙寧九年（即公元 1607 年）作於密州。"當時他在政治上的處境既不得意，和胞弟子由（蘇轍字）亦已七年沒有團聚在一起，心情抑鬱，可想而知。可是詞中抒幻想而留戀人世，傷離別而處以達觀，反映了作者由超脫塵世的思想轉化為喜愛人間生活的過程。筆調奇逸，風格健朗，成為文學史上的名篇。"⑥宋人胡仔《苕溪漁隱叢話·後集》卷三十九評此詞曰："中秋詞，自東坡〈水調歌頭〉一出，餘詞盡廢。"可見，此詞在中國人心目中有何等崇高的地位，其魅力之深厚可知。

那麼，此詞何以能臻至如此高的藝術境界，成為中國人詠中秋詞的巨擘呢？當然原因是很多的，前人稱述備矣。不過，我們這裏應該特別指出的一點，是此詞開首兩句凌空起勢，突兀而來，可謂先聲奪人，對全詞藝術上的成功助益不小。而這是與作者運用了一個有效的表達策略 —— 倒裝，是有相當大的干係的。

所謂"倒裝"，是一種說寫中表達者有意突破語法或邏輯的常

---

⑥　朱東潤主編《中國歷代文學作品選》中編第二冊第 27 頁，上海古籍出版社，1982年。

式結構模式以突出強調某一語意，引發接受者注意和加深印象的語言表達策略。

　　上述蘇東坡的詞作的開首二句，正常語序應該是"把酒問青天，明月幾時有？"但是作者卻沒有按正常語法和邏輯結構模式來安排句子，而是寫成了"明月幾時有？把酒問青天"，這是作者有意所為，運用的正是倒裝表達策略。這一策略的運用，從表達上看，由於"明月幾時有"成為全句乃至全篇敍述的起點和焦點，這就強烈"凸顯了表達者極端寂寞和盼望與弟弟子由團聚暢敍兄弟親情的急切之情，滿足了表達者激情狀態下心理能量的釋放和情感紓解的需要；從接受上看，由於文本的超越正常句法規範所創造的文本新異性，很易引發接受者文本接受中的'不隨意注意'，從而加深對表達者所建構的修辭文本的印象和理解，達成與表達者之間的情感思想的共鳴，體會到表達者的那種孤寂之情的況味。"[7]可見，這首詞能夠成為千古名篇，與作者開首兩句倒裝表達策略的成功運用是不無關係的。倒裝表達策略的效能，於此我們也可見一斑。

　　古典的詩詞常有倒裝表達策略的運用，現代詩亦然。如台灣詩人余光中的新詩〈等你，在雨中〉：

> 等你，在雨中，在造虹的雨中
> 蟬聲沉落，蛙聲升起
> 一池的紅蓮如火焰，在雨中
>
> 你來不來都一樣，竟感覺
> 每朵蓮都像你

---

[7] 吳禮權《修辭心理學》第 130 頁，雲南人民出版社，2002 年。

尤其隔着黃昏，隔着這樣的細雨

永恆，霎那，霎那，永恆
等你，在時間之外
在時間之內，等你，在霎那，在永恆

如果你的手在我手裏，此刻
如果你的清芬
在我的鼻孔，我會説，小情人

諾，這隻手應該採蓮，在吳宮
這隻手應該
搖一柄桂槳，在木蘭舟中

一顆星懸在科學館的飛簷
耳墜子一般地懸着
瑞士錶説都七點了。忽然你走來

步雨後的紅蓮，翩翩，你走來
像一首小令
從一則愛情的典故裏，你走來
從姜白石的詞裏，有韻地，你走來

　　這首詩所寫的是一位男主人公在雨中的黃昏時分急切等待情人到來的情景，寫得纏綿而典雅，可謂新詩中的妙品。這首詩的成功最大程度上是得益於詩人對倒裝表達策略的充分而恰切的運用。詩題〈等你，在雨中〉，就是運用了倒裝表達策略，為全詩所描寫的男主人公（"我"）盼望情人（"她"）到來的急切之情奠定了基調，凸顯了"我"對"她"深切的情感。詩的正文則十二次運用了倒裝表達策略："等你，在雨中，在造虹的雨中"，通過狀語"在雨中，在造虹的雨中"與謂語"等你"語序的倒置，既突出強調了"我"想見"她"的急切之情，因為謂語"等你"的前置助成了這一效果的產生；又凸顯了"我"對"她"誠摯的深情，因為狀語"在雨中，在造虹的雨中"從謂語的附着地位獨立出來，強調了"我"等待"她"的環境是雨天而非風和日麗的晴日。"你來不來都一樣，竟感覺"，通過謂語動詞"感覺"與賓語"你來不來都一樣"的語序倒置，強調了動詞"感覺"的賓語部分，突出了"我"想"她"出神而把"蓮"當成了"她"的幻覺心理狀態，從而凸顯出"我"對"她"的深切思念之情。"等你，在時間之外，在時間之內"、"等你，在霎那，在永恆"兩句，都是通過時間狀語與謂語位置的倒裝，既突出了"我"的行為"等你"，強調了行為時間的周遍性，從而凸顯出"我"對"她"永恆的愛。"如果你的手在我的手裏，此刻"，通過時間狀語的倒置，既突出了"我"想與"她"牽手訴衷情的心理狀態，又強調了"我"想與"她"相見牽手的急切性，就在"此刻"，再也等不及了，一種急切、真切的強烈情感躍紙而出，讀之讓人情不自禁為之動情！"這隻手應該採蓮，在吳宮"、"這隻手應該搖一柄桂槳，在木蘭舟中"兩句，都是通過謂語與地點狀語位置的倒裝，強調了狀語所在的地點，從而突出了"她"的美麗、高貴、典雅，讓人想起了中國古典詩詞中所寫的江南採蓮女的美妙浪漫的意境，提升了詩的審美價值。"一顆星懸在科學館的飛簷，耳墜子一般地懸着"一句，正常語序應是"一顆星耳墜子一般地懸着，懸在科學館的飛簷"，詩人通過比喻性描寫狀語與謂語的倒裝，突出了狀語，強調了"她"的矜持和高貴不易接近，同時由“耳墜子”自然引出“她”的出現。“步雨後的紅蓮，翩翩，你走來”，通過兩個狀語“步雨後的紅蓮”、“翩翩”與主語“你”位置的倒裝，突出強調了“她”儀態萬方的行走姿態，表現了“她”的古典而浪漫的美，令人怦然心動。“從一則愛情的典故裏，你走來”，通過狀語前置於主語“你”之前，突出了狀語的內容，使“她”的身世身份蒙上一層神秘的絲紗，讓“我”和“她”的愛情更富古典而浪漫的情調，令人聯想回味，餘韻深長。“從姜白石的詞裏，有韻地，你走來”，也是讓兩個狀語前置於主語“你”之前，突出了狀語，導引接受者自然聯想到宋人姜白石清空峭拔、格調高遠、意味雋永、韻律和諧的詞風，從而強調了“她”的步態的優雅和古典色彩，一個深具古典美韻致的絕妙佳人形象便栩栩如生地呈現在接受者面前，令人情不自禁地心搖神蕩，陶醉深深而不可自拔。如果詩人不運用上述諸多倒裝表達策略來寫，而以平常的語序來敍寫，這首詩與一般的散文就沒有甚麼區別，在表達效果上自然亦味如白水，不能給讀者帶來任何審美情趣，更不能引發讀者的感動。那麼，這首詩也就不能成為為人傳誦的名篇。可見，倒裝策略的運用確是此詩成功的關鍵所在。

　　一般說來，詩歌特別是古典詩詞運用倒裝表達策略比較常見。這有兩方面原因：一是我們上面所說的表達者意欲強調突出某一特定的語意，所以要對語序作倒置處理；二是古典詩詞格律上的需要。如唐人王維的名作〈山居秋暝〉詩：“空山新雨後，天氣晚來秋。明月松間照，清泉石上流。竹喧歸浣女，蓮動下漁舟。隨意春芳歇，王孫自可留。”其中五六兩句正常語序應是“竹喧浣女歸，蓮動漁舟下”，詩人之所以要倒裝成詩中五六句的樣子，其意即“俾‘舟’字與‘秋’、‘流’、‘留’等字協韻。"⑧ 又如宋代詞人范仲淹的名作〈漁家傲〉詞："塞下秋來風景異，衡陽雁去無留意。四面邊聲連角起，千嶂裏，長煙落日孤城閉。濁酒一杯家萬里，燕然未勒歸無計。羌管悠悠霜滿地，人不寐，將軍白髮征夫淚！" 其中，上闋首二句就是運用了倒裝表達策略，"雁去衡陽" 是 "衡陽雁去" 的倒裝。"相傳秋天雁飛到衡陽回雁峰便不再南飛。物候常識也告訴我們‘秋來’只能是‘雁去衡陽’（北雁向南方的衡陽飛去）而不是衡陽之雁向北飛往塞下。可見，‘衡陽雁去’ 是‘雁去衡陽’的倒裝。這是為了遷就平仄而把處所賓語前置，因為這兩句詩按聲律應該是仄仄平平平仄仄，平平仄仄平平仄。"⑨ 也就是説，在古典詩詞中倒裝表達策略的運用除了突出強調所要表達的重點語意外，為了押韻或平仄的和諧也是原因之一。現代詩已不講究格律，是以掙脫形式束縛為目標的，所以新詩中運用倒裝表達策略，基本上是為了突出強調所要表達的重點語意的目的。

　　現代新詩運用倒裝表達策略主要是為了突出強調語意表達的重點，至於散文之運用倒裝表達策略，則完全是為了表意重點的突出與強調。如張愛華〈餘韻〉一文有云：

> 　　在歷史積澱很厚的山西，我想起 "餘韻" 一詞，看到的聽到的，一鱗半爪的印象，都是。侯馬的古墓裏，墓壁上刻着一座形象逼真的戲台，看到它，你不能不震驚：為元曲的生命力，為那個戲迷癡迷的程度。

　　這裏末一句的正常語序應該是 "你不能不為元曲的生命力，

---

⑧　沈謙《修辭學》第 634 頁，台灣空中大學印行，1996 年。
⑨　譚永祥《漢語修辭美學》第 360 頁，北京語言學院出版社，1992 年。

為那個戲迷癡迷的程度震驚"。但是，這樣的表達在效果上不能突出強調作者意欲表達的重點 —— 對元曲頑強的生命力和侯馬古墓的墓主對戲曲的癡迷程度的驚歎之情。所以，作者運用了倒裝表達策略寫出了文中那樣的句子，既凸顯了作者的驚歎之情，又深切地感動了讀者的心靈，與作者達成了思想情感的共鳴。

由於倒裝表達策略的運用主要是為着突出強調表達的重點語意所在，或是為着詩詞韻文格律上的和諧，因此，如果沒有特別需要強調的語意重點，或不是為着韻律的和諧，我們在説寫表達中就沒有運用這種表達策略的必要。否則，便會破壞語言表達的正常規範，成為文理不通的病句。

四、疊字：尋尋覓覓，冷冷清清，淒淒慘慘戚戚

> 尋尋覓覓，冷冷清清，淒淒慘慘戚戚。乍暖還寒時候，最難將息。三杯兩盞淡酒，怎敵他、晚來風急！雁過也，正傷心，卻是舊時相識。
>
> 滿地黃花堆積，憔悴損，如今有誰堪摘！守着窗兒，獨自怎生得黑！梧桐更兼細雨，到黃昏、點點滴滴。這次第，怎一個愁字了得！

這是宋人李清照的著名詞作〈聲聲慢〉，是中國文學史千古傳誦的名篇之一。此詞是作者晚年所作，此時她的丈夫趙明誠已離世，自己一個女人流寓江南，就更倍感孤寂哀傷了，加之殘秋時節，多愁善感的女詞人，更是情何以堪？全詞"通過寫殘秋的景色作為襯托，傾訴出夫亡家破、飽經憂患和亂離生活的哀愁"⑩，

---

⑩ 朱東潤主編《中國歷代文學作品選》中編第二冊第 54 頁，上海古籍出版社，1982年。

讀之令人悲不自勝，唏噓感傷不已。

那麼，這首詞何以有如此的藝術魅力呢？仔細尋究起來，除了詞作內容本身的淒切感人之外，開首連下十四個疊音字，是其關鍵所在。歷代詞論家歎讚此詞，焦點也全聚於此。它是運用了一個特別的表達策略——疊字。

所謂“疊字”，是一種將漢語中“形、音、義完全相同的兩個字緊密相連地用在一起”[⑪]，以相同語言刺激物的反覆刺激來強化某種語意的表達策略。

上述李清照的詞開首連疊了“尋”、“覓”、“冷”、“清”、“淒”、“慘”、“戚”七個單音節詞成為連排而下的七對疊音詞，正是疊字表達策略運用的極致。由“尋”“覓”二字複疊而成的“尋尋覓覓”，鮮明地顯現出詞人失去恩愛的丈夫後失落空虛的情感精神世界真況；由“冷”、“清”二詞複疊而成的“冷冷清清”，形象地凸顯出詞人失去丈夫後家庭生活的極度冷清境況；由“淒”、“慘”、“戚”三個單音節詞複疊而成的“淒淒慘慘戚戚”，強烈地凸顯出詞人“獨在異鄉為異客”、秋風蕭殺形影單的孤寂淒涼的晚景生活。加之全詞又特意選擇了仄韻體表達，遂使全詞情調更顯淒切悲涼，讀之不能不使人唏噓感傷！

疊字表達策略不僅能強烈凸顯表達者的某種悲傷的情感，讓人讀之聽之油然產生傷感哀愁的情感共鳴；也能鮮明地再現出表達者的某種欣喜愉悅之情，令人聽之讀之情不自禁地生發一種激動，為之手之舞之足之蹈之。如晉人陶淵明的傳世名篇〈歸去來兮辭〉的開首一段文字有云：

---

⑪　譚永祥《漢語修辭美學》第 395 頁，北京語言學院出版社，1992 年。

> 歸去來兮，田園將蕪胡不歸！既自以心為形役，奚惆悵
> 而獨悲？悟已往之不諫，知來者之可追。實迷途其未遠，覺今
> 是而昨非。舟搖搖以輕颺，風飄飄而吹衣。問征夫以前路，恨
> 晨光之熹微。

陶淵明因為看不慣東晉官場的黑暗，更不願同流合污，又
不願"為五斗米折腰"，遂產生逃避現實、嚮往田園閒適生活之
情。這首駢體賦即是寫他辭去彭澤縣令後歸隱鄉野的愉悅之情。
上引開首一段，意思是：回去吧，田園都要荒蕪了，為甚麼不
回去呢？既然本心不想做官混跡官場，卻要為生活所迫不得奔走
其間，那麼為何還要惆悵感傷呢？現在體認到了已往的過錯和糊
塗，雖然已無法挽回，但只要知錯，來日方長，自然可以補救
的。實在還算是誤入迷途不遠，還能認識到過去的錯誤和今天選
擇的正確性。小船駛得飛快而搖搖晃晃，風兒飄飄吹起我的衣
裳。問船夫前邊還有多少路程，恨天色怎麼才微明。這段文字生
動地寫出了作者掙脫官場名韁利索後，急於回鄉的無比愉悅之
情，特別是"舟搖搖以輕颺，風飄飄而吹衣"兩句最為傳神，尤
足以表達出作者的這種喜悅之情。兩個單音節詞"搖"、"飄"的
重疊使用構成"搖搖"、"飄飄"，突出強調了船行之快，有力地
凸顯了作者遠離官場、企盼早日歸鄉的急切心情和回鄉途中那
種"無官一身輕"、歸隱做農夫的喜悅之情。不需長篇累牘表白，
只是兩句中各用一個疊字即已寫出了作者此時此刻的真實心理世
界，可謂生花妙筆，令人歎服！

不僅古典詩詞中疊字表達策略常用，現代散文作品也是常見
的。如台灣著名詩人余光中的散文名篇〈聽聽那冷雨〉一文開首
有一段文字説：`

> 　　驚蟄一過，春寒加劇。先是料料峭峭，繼而雨季開始，時而淋淋漓漓，時而淅淅瀝瀝，天潮潮地濕濕，即使在夢裏，也似乎把傘撐着。

　　這段描寫台灣初春季雨的文字，其中運用疊字表達策略最為密集，短短 50 個字就運用了五次疊字表達策略。"先是料料峭峭"，通過疊韻聯綿詞"料峭"的分拆重疊使用，強調突出了台灣驚蟄過後一段時間內春寒加劇的情形，讀之令人印象深刻，情不自禁地瑟瑟顫慄起來。"時而淋淋漓漓，時而淅淅瀝瀝"，分別通過雙聲聯綿詞"淋漓"和疊韻聯綿詞"淅瀝"的分拆重疊，生動形象地再現了台灣春季季雨時而大時而小，下個不停，下得沒完沒了的雨季圖景，讓人讀之如臨其境，如沐其雨，感同身受。"天潮潮地濕濕"，通過兩個單音節詞"潮"、"濕"的分別重疊使用，強烈凸顯了台灣季雨時間之長、空氣之潮濕的程度，讀之令人深刻體認到作者對台灣季雨的無奈難耐之情。余光中這篇散文開首就給人留下深刻印象，讓人歎賞，這是與作者大量運用疊字表達策略分不開的。

　　疊字表達策略的運用，意在通過語音形式的重複，以強化某種語意（當然也有一種韻律上的美感）。所以，如果表達者沒有要強化的語意要表達，自然就不必運用這種策略。一切應以表情達意的需要來決定，不能為疊字而疊字，那就失去意義了。

五、設問：對酒當歌，人生幾何？

> 　　對酒當歌，人生幾何？譬如朝露，去日苦多。慨當以慷，憂思難忘。何以解憂？唯有杜康。青青子衿，悠悠我心。但為君故，沈吟至今。呦呦鹿鳴，食野之蘋。我有嘉賓，鼓瑟

吹笙。明明如月，何時可掇？憂從中來，不可斷絕。越陌度
阡，枉用相存。契闊談讌，心念舊恩。月明星稀，烏鵲南飛。
繞樹三匝，何枝可依？山不厭高，水不厭深。周公吐哺，天下
歸心。

　　這是漢末大政治家曹操的名作〈短歌行〉。其所表達的求才
若渴的真切之情，讀之令人深深感動；其所展現的一代大政治家
急切的希望廣羅天下賢能建功立業的慷慨之情，讀之令人豪情萬
丈；其所流露的人生苦短的憂慮悲歎，讀之令人心有戚戚，頓起
悲涼之情。

　　那麼，這首詩何以有如此深厚的魅力，令千古以降的人們讀
之深切感歎呢？這裏除了詩所表達的內容本身即很感人外，還與
作者運用的表達策略有着密切關係。全詩篇幅不長，卻四次運用
了一種非常有效的表達策略，這就是"設問"。

　　所謂"設問"，是表達者"胸中早有定見，話中故意設問"[12]以
凸顯表達者特定情境下某種強烈的情感，並希望藉此引發接受者
的注意，達成與自己情感的共鳴的一種語言表達策略。設問作為
一種語言表達策略，一般説來，可以分為兩類：一是"提問"，二
是"激問"。所謂"提問"，是"為提醒下文而問的"，"這種設問必
定有答案在它的下文"；所謂"激問"，是"為激發本意而問的"，
"這種設問必定有答案在它的反面"。[13]

　　上述曹操的詩中這兩類設問表達策略都運用到了。其中，
"人生幾何？譬如朝露，去日苦多"，屬於提問。問句"人生幾
何"之後，詩人自己接着就給出了答案："譬如朝露，去日苦

多"，這樣在一問一答中就強烈地凸顯出了詩人作為一代志存高遠的大政治家對於生命短暫而大業未成的深切感傷之情，讀之令人不禁為之神傷。如果不以設問表達策略來寫，説成："人生苦短，譬如朝露，去日苦多"，那麼詩人那種強烈的情感就難以表現出來，接受者也不易於受到深深感染。"何以解憂？唯有杜康"，也屬提問。問句"何以解憂"之後，詩人自己作答説："唯有杜康"，這樣就突出強調了詩人對於迫切希望得到治國安邦之才幫助自己建功立業而不得的憂鬱之情，讀之令人情不自禁地為詩人求才若渴的真情所深深感動。"明明如月，何時可掇"，屬於激問。意思是經國濟世之才就像可望而不可及的皓皓明月，實在是難以得到啊！強烈地凸顯了作者求才而不得的憂傷之情，讀之令人不能不為其真情所動！"何枝可依"，也是激問，其意是説烏鵲月夜尋巢無枝可依。這是寫景句，意在以景託意，強烈表現了自己求才立業而一時難成，又歎生命短暫的複雜情感苦痛，讀之令人倍感悲涼。如果詩人曹操沒有四次運用設問表達策略，那麼這首〈短歌行〉也就不會有如此好的表達效果，也不易那麼深切地感動人心，成為千古流誦的佳篇！

中國古典詩詞中運用設問表達策略的很多，可謂是"司空見慣渾閒事"。現代散文中，這一表達策略的運用則更是廣泛而普遍。如李國文〈從嚴嵩到海瑞〉一文中有這樣一段文字：

> 誰説中國人沒有幽默感？不過中國人的幽默，是以"冷面滑稽"的形式表現出來罷了。中國人會暗笑，會竊喜，會蔫着樂，會偷着奚落，會等着看你大出洋相，看你鞠躬下台，看你去見上帝而開懷。這種有足夠的耐心，堅持到最後才笑，但面部表情絕對不動聲色，一靜如水的功夫，恐怕是世界的獨一份。

　　一般人的觀點，都是認為中國人缺乏幽默感，幽默是西方人的事。作者李國文認為這種普遍的看法是不對的，他覺得中國人很有幽默感，只是中國人的幽默與西方人不同，有自己獨到的特點，那就是以"冷面滑稽"的形式來表現。為了突出強調他的這一獨到見解，作者李國文選擇了設問表達策略，將自己的觀點以"激問"句"誰說中國人沒有幽默感？"表達出來，表達力度遠比陳述肯定句"中國人很有幽默感"強烈，鮮明突出地表明了作者的見解，配以後文詳盡的敍述，使其所表達的語意得到了極大地強化，從而給接受者以深刻的印象，令人不得不心服口服，達成與自己情感的共鳴，同化了接受者的思想觀點。

　　設問表達策略主要是以口説的語音重音及句末語調的上升和書面上問號的視覺提示，使接受者在視聽覺上受到強化刺激，從而引發接受者的注意和思索，由此達到表達者所欲企及的強化某種語意表達的目標。因此，如果表達者確有需要強調的某種情感或語意要傳達給接受者，引發接受者情感思想的共鳴，運用設問表達策略確是一個很好的途徑。如果沒有要強調突出的語意或強烈的情感，運用這一表達策略就沒有意義了，反而給人一種無病呻吟之惡感。這時，還是以不用為好，情感表達自然便是美。

六、層遞：天下之佳人，莫若楚國；楚國之麗者，莫若臣里

　　天下之佳人，莫若楚國；楚國之麗者，莫若臣里；臣里之美者，莫若臣東家之子。

　　這是春秋時代宋玉的名作〈登徒子好色賦〉中的一段文字，是作者自誇自己東鄰女子之絕色美貌。讀之令人印象十分深刻，為之嚮往不已！

那麼，這短短幾句何以有如此好的表達效果呢？這是因為作者在此運用了一個非常有效的語言表達策略——層遞。

所謂"層遞"，是"說話行文時，針對至少三種以上的事物，依大小輕重本末先後等一定的比例，依序層層遞進"[14]，通過事物間的比較以突出強調某種語意，使接受者產生深刻印象的一種語言表達策略。一般說來，層遞可以分為兩類，一是遞升，二是遞降。遞升是按從小到大，從淺到深，從低到高，從輕到重等等比例關係來排列諸事物；遞降的排序則與遞升正相反。有時，這兩者之間很難分別，因為從不同角度看結果就會相反。如上述宋玉所寫的一段文字，若從地域範圍看，是從大到小依次排列，屬於遞降；若從美麗的程度看，則是程度逐層加高的，又屬於遞升。但不管從哪個角度看，也不管它是遞升還是遞降，這段文字都是通過逐層比較，突出強調了一個中心語意，這就是作者東鄰的女子是天下第一美人，無人能出其右。如果直接說"我的東鄰女子是天下最美的"，那麼這樣的表達未必能給人太深的印象，不能激發出接受者的想像，通過比較而深刻地體認到作者東鄰女子那種不同尋常的美，進而產生一種強烈的嚮往之情。我們都知道有這樣一句話："有比較才有鑒別"，說的正是這個道理。層遞表達策略實際上就是通過相同或相近事物的比較來突出其所表達的重點語意，以此加深接受者對表達者所欲表達語意的深刻理解。

層遞表達策略的運用，在中國古典詩詞辭賦中很普遍。上文我們說到宋玉的賦，下面我們來看看宋人蔣婕的詞〈虞美人〉：

> 少年聽雨歌樓上，紅燭昏羅帳。壯年聽雨客舟中，江闊雲低，斷雁叫西風。

---

[14]　沈謙《修辭學》第 506 頁，台灣空中大學印行，1996 年。

> 　　而今聽雨僧廬下，鬢已星星也。悲歡離合總無情，一任
> 階前，點滴到天明。

　　這首詞是整闋運用層遞表達策略，運用得很有特色。"時間
上是三層：少年、壯年、晚年，循序漸進。心境上也是三層：浪
漫、漂泊、淒涼，層層遞進。"[15]這是通過年齡由少年到壯年再到
老年的遞升，與心境由浪漫到漂泊再到淒涼的遞降相形對比，凸
顯出這樣一種語意重點：聽雨的感覺與年齡、情境密切相關，不
同情境和不同年齡感覺大不一樣，從而突出強調了作者心境的每
況愈下和晚景的淒涼，讀之令人感傷不已。

　　層遞表達策略在現代的運用更是常見。如錢鍾書小說《圍
城》中有一段文字，運用層遞表達策略甚妙，可以一賞：

> 　　蘇小姐說不出話，唐小姐低下頭，曹元朗料想方鴻漸認
> 識的德文跟自己差不多，並且是中國文學系學生，更不會高
> 明 —— 因為在大學裏，理科學生瞧不起文科學生，外國語文
> 系學生瞧不起中國文學系學生，中國文學系學生瞧不起哲學
> 系學生，哲學系學生瞧不起社會學系學生，社會學系學生瞧不起
> 教育系學生，教育系學生沒有誰可以給他們瞧不起了，只能
> 瞧不起本系的先生。曹元朗頓時膽大說："我也知道這詩有來
> 歷，我不是早說古代民歌的作風麼？可是方先生那種態度，完
> 全違反文藝欣賞的精神。你們弄中國文學的，全有這個'考據
> 癖'的壞習氣。詩有出典，給識貨人看了，愈覺得滋味濃厚，
> 讀着一首詩就聯想到無數詩來烘雲托月。方先生，你該唸唸愛
> 利惡德的詩，你就知道現代西洋詩人的東西，也是句句有來歷

的，可是我們並不說他們抄襲。蘇小姐，是不是？"

　　方鴻漸聽説蘇文紈病了，去蘇家探望。接着，唐曉芙、曹元朗二人先後也來蘇家。曹元朗是個詩人，帶來了他寫的十四行詩〈拼盤姘伴〉之類的詩請蘇小姐指教。蘇小姐沒有馬上看，方鴻漸先看了，並虛意恭維了他幾句，蘇小姐便接口也誇獎了幾句，曹元朗甚是得意。後來，蘇小姐自己也忍不住，拿出一把雕花沉香骨的女用摺扇，上有一首詩云："難道我監禁你？／還是你霸佔我？／你闖進我的心，／關上門又扭上鎖。／丢了鎖上的鑰匙，／是我，也許你自己。／從此無法開門，／永遠，你關在我心裏。"請大家欣賞。方鴻漸見詩後有"民國二十六年秋，為文紈小姐錄舊作，王爾愷。"的落款，以為是王爾愷錄自己的舊作贈蘇小姐，所以方鴻漸就直言説出了自己的看法，説此詩是偷來的，是抄襲自德國十五六世紀的民歌。蘇小姐聽了很不高興，因為此詩是蘇小姐自己作的，於是便有上述曹元朗為蘇小姐護盤的一席大道理。其中"因為在大學裏，理科學生瞧不起文科學生，外國語文系學生瞧不起中國文學系學生，中國文學系學生瞧不起哲學系學生，哲學系學生瞧不起社會學系學生，社會學系學生瞧不起教育系學生，教育系學生沒有誰可以給他們瞧不起了，只能瞧不起本系的先生。"這段文字是寫曹元朗瞧不起方鴻漸的理由，運用的是層遞表達策略，依系科在當時社會的學生心目中的地位逐一對比，逐層遞降，強烈地凸顯了曹元朗打心眼裏瞧不起出身中文學科背景的方鴻漸之真切心理，且表現出深刻的諷刺意味，讓讀者真切地看出 20 世紀三四十年代中國社會以系科論人的偏見之深之普遍，從而深刻了解到那個時代中國社會的世俗人心的真實情形。如果作家不運用層遞表達策略，而是直接受表達説："曹元朗料想方鴻漸認識的德文跟自己差不多，並且是中國文學系學

生，更不會高明，因為在大學裏，學生的素質高低是由他所學的
系科決定的"，那麼，表達雖然直捷，但上述諸多表達效果都無
由企及了。

層遞表達策略的運用，可以通過各事物之間的相互對比，層
層遞升或遞降，從而突出所要表達的語意重點，給接受者以深刻
的印象，使其加深對表達者表達語意的理解。因此，層遞確是一
種強化語意印象的有效表達策略。但是，這種表達策略的運用應
該遵循自然和需要的原則，不可勉強為之，徒然弄拙。

七、同異：暖風熏得遊人醉，直把杭州作汴州

> 山外青山樓外樓，西湖歌舞幾時休？
> 暖風熏得遊人醉，直把杭州作汴州。

這首詩名曰〈題臨安邸〉，是宋人林升所作。全詩是意在表達
作者對南宋統治者不思恢復中原故土而只知偏安江左圖眼前之樂
行為的深刻批判，但寄悲痛於深沉，表意含蓄婉轉卻諷刺辛辣，
在中國文學史上有着崇高的地位。

那麼，這短短的四句詩何以有如此的魅力呢？這是因為詩人
其中運用了一個很有效的表達策略──同異。

所謂"同異"，是一種"把字數相等、字面同中有異、異中有
同的兩個以上的詞語，用在一個語言片斷裏，同異對比，前後映
照"⑯，以強化某種語意的表達策略。

上述詩句中的末一句"直把杭州作汴州"，其中"杭州"和"汴
州"是同而有異的表示地名的兩個名詞，作者之所以不選擇"汴

---

⑯ 譚永祥《漢語修辭美學》第 159 頁，北京語言學院出版社，1992 年。

梁"來與"杭州"並舉描寫，而讓一句詩中兩個辭面相同的"州"字重複出現，是有深刻用意的，這也是這首詩的妙處所在。因為作者通過"杭州"與"汴州"字面上的近似與兩詞實際上所代表的語義內涵的迥異（杭州只是宋朝偏安江左的都城，汴州才是大宋王朝的真正京師）的對比，凸顯強調了"杭州"與"汴州"的根本差異性和對立性，從而十分強烈地表達出作者對南宋統治者苟且偷安、置深陷金人鐵蹄蹂躪下的廣大北方人民的死活於不顧而只圖自己一時安逸的腐朽本質的深切痛恨之情，語意突出卻表達婉轉，真可謂是達到了"不着一字，盡得風流"的崇高境界。因此，這首詩之所以在中國文學史上佔有很高地位，是有其道理的。同時，也可見出同異表達策略運用的良好效果。

　　文人學士的表達策略自然高妙，但人民的智慧同樣也不可低估。下面我們看一個百姓運用同異表達策略的成功範例。清人程世爵《笑林廣記》記有這樣一個故事：

> 　　一官好酒怠政，貪財酷民，百姓怨恨。臨卸篆，公送德政碑，上書"五大天地"。官曰："此四字是何用意？令人不解。"眾紳民齊聲答曰："官一到任時，金天銀地；官在內署時，花天酒地；坐堂聽斷時，昏天黑地；百姓喊冤的，是恨天怨地；如今可交卸了，謝天謝地。"

　　這是一則清代民眾諷刺貪昏之官的故事：一官員貪好杯中物，常常怠於政務。加之又生性貪財，對老百姓特別殘酷，所以老百姓都很怨恨他。但是，在封建時代，老百姓又無奈他何。到了這位官員任滿交印卸職離開之時，當地老百姓就想好好收拾收拾他，當然不能動武揍他，於是就公送他一塊德政碑，諷刺他的為政德行。這德政碑上只寫了四個字："五大天地"。這貪昏之官不解其意，於是眾紳民就解釋給他聽。其中這解說詞：「官一到任時，金天銀地；官在內署時，花天酒地；坐堂聽斷時，昏天黑地；百姓喊冤的，是恨天怨地；如今可交卸了，謝天謝地」，就是運用了同異表達策略。眾紳民通過字面上「金天銀地」、「花天酒地」、「昏天黑地」、「恨天怨地」、「謝天謝地」等五個詞語的字面近似與這五個詞語所代表的各不相同的語義內涵的對比，突出強調了這五個詞語所展示的那個貪昏之官不同情形下貪昏酷民的劣跡，於五個同中有異的詞語的並置中強烈凸顯出眾紳民對那個貪昏之官強烈的憤恨之情，批判尖銳深刻、淋漓盡致，諷刺辛辣而別具婉轉含蓄、幽默詼諧的機趣，令人印象深刻，經久難忘。這裏我們既可見出同異表達策略的獨特表達效果，也能深刻體認到中國人民的語言智慧！

現代人運用同異表達策略也不讓古人專美於前。如上海電視台著名節目主持人葉惠賢 2000 年 8 月在煙台的一次中青年幹部培訓班的聯歡晚會上主持節目時，有這樣一個情景：一位女士剛上台表演，下邊的人開始打趣：「芳齡幾何？」那女士倒也大方坦蕩，說：「三十五了。」等那女士表演完，輪到一位五十歲的男士上場表演時，葉惠賢上台走向前，問那男士：「可以告訴我您的年齡？」女士不介意別人問年齡，那男士更沒問題了，說：「五十了。」也許是開玩笑，實際沒五十歲。葉惠賢抓住這一機會插話說：

> 「三十五歲的女士是光彩照人的年齡，那麼男士呢？有這樣一種說法，二十歲的男人是贋品，三十歲的男人是正品，四十歲的男人是精品，五十歲的男人是極品。在座的各位不是正品，就是精品，或者是極品。下面我們歡迎這位極品級的男士給我們表演。」

　　一番話説得台下掌聲雷動。在座的各位男士都是三十歲至五十歲以上的各級領導幹部，自然人人都被恭維到了，真是把話説到了大家的心坎上，怎麼叫人不叫好呢？葉惠賢的這番話的妙處也就在於同異表達策略運用得好。表達者葉惠賢通過“贗品”、“正品”、“精品”、“極品”這四個詞語字面上的相近與四個詞語各自代表的語義內涵差異的對比，鮮明地凸顯了不同年齡段男子的魅力和價值品級，含義雋永而耐人尋味，令人印象深刻，久久難忘，真是令人擊節讚歎的絕妙好辭！這裏我們既可見出一代電視“名嘴”的風采，也能深刻體認到同異表達策略運用之妙的獨特魅力。

　　我們説同異表達策略的運用能產生強化語意印象，使表達別具耐人尋味的機趣，效果很好；但是這種表達策略應該運用得自然，不能特意去搜尋一些字面相同又相異的一組詞語堆砌在一起，那樣便會給人一種矯揉造作之感，效果也會適得其反。

第 6 章

幽默詼諧的策略
—— 插科打諢，妙成文章

三十年代，有一回上海藝文界的名流在國際飯店宴請張大千，稔知他最愛聽梅蘭芳唱戲，特地邀請梅蘭芳作陪。入席時，大家公推張大千坐首席，再三恭請。

"大千先生，您是主客，理應坐首席，這個位子您如果不坐，還有誰能坐呢？"

大師面露詭譎的神情，莞爾一笑：

"梅先生是君子，理應坐在首位；我是小人，該當叨陪末座。"

幾句話使眾人莫名其妙，當下都愣在現場。梅蘭芳很不好意思地陪笑道：

"張大師，今天是上海藝文界合請您，在下奉命來作陪，頗感光榮，何來'君子'、'小人'？請不吝指教！"

大千先生好整以暇，從容不迫地說：

"不是有句話'君子動口，小人動手'嗎？您唱得一口好戲，譽滿天下！我只不過動手畫幾筆畫而已。所以特地要請您君子上坐，讓我小人動手執壺！"

一席話使眾人恍然大悟，賓主開懷，於是請梅張二位並排上坐。

這是台灣學者沈謙教授〈張大千小人執壺〉一文所記的一則故事，讀之不禁讓人對國畫大師張大千的幽默機智感佩得五體投地。

那麼，張大千何以一席話能夠當席令賓主解頤，並傳佈久遠，在文壇藝壇傳為佳話呢？

其實，細究一下，也沒甚麼奧妙，就是表達者張大千巧妙地運用了一種叫做＂別解＂的語言策略，通過對＂君子動口，小人動手＂這一習用成語的有意別解、曲解，在自嘲自貶中讓人大出意表，從而獲得了意想不到的幽默風趣的效果。

臻至幽默詼諧效果的語言策略，除了＂別解＂外，常見常用的還有諸如＂仿諷＂、＂旁逸＂、＂歧疑＂、＂移時＂、＂降用＂、＂精細＂等等。下面我們分而述之。

一、仿諷：大風起兮眉飛颺，安得壯士兮守鼻樑

貢父晚苦風疾，鬢眉皆落，鼻樑且斷。一日與子瞻數人小酌，各引古人語相戲。子瞻戲貢父云：＂大風起兮眉飛颺，安得壯士兮守鼻樑＂。座中大噱，貢父恨悵不已。

這是宋人王辟之的筆記《澠水燕談錄》（十）所記的一則故事。北宋時代的劉攽（貢父）和蘇軾（字子瞻，號東坡）是當時文壇的兩位著名文學家，這兩位也是一對好朋友。貢父晚年患風疾，鬢髮眉毛都脫落了，鼻樑也快爛斷了。就這樣，貢父還很達觀瀟灑。有一天他跟蘇軾等人聚會小酌，喝酒不能悶喝，文人更是如此，總得找點話說說助助酒興。於是大家就引古語相戲調侃娛樂（那時代又沒有如今的 KTV 包房可以唱唱卡拉 OK 之類）。蘇軾生性喜歡開玩笑，於是就引了古人語說了這樣兩句：＂大風

起兮眉飛颺，安得壯士兮守鼻樑"。一座之人為之笑倒，被調侃
的貢父為之悵恨不已。

那麼，蘇軾的這短短兩句話怎麼有如此魅力，讓一座人為之
"大噱"呢？這是因為蘇軾運用了一種很能產生幽默詼諧效果的
表達策略 —— 仿諷。

所謂"仿諷"，是一種故意仿擬前人名句句言（甚或全篇）的
結構形式而更換以與原作內涵語義大相徑庭的內容，使原作與仿
作在內容意趣上形成高下迥異的強烈反差，從而獲致一種幽默詼
諧、機趣橫生效果的語言表達策略（與前文我們所說的"仿擬"
策略不同）。

上述蘇軾的兩句話是"套擬劉邦〈大風歌〉'大風起兮雲飛
颺，威加海風兮歸故鄉，安得猛士兮守四方'首尾兩句"[①]。但
是，套擬得十分自然高妙，貢父與漢高祖都姓劉，二人是本家
（中國人說同姓五百年前是一家）；而且二人名字（劉邦與劉攽）
聲音相同，這就更有意思了。劉邦的〈大風歌〉是他平定天下後
回到故鄉與父老鄉親一起喝酒，酒酣意暢時，即興唱出的。它充
分表達了劉邦一統天下後的那種志得意滿的萬丈豪情，同時也表
露了對於尋求猛將守護江山的深切思慮。這首歌的主題意趣充分
展現了一代開國帝王的風流，讀之令人不禁頓起"大丈夫當如此
也"的萬丈豪情。而蘇軾改〈大風歌〉調侃貢父的"大風起兮眉
飛颺，安得壯士兮守鼻樑"兩句，則在內容與格調意趣上與劉邦
原作形成強烈的反差，高下之別不可以道理計，幽默詼諧之趣油
然而生，所以一座之人為之"大噱"。

仿諷表達策略的運用，在現代也很常見。如魯迅有一首名曰
〈我的失戀〉的詩說：

[①] 陳望道《修辭學發凡》第 109 頁，上海教育出版社，1997 年。

"

　　我的所愛在山腰；
　　想去尋她山太高，
　　低頭無語淚沾袍。
　　愛人贈我百蝶巾；
　　回她甚麼：貓頭鷹。
　　從此翻臉不理我，
　　不知何故兮使我心驚。

　　我的所愛在鬧市；
　　想去尋她人擁擠，
　　仰頭無法淚沾耳。
　　愛人贈我雙燕圖；
　　回她甚麼：冰糖壺盧。
　　從此翻臉不理我，
　　不知何故兮使我糊塗。

　　我的所愛在河濱；
　　想去尋她河水深，
　　歪頭無法淚沾襟。
　　愛人贈我金錶索，
　　回她甚麼：發汗藥。
　　從此翻臉不理我，
　　不知何故兮使我神經衰弱。

　　我的所愛在豪家；
　　想去尋她兮沒有汽車，
　　搖頭無法淚如麻。

> 愛人贈我玫瑰花；
>
> 回她甚麼：赤練蛇。
>
> 從此翻臉不理我，
>
> 不知何故兮 —— 由她去罷。

　　魯迅的這首詩是"擬古的新打油詩，是諷刺嘲弄當時'阿育阿育，我要死了'之類腐朽頹廢的失戀詩的"。[2] 其對當時那種無聊愛情詩的嘲弄諷刺不僅辛辣深刻，而且顯得機趣橫生，讀之令人忍俊不禁，啞然失笑。之所以如此，也是緣於作者運用了仿諷表達策略。略知古典詩歌的，便知這首詩是套仿東漢大文學家也是大科學家張衡的詩作〈四愁詩〉，原詩是這樣寫的：

> 我所思兮在太山，欲往從之梁父艱，側身東望涕沾翰。美人贈我金錯刀，何以報之，英瓊瑤。路遠莫致倚逍遙，何為懷憂，心煩勞。
>
> 我所思兮在桂林，欲往從之湘水深，側身南望涕沾襟。美人贈我金琅玕，何以報之，雙玉盤。路遠莫致倚惆悵，何為懷憂，心煩傷。
>
> 我所思兮在漢陽，欲往從之隴阪長，側身西望涕沾裳。美人贈我貂襜褕，何以報之，明月珠，路遠莫致倚踟躕，何為懷憂，心煩紆。
>
> 我所思兮在雁門，欲往從之雪雰雰，側身北望涕沾

---

② 　陳望道《修辭學發凡》第 112 頁，上海教育出版社，1997 年。

巾，美人贈我錦繡段，何以報之，青玉案。路遠莫致倚增
歎。何為懷憂，心煩惋。

　　張衡的〈四愁詩〉是寫古代女子因為交通不便、路途遙遠而
久離情人的情感痛苦，表現了女子對其情人的深切的思念之情（從
"東望涕沾翰"、"南望涕沾襟"、"西望涕沾裳"、"北望涕沾巾"等
懸望情人歸來的行為情景中可以清楚地看出），凸顯出女子對其情
人的深情厚意與二人相愛的真心真意（從女子贈男子"金錯刀"、
"金琅玕"、"貂襜褕"、"錦繡段"和男子回贈女子"英瓊瑤"、"雙
玉盤"、"明月珠"、"青玉案"等信物可以見出）。而魯迅所套擬的
打油詩表現的則是當時無聊失戀詩寫作者唯利是圖的愛情觀（從
男子看上的是女子的"百蝶巾"、"金錶索"之類，追攀的是豪家
女子），虛情假意、玩世不恭的戀愛心理（如尋她怕"山高"、"水
深"，去見她怕城市人多擁擠，沒有汽車為工具等等；回贈女子以
"貓頭鷹"、"冰糖壺盧"、"發汗藥"、"赤練蛇"之類無價值、不嚴
肅的物品）。原作與仿作相比，一個所表現的是深切真摯的愛，一
個是玩世不恭、虛情假意的戀愛遊戲，兩者結構形式的相同與格
調意趣的高下形成巨大的反差，由此仿作一種強烈的諷刺嘲弄意
味與幽默詼諧的機趣便在與原作的對比中鮮明地凸顯出來，令人
思索，促人省思，從而使讀者深刻體認到作者魯迅對那種無聊失
戀詩的強烈否定和深刻批判的情感。

　　由於仿諷表達策略有着較強的幽默詼諧的效果，所以不僅
僅是文人學士樂用，就是一般民眾也常常運用。如台灣作家阿盛
〈廁所的故事〉中有這樣一段文字：

　　我讀高一的時候，鄉裏舉辦中北部春節旅行，我也參
加。第一天晚上，住在台中火車站附近的一家旅館，這才第一

次看見了抽水馬桶，以前只看過圖片。住進旅館以後，大家都
往廁所裏跑。鄉長站在一邊維持秩序，一面叫着慢慢來，他說
留得屎橛在，不怕沒得拉？等輪到我，我一頭衝進去，看見抽
水馬桶，心裏有點害怕，還好我知道是用坐的，坐了上去，也
不知怎麼搞的，幾乎用了兩百公斤的力量，仍然拉不出來，外
頭敲門敲得很急，我在裏邊更急，好一陣子，看看是不會有
"結果"了，只好出來，身上直冒汗，鄉長問：好啦？我說好
了。那天晚上，好不容易熬到廁所空了，我才放心地走進去，
蹲在馬桶上，以後的兩天，我都是一樣。

　　這段敍寫台灣嘉南平原鄉下孩子進城上廁所，用抽水馬桶
出洋相的故事，讀來就令人忍俊不禁。其中鄉長所說的一句話：
"留得屎橛在，不怕沒得拉"，尤其令人捧腹大笑。鄉長的這句話
之所以讀來令人捧腹，就是因為他仿諷表達策略運用得好。我們
都知道，中國自古以來就有這樣一句流傳廣泛的名言："留得青
山在，不怕沒柴燒"，講的是人在某種絕境中應該有一種暫時退
後一步，保存實力，以待日後東山再起，不必一條道走到黑的人
生智慧。這種講述非常嚴肅而富含哲理的句言，那位鄉長竟然套
仿其句式結構，創造出"留得屎橛在，不怕沒得拉"的新句來，
真是出人意表，令人做夢也想像不出。仿句內容意趣的滑稽性與
原句內容意趣的嚴肅性形成了強烈的反差，於是一種幽默詼諧的
表達效果便躍然紙上，令人不禁啞然失笑，不得不感佩這位鄉下
老伯的語言智慧。

　　仿諷表達策略因為有較強烈的幽默詼諧或諷刺嘲弄的效果，
所以運用要注意場合情境，在正規場合或需要嚴肅表達的情況
下，就不宜使用，否則便有違"得體"原則，效果適得其反。這
一點，是應該注意的。

二、別解：一次"性"處理

　　做學生雖然很苦，但生活卻也豐富多彩，尤其結束學生生活後的若干年後每每憶起，其間的點點滴滴倒也有不少很是耐人尋味。記得有這樣一件事，1986 年我正在讀研究生。一次午飯後，當時宿舍住五人，其中四人在一起聊天，另一人獨自在看報。正當我們四人聊得來勁的時候，忽然那位看報的同學說：

　　"注意聽，有一則消息值得關注。"

　　於是我們大家停下談話，忙問：

　　"甚麼消息？"

　　那位同學是個慢性子，不緊不慢地唸道：

　　"一次‘性’處理。"

　　"啊？‘性’處理？怎麼處理？"大家都來了興趣。因為那時代"變性手術"的事件還不太多見多聞(如今說到男變女，女變男的事，差不多沒人有興趣聽了)。

　　"羊毛衫六折優惠。"那同學又不緊不慢地說了一句。

　　"哦！"大家都很失望，但都忍不住哈哈大笑起來。

　　那麼，筆者的那位同學何以一則十分平常的消息被他說得那麼有趣，而引發大家哈哈大笑呢？原來他是運用了一種叫做"別解"的語言表達策略。

　　所謂"別解"，是一種在特定語境下"臨時賦予一個詞語以原來不曾有的新義"[3]，通過對詞語的常規語義規約出人意表的突破，使原語義與新語義的反差造就出接受者心理的落差，注意為

③　譚永祥《漢語修辭美學》第 113 頁，北京語言學院出版社，1992 年。

之驟然集中，細一思量，不禁啞然失笑，從而在文本解讀接受中獲取了一種幽默風趣或諷嘲快感的審美享受的語言表達策略。上述那位同學所說的"一次'性'處理"，是通過表示語法範疇類別的"性"一詞的語音重讀，突破了"一次性"一詞所具有的常規語義內涵："只一次的"、"不須或不做第二次的"（《現代漢語詞典》修訂本 1473 頁釋義），臨時賦予"一次性"一詞以"一次性別"這種不曾有的新語義，從而使"一次性處理"由常規語義"只一次就處理完"，變成"一次性別處理"（即性別變異的手術處理）之意。而這臨時所賦予的新義與原語義形成了強烈的意趣格調反差，從而造就了接受者理解接受時的巨大心理落差，注意為之驟然集中，等到那位同學說出真相，接受者（筆者等四人）的心理預期便告落空，細一思量，不禁為表達者的新異表達而啞然失笑。

別解表達策略在日常生活口語表達中時常有聞。如台灣人諷刺那些把妻子送到美國，自己則在美國和台灣之間飛來飛去來回奔波的台商是"內在美"、"空中飛人"，這也是典型的別解表達策略的運用，令人發噱。因為表達者是將本意是"心靈和品德高尚"的"內在美"一詞別解作"內人在美國"，將本意是"在高空表演雜技的人"的"空中飛人"別解為"坐飛機飛來飛去的人"，出人意表，令人失笑。別解表達策略不僅在口語表達中常常運用，在書面表達中也是常常被運用的。如李敖《李敖回憶錄》中有一段文字說：

> 王克敏是浙江杭州人，清朝舉人，做過清朝留日學生副監督。民國以後，三度出任財政總長。盧溝橋事變後，做"中華民國臨時政府"行政委員會委員長，又做"新民會"會長，成了"前漢"（前期漢奸）。到了 1940 年，跟"後漢"（後期漢奸）汪精衛的"中華民國國民政府"合併，把"中華民國臨時政府"

改為"華北政務委員會"，王克敏做委員長兼內政總署督辦，名義上歸汪精衛管，事實上自成體系。

　　李敖這裏所説的"前漢"、"後漢"，即是別解表達策略的運用。因為"前漢"、"後漢"二詞都是有特定內涵的詞語，前者指劉邦建立的西漢王朝，後者指劉秀建立的東漢王朝。一般情況下，我們都在這一含義下使用"前漢"、"後漢"二詞的。可是李敖卻分別臨時賦予這二詞以"前期漢奸"和"後期漢奸"這等不曾有的語義，令人無法預料。由於表達者表情達意時對"前漢"、"後漢"二詞的常規語義規約進行了出人意表的突破，二詞的原語義與表達者臨時所賦予的新語義的巨大反差就造就了接受者心理上的巨大落差，注意為之驟然集中，細一思量，不禁啞然失笑，深深感佩表達者李敖談笑中對漢奸王克敏、汪精衛的無情鞭撻與嘲弄的表達智慧，於文本解讀接受中獲取一種幽默風趣和嘲諷快感的審美享受。

　　又如台灣女作家鄭明娳《邊邊行江湖》中也有別解表達策略的運用，文內有一段敍寫道：

　　記得中學時代曾經盛行"布袋裝"，兩片切割整齊的布料相對一縫，成為直布籠統的一個袋子，上下開口，就可以裝人，腰間一帶輕輕縮緊。當時見姐姐日日穿着，玲瓏有致，婀娜多姿。而今的"布袋"實要複雜許多；不論冬裝夏衫，一律在肩部墊塊大海綿，讓每位女性天天聳肩縮耳；其次是寬領大袖，肩線掉在手臂上，腋下寬幅比裙襬還大。上衣穿在我身上，比洋裝還長。想來"瀟灑"、"帥勁"是今日時興的潮流。不過老眼看去，像一串不修整的流蘇掛在身上，"吊兒郎當"四字足以盡之。

　　"吊兒郎當"這一成語的固定內涵是形容一個人儀容不整、作風散漫、態度不嚴肅等情狀，這裏表達者卻將之臨時賦予"寬領大袖的時裝肩線掉在手臂上，腋下寬幅比裙襬還大，像一串不修整的流蘇掛在身上的樣子"之語義，這明顯不是"吊兒郎當"一詞常規語義的使用，而是一種別解表達策略的運用。這一文本，由於表達者對成語"吊兒郎當"的常規語義規約進行了出人意表的突破，原語義與新語義對比所產生的反差造就了接受者心理的落差，注意為之驟然集中，細一思量，不禁令人啞然失笑，從而於文本解讀接受中獲取到一種幽默風趣的審美享受。

　　別解表達策略的運用能夠取得較好的幽默詼諧的表達效果，但對某一詞語原本語義規約的突破既要出人意料，又要有一定的合理性，否則效果就很難達到。也就是說，別解表達策略的運用是需要表達者相當的語言智慧的。沒有足夠的語言智慧，還是不要使用，規規矩矩說寫為好。

三、旁逸：青眼我會裝，白眼我卻裝不好

　　嵇阮二人的脾氣都很大；阮籍老年時改得很好，嵇康始終都是極壞的。

　　阮年青時，對於訪他的人有加以青眼和白眼的分別。白眼大概是全然看不見眸子的，恐怕要練習很久才能夠。青眼我會裝，白眼我卻裝不好。

　　這是魯迅〈魏晉風度及文章與藥及酒之關係〉一文中的兩段文字，讀來饒富情趣，幽默生動。那麼，魯迅談歷史的這段文字何以有如此的魅力呢？這是因為魯迅這裏運用了一個有效的表達策略 —— 旁逸。

　　所謂"旁逸"，是一種說寫中"有意地離開主旨而旁枝逸出，加以風趣的插說或註釋"④，以獲致表達上幽默機趣效果的語言表達策略。這種表達策略的運用，主要是通過"在軌"敍寫內容（圍繞主旨的敍述）的嚴肅性與"脫軌"敍寫內容（即暫時離開主旨而旁枝逸出的"題外話"）的"插科打諢"的非嚴肅性所形成的格調意趣上的巨大反差，從而導致接受者接受心理的落差，在思味中啞然失笑，由此在接受中獲取一種幽默風趣的審美享受。

　　上述魯迅的兩段話"是敍述曹魏時代的嵇康與阮籍兩人的生平行事特別是阮氏著名的評品人物的獨特方法：對其看重的人加以青眼垂顧，對其看輕的人則施以白眼。本來，敍述歷史人物的行事敍述清楚了即可，文章應該圍繞主旨繼續下去，不可節外生枝，旁枝逸出。"⑤而魯迅文中所說的"青眼我會裝，白眼我卻裝不好"，正是脫離文章主旨的"旁枝"，運用的就是旁逸的表達策略。魯迅此文是一篇頗長的演講稿，於談史中別含深意，這是它"在軌"敍述的內容，也是它的嚴肅性所在。而"青眼我會裝，白眼我卻裝不好"這一句，則是"脫軌"敍寫的內容，具有明顯的非嚴肅性特點。這樣，當兩者不協調的匹配在一起時便形成了文章格調意趣上的巨大反差，從而使接受者心理產生巨大的落差，於文本的思味中不禁啞然失笑，由此在文本解讀接受中自然獲取到一種幽默風趣的審美享受。

　　旁逸表達策略因為有明顯的幽默生動的效果，所以在很多作家筆下時有所見。如李國文〈從嚴嵩到海瑞〉一文中有這樣一段文字：

---

④　譚永祥《漢語修辭美學》第 132 頁，北京語言學院出版社，1992 年。

⑤　吳禮權《修辭心理學》第 133 頁，雲南人民出版社，2000 年。

> 　　歷史的對比效應，有時很有意思，嘉靖這兩位臣下，一個貪贓納賄，藏鏹億兆；一個家無長物，死無殮資。儘管如此水火不容，但這也能找到共同點，他倆都是進《四庫全書》的文人。一為錚錚風骨的文章高手，一為貪贓枉法的詞賦名家，舍開人格不論，在文品上，兩人倒也旗鼓相當，不分伯仲。要是生在今天，在文協擔當一個甚麼理事之類，不會有人撇嘴，說他們尸位素餐。至少，他們真有著作，這是一；他們有真著作，這是二；比那些空心大老、附庸風雅、小人得志、自我爆炒者，強上百倍。

　　這段文字的主旨很明確，說的是海瑞和嚴嵩在人品上，一個特清廉，一個特貪濁，根本不可同日而語，但在文品上二人則難分上下，都是很有成就的文士。按常理，作者述說至此，就可以了，應該繼續往下行文。然而，作者不然，突然斜刺裏殺出"要是生在今天，在文協擔當一個甚麼理事之類，不會有人撇嘴，說他們尸位素餐。至少，他們真有著作，這是一；他們有真著作，這是二；比那些空心大老、附庸風雅、小人得志、自我爆炒者，強上百倍"這一大段與本段主旨無關的議論來。這是為何？無他，也是運用了旁逸表達策略。它不僅對現而今文壇風氣大壞，無學問而有手段的小人附庸風雅，得意非凡地跳竄於文壇之上，搞得文壇烏煙瘴氣的社會現實進行了無情的揭露與嘲弄，調侃之中見深沉，幽默之中有苦痛，令人感慨，更發人深省。

　　小說家李國文的散文運用旁逸表達策略甚是成功，下面再來看看著名學者、北京大學教授季羨林〈過年的感覺〉一文的開頭兩段文字：

> 　　我可真正是萬萬也沒有想到，我能夠活到 89 歲，迎接一

個新世紀和新千年的來臨。

　　我經常說到，我是幼無大志的人。其實我老也無大志，那種"大丈夫當如是也"的豪言壯語，我覺得，只有不世出的英雄才能說出。但是，歷史的記載是否可靠，我也懷疑。劉邦和朱元璋等人，一無所有，從而一無所懼，運氣好成了皇上。一批幫閒的書生極盡拍馬之能事，連這一批人的並不漂亮的長相也成了神奇的東西，在這些書生筆下猛吹不已。他們年輕時未必有這樣的豪言壯語，書生也臆造出來，以達到吹拍的目的。

　　這兩段文字的主旨是說自己自幼至老都無大志，不意卻活到 89 歲，並跨過 20 世紀，迎來了新世紀。本來，正意說到此，應該繼續依邏輯順序再敘述下去。可是，作者卻於此本應結句之處，突然由自己不會說"大丈夫當如是也"之類豪言壯語，而橫空伸出一碩大巨"枝"──"但是，歷史的記載是否可靠，我也懷疑。劉邦和朱元璋等人，一無所有，從而一無所懼，運氣好成了皇上。一批幫閒的書生極盡拍馬之能事，連這一批人的並不漂亮的長相也成了神奇的東西，在這些書生筆下猛吹不已。他們年輕時未必有這樣的豪言壯語，書生也臆造出來，以達到吹拍的目的"的一大段對於歷史人物的感慨議論。這明顯也是與"在軌"敘述的正意不協調的非嚴肅性"脫軌"敘述，與正意表達內容的嚴肅性形成了強烈反差，不僅調侃嘲弄了劉邦、朱元璋之流皇帝，也對歷史上那些為劉邦、朱元璋之流抬轎子，虛造故事來神話帝王以討生活的無恥書生進行了辛辣無情地嘲諷，但調侃諷刺得十分自然，大有順手牽羊，不着痕跡的妙趣，讀來生動幽默，且韻味雋永。

　　旁逸表達策略的運用確有幽默生動之妙，但這一表達策略

運用得好並不是易事，一般人可能弄巧成拙，結果反使表達出現
"一行白露上青天" —— 離題萬里的情況。所以，如果不是文章
大家，沒有足夠的語言功力，這一策略的運用應該謹慎！

四、歧疑：對於落後的東西是另一種學法，就是不學

> 在我們自己方面，對外宣傳不要誇大。無論甚麼時候，
> 都要謙虛謹慎，把尾巴夾緊一些。對蘇聯的東西還是要學習，
> 但要有選擇地學，學先進的東西，不是學落後的東西。對於落
> 後的東西是另一種學法，就是不學。

這是毛澤東〈在省市自治區黨委書記會議上的講話〉中的一
段文字，讀來生動幽默，令人對毛澤東的語言智慧感佩不已。

那麼，毛澤東的上述政治講話何以會有如此深厚的魅力呢？
這是因為毛澤東善於運用"歧疑"表達策略。

所謂"歧疑"，是表達者在說寫表達中故意"把其中關鍵性的
部分暫時保留一下，不一口氣說出來，有意地使信息接受者產生
錯覺或誤會，然後才把那關鍵性的部分說出來"⑥，從而使接受者
的心理預期落空而產生幽默詼諧效果的一種語言表達策略。

上述毛澤東的講話"對於落後的東西是另一種學法，就是不
學"，就是通過先"造疑" —— "對於落後的東西是另一種學法"，
讓接受者自然而然地按常規猜測為："以之作為反面教材進行反
思"。然後再自己"釋疑"，給出答案 —— "就是不學"，使結果與
接受者先前作出的猜測大相徑庭，大出接受者的意料，心理預期
頓然落空，從而為之啞然失笑。如果不運用歧疑表達策略，嚴肅

---

⑥ 譚永祥《漢語修辭美學》第 200 頁，北京語言學院出版社，1992 年。

的政治內容的講話是很難產生令人愉悅的幽默詼諧表達效果的。

　　毛澤東的幽默機智是人所公認的。下面我們看看大文豪梁實秋的幽默妙語。梁實秋有一篇名曰〈握手〉的小品文，其中有這樣一段文字：

> "有一樁事，男人站着做，女人坐着做，狗翹起一條腿兒做。"這樁事是 —— 是握手。和狗行握手禮，我尚無經驗，不知狗爪是肥是瘦，亦不知狗爪是鬆是緊，姑置不論。男女握手之法不同。女人握手無需起身，亦無需脫手套，殊失平等之旨，尚未聞婦女運動者倡議糾正。在外國，女人伸過手來，男人照例只握手尖，約一英寸至兩英寸，稍握即罷，這一點在我們中國好像禁忌少些，時間空間的限制都不甚嚴。

　　梁實秋的這段文字的內容和表達本來就很幽默生動，特別是"'有一樁事，男人站着做，女人坐着做，狗翹起一條腿兒做。'這樁事是 —— 是握手"兩句尤其幽默詼諧，讀之令人忍俊不禁。這兩句也是運用了歧疑的表達策略，前一句"'有一樁事，男人站着做，女人坐着做，狗翹起一條腿兒做'"，是用以"造疑"的，每一個中國人都會毫不猶豫地想到作者所說的這件事是指"小便"，這是任何人都有的生活常識。然而，當接受者讀到作者給出的答案是"這件事是 —— 是握手"，真是萬分的意外，心理預期大大落空，但細一思量，不禁為之捧腹，為之稱妙！這就是梁實秋的高明處，不能不令人感佩！如果作者不運用歧疑表達策略，直接寫成："握手這件事，男人站着做，女人坐着做，狗翹起一條腿兒做"，那麼文章就顯得十分平淡，毫無令人回味的情趣。可見，歧疑確是一種十分有效的表達策略，運用得好真能為說寫表達增趣添味不少。

正因為歧疑表達策略有鮮明的幽默生動的表達效果，所以往往成為古今很多笑話故事建構的主要手段。如清人程世爵《笑林廣記》中記有這樣一個笑話故事：

> 性緩人買新靴一雙，性急人問之曰："吾兄這靴子多少銀子買的？"性緩人伸一隻腳示之曰："二兩四錢。"性急人扭家人便打，說："好大膽奴才，你買靴子因何四兩八錢？賺錢欺主，可惡已極。"性緩者勸之曰："吾兄慢慢說，何必動氣？"又徐伸了一隻腳示之曰："此隻也是二兩四錢。"

我們都知道，問靴價總是問一雙之價，這是人所共知的常識和社會規約。但是這個故事中的慢性子人（性緩人）回答急性子人（性急人）的問題，卻故意突破這一社會規約，不說一雙靴的價格，而是先說一隻靴價，讓性急人誤會而扭打其家人之後，才把關鍵的後半句說出。而當他把這後半句說出時，不僅讓性急人大出意料，大呼上當，而且也讓讀這則故事的人大跌眼鏡，驚歎這性緩人竟然會對靴價作如此奇特的回答，在感歎性急人上當和性急者家人白白捱打的同時，情不自禁地啞然失笑，從而獲取到了一種幽默詼諧的文本解讀的審美快感。

歧疑表達策略的運用可以臻至幽默詼諧的表達效果，在口語表達中尤其常見。表達者可以根據特定情境和表達的需要適當運用，以使自己的表達機趣橫生，調節言語交際時的氛圍，密切交際者之間的關係，使言語交際更順利地進行下去，使言語交際的目標順利實現。但是，應該注意運用的對象和場合，否則效果會適得其反。

五、移時：夜趕洋車路上飛，東風吹起印度綢衫子，顯出腿兒肥

上海的摩登少爺要勾搭摩登小姐，首先第一步，是追隨不捨，術語謂之"釘梢"。"釘"者，堅附而不可拔也，"梢"者，末也，後也，譯成文言，大約可以說是"追躡"。據釘梢專家說，那第二步便是"扳談"；即使罵，也就大有希望，因為一罵便可有言語往來，所以也就是"扳談"的開頭。我一向以為這是現在的洋場上才有的，今看《花間集》，乃知道唐朝就已經有了這樣的事，那裏面有張泌的《浣溪紗》調十首，其九云：

晚逐香車入鳳城，東風斜揭繡簾輕，慢回嬌眼笑盈盈。

消息未通何計是，便須佯醉且隨行，依稀聞道"太狂生"。

這分明和現代的釘梢法是一致的。倘要譯成白話詩，大概可以是這樣：

夜趕洋車路上飛，

東風吹起印度綢衫子，顯出腿兒肥，

亂丟俏眼笑瞇瞇。

難以扳談有甚麼法子呢？

只能帶着油腔滑調且釘梢，

好像聽得罵道"殺千刀"！

但恐怕在古書上，更早的也還能夠發見，我極希望博學者見教，因為這是對於研究"釘梢史"的人，極有用處的。

這是魯迅《二心集》中一篇名曰〈唐朝的釘梢〉的短文，讀來既耐人尋味，又令人捧腹。

那麼，這篇短文何以有如此的效果呢？這與其中魯迅所運用到一種獨特的表達策略有着密切關係。這種表達策略就是

"移時"。

所謂"移時",是表達者說寫時故意"把現代的事物用於古代,把古代的事物加以現代化,有意造成事物的時空錯位"[7],以太過明顯、太顯幼稚笨拙的邏輯錯誤,大出接受者意表,從而為之啞然失笑的一種語言表達策略。

上述魯迅的文章正是這一表達策略的成功運用。此文寫於1931年,看似遊戲筆墨,實是有所寓意的,是諷刺當時上海洋場上的"摩登少爺"們釘梢"摩登小姐"的無聊行為。其中,作者據唐人張泌的詩所譯成的白話詩,是將20世紀30年代前後風行於上海灘的時髦摩登事物如洋車、印度綢衫子、超短裙(即詩中所指的"顯出腿兒肥"的那種)、上海方言"扳談"、"殺千刀"等等來對譯唐代的事物,將古今地域等時空界限統統打通。讀來令人好生新奇怪誕,邏輯錯誤犯得如此低級、幼稚、笨拙,使接受者大出意表,不禁啞然失笑。然而笑後尋思出表達者於調笑中譏諷洋場無聊少年之用意後,則又不禁為表達者高妙的表達稱歎叫好,於文本解讀接受中獲取了一種幽默風趣的審美享受。

下面我們再來看看梁西廷〈"太囉嗦"〉一文中的一段文字:

> 有一天,朱熹去拜見孔夫子,適夫子外出,便留下名片一張,並寫道:"門人朱熹百拜。"這本不足為奇。可不知怎的,朱熹竟在名片上註釋一通:"朱者姓也,熹者名也,門人者學生也,百拜者百次頓首也。"孔夫子回家一看,大為不滿,便在名片上批了兩個字:"囉嗦!"不料朱熹知道後,卻又再加註:"囉嗦者麻煩也。"孔夫子又批:"太囉嗦!"但朱熹沒有罷休,續予加註:"太者更進一層也,囉嗦見前註。"

---

⑦　譚永祥《漢語修辭美學》第 216 頁,北京語言學院出版社,1992 年。

　　這段朱熹拜訪孔子的故事，"構思可謂新穎。末了一句更是妙趣橫生。"⑧它是運用移時的表達策略，將相距一千多年的先秦時代的孔子與宋代的朱子聯繫起來，煞有介事地編造了朱子拜見孔子及二人反覆批註名片文字的情節，文本構思與表現都顯得稀奇古怪，其所顯現的邏輯錯誤也過於明顯、離譜、笨拙，使接受者大出意表，不禁為之啞然失笑。然而笑後尋思出表達者如此表達的深刻用意——諷刺那些煩瑣註釋派的無味迂腐，則又不禁為表達者寓莊於諧的表達藝術所折服，為之會心一笑，於文本解讀接受中獲取到一種諷嘲快感的審美情趣。

　　由於移時表達策略的運用能產生鮮明的幽默生動的效果，現在很多作家都喜歡運用。如韓靜霆〈書生論劍〉一文中有這樣一段文字：

> 　　當年的鑄劍師干將莫邪，怎麼也想不到我們今天的人口爆炸和劍器普及。他們要是知道寶劍終於成為大眾手裏的平常玩意兒，寧肯彈鋏垂淚"下崗"，寧肯把鑄劍的爐子改烤羊腿烤羊肉串的爐子，也不會縱身投火的。事已至今，我們應該對干將莫邪做些深入細緻的思想工作。敬愛的干將同志莫邪大嫂，從遠處想呢，鑄劍為犁，熔戈為爵，化干戈為玉帛，是普天下志士仁人的千年夢想，如果有這麼一天，能把這個世界美壞了！

　　這段文字是談劍與時代的關係，說古代神聖的劍器今天已不復神聖。其中將"下崗"、"烤羊肉串"、"做深入細緻的思想工作"、"同志"、"大嫂"等十分現代化的流行辭彙用在兩千多年前

---

⑧　譚永祥《漢語修辭美學》第 221 頁，北京語言學院出版社，1992 年。

的干將莫邪身上，在邏輯事理上太過離譜，令人無法夢見，格調意趣大不協調，使接受者在接受時心理產生極大的落差，不禁啞然失笑。雖是調侃文字，但於嚴肅語意表達中偶插這種文字，頓使全文機趣橫生，別添幾多情趣，表達效果明顯有很大提高。

移時表達策略的運用確實能產生幽默生動的表達效果，可以提高語言表達的魅力。但是，運用這一策略時，應該把握分寸，不能太過；還要看情境場合，防止產生油滑的負效應。

六、降用：所以只把他作為個 "過渡時期" 的丈夫

> 在李寶珠看來，她這位丈夫也不能算最滿意的人，只能說是 "比上不足比下有餘" —— 因為不是個幹部 —— 所以只把他作為個 "過渡時期" 的丈夫，等甚麼時候找下了最理想的人再和他離婚。

這是趙樹理的小說《鍛煉鍛煉》中的一段文字，寫李寶珠眼睛向上，評價丈夫的滿意不滿意以是不是幹部為標準。其中寫到她對現任丈夫的態度時說 "所以只把他作為個‘過渡時期’的丈夫"，讀之令人捧腹大笑。

那麼，這句話的表達何以有如此的魅力呢？這是因為作家運用了一個有效的語言表達策略 —— 降用。

所謂 "降用"，是一種在表達中故意 "把一些分量‘重’的、‘大’的詞語降作一般詞語用，也就是詞語的‘降級使用’"[9]，使其原級使用的嚴肅性與降級使用的調侃性相形對比，形成格調意趣的巨大反差，出人意料，令人發噱的語言表達策略。

---

⑨ 倪寶元《修辭》第 99 頁，浙江人民出版社，1982 年。

上述趙樹理所寫的"所以只把他作為個'過渡時期'的丈夫",是"將政治用語'過渡時期'降作日常用語,有'臨時'的意思"⑩,明顯是運用了降用表達策略。我們都知道,"過渡時期"是一個有着特定含義的政治術語,是指"從中華人民共和國成立到生產資料私有制的社會主義改造基本完成的這一段時間",是個十分嚴肅的政治術語。可是作家這裏卻將此降級使用於李寶珠對丈夫的態度上,這就使原詞語特定嚴肅的內涵變了味,大出讀者意料,不禁為之啞然失笑。而笑過之後,細細品味,便深切體認到作家於調侃戲謔中對李寶珠之流勢利的婚姻觀進行辛辣的諷刺嘲弄之深意,可謂耐人尋味,妙不可言。

降用表達策略的運用,魯迅先生也很擅長。如他的《馬上支日記》記 1926 年 6 月 29 日事有云:

> 六月二十九日
>
> 晴。
>
> 早晨被一個小蠅子在臉上爬來爬去爬醒,趕開,又來;趕開,又來;而且一定要在臉上的一定的地方爬。打了一回,打牠不死,只得改變方針:自己起來。

這段寫與蒼蠅搏鬥的情節,寫來真是幽默生動。其中"只得改變方針"一句,將政治術語"方針"用在打蒼蠅方面,真是"大詞小用",原詞內涵的嚴肅性與降用內涵的戲謔性形成了強烈反差,出人意料,讀之令人忍俊不禁。正因為如此,這則日記才能當作文學作品來讀。

魯迅大概比較喜歡這種表達策略,〈馬上支日記之二〉中記

---

⑩ 倪寶元《修辭》第 101 頁,浙江人民出版社,1982 年。

1926 年 7 月 8 日事，開頭有這樣的文字：

" 七月八日

上午，往伊東醫士寓去補牙，等在客廳裏，有些無聊。四壁只掛着一幅織出的畫和兩幅對，一副是江朝宗的，一副是王芝祥的。署名之下，各有兩顆印，一顆是姓名，一顆是頭銜；江的是"迪威將軍"，王的是"佛門弟子"。

午後，密斯高來，適值毫無點心，只得將寶藏着的搽嘴角生瘡有效的柿霜糖裝在碟子裏拿出去。我時常有點心，有客來便請他吃點心；最初是"密斯"和"密斯得"一視同仁，但密斯得有時委實利害，往往吃得很徹底，一個不留，我自己倒反有"向隅"之感。如果想吃，又須出去買來。於是很有戒心了，只得改變方針，有萬不得已時，則以落花生代之。

這一着很有效，總是吃得不多，既然吃不多，我便開始敦勸了，有時竟勸得怕吃落花生如織芳之流，至於因此逡巡逃走。

從去年夏天發明了這一種花生政策以後，至今還在繼續厲行。

但密斯們卻不在此限，她們的胃似乎比他們要小五分之四，或者消化力要弱到十分之八，很小的一個點心，也大抵要留下一半，倘是一片糖，就剩下一角。拿出來陳列片時，吃去一點，於我的損失是極微的，"何必改作"？

密斯高是很少來的客人，有點難於執行花生政策。恰巧又沒有別的點心，只好獻出柿霜糖去了。這是遠道攜來的名糖，當然可以見得鄭重。 "

這幾段文字寫自己本來對於先生（密斯得，英文 Mister 的音譯）和小姐（密斯，英文 Miss 的音譯）都是一視同仁的，來作客都待以點心的。後來，由於先生們"委實利害"，所以只好採用花生待客的新方法。這段敍述用花生待客方法由來的文字，雖是微不足道的個人瑣事，卻被魯迅寫得搖曳生姿，讀來幽默風趣，令人解頤。之所以有此效果，這其中與作者運用降用表達策略是密不可分的。我們都知道，"政策"、"方針"、"厲行"等詞都是政治性很強的術語，魯迅卻拿這種"大詞"來寫待客之瑣事，這些詞的原級內涵與被作者降級使用的內涵之間形成了強烈的格調意趣上的反差，讀之無法不使人大跌眼鏡，為之啞然失笑。由此可見，降用表達策略確是一種創造幽默風趣效果的有效表達策略，魯迅確是善用此一表達策略的大家。

降用表達策略的運用，應視自己的語言功力。若能嫻熟地駕馭語言，能運用恰當，確能使自己的表達增色不少，提升自己語言表達的魅力。但是，若沒有足夠的語言智慧和語言文字運用功力，還是應該謹慎之。否則會給人"用詞不當"的感覺，當作病句來批評。

七、精細：她撒嬌地坐在他的御膝上，特別扭了七十多回

> 遊山並不能使國王覺得有趣；加上路上將有刺客的密報，更使他掃興而還。那夜他很生氣，説是連第九個妃子的頭髮，也沒有昨天那樣的黑得好看了。幸而她撒嬌坐在他的御膝上，特別扭了七十多回，這才使龍眉之間的皺紋漸漸地舒展。

這是魯迅〈故事新編·鑄劍〉中的一段描寫，讀之令人大歎其妙，久久不能忘懷。

那麼，何以有如此效果呢？這是因為魯迅這裏運用了一個很獨特新穎的表達策略 ── 精細。

　　所謂"精細"（或稱"擬實"），是一種說寫中故意"把不需要也不可能說出精確資料的事物，故意說得十分精確"⑪，以表面的精細精確、言之鑿鑿的"正經"與實質上的"調侃"形成強烈對比，從而使接受者心理產生極大落差，不禁為之啞然失笑的語言表達策略。

　　上述魯迅的這段文字，寫楚王覺得在王宮中生活無趣，就想去遊山調節一下情緒，可是遊山也沒感到有多大趣味，加上路上聞聽到他以前屈殺的劍師干將之子眉間尺要為其父報仇而想行刺自己，於是就更加掃興了。楚王的第九個妃子想博楚王一樂，便在楚王懷中撒嬌。其中，"幸而她撒嬌坐在他的御膝上，特別扭了七十多回"，寫楚王九妃忸怩作態之狀特別生動幽默，這便是作者運用精細表達策略的結果。我們都知道，楚王九妃的"扭"，不可能扭"七十多回"。如果要誇張，可說"扭了千百回"。可是作者也不這麼寫，而是一定要將九妃之"扭"坐實"精細"到具體的"七十多回"，看起來煞有介事，寫得一本正經，好像很認真很嚴謹的樣子，實際上卻是在調侃，這就使表面的"正經"與實際的"調侃"形成了極大的意趣格調反差，令人忍俊不禁，同時也在調笑中使那位撒嬌作態的九妃形象更顯突出、逼真，表達上不僅幽默生動，而且別具鮮明的生動性和形象性的效果。這就是魯迅的生花妙筆！

　　下面我們再來看看錢鍾書《圍城》中的一段描寫：

　　　　這次吵架像夏天的暴風雨，吵的時候很利害，過得很快。可是從此以後，兩人全存了心，管制自己，避免說話

---

⑪　譚永祥《漢語修辭美學》第 237 頁，北京語言學院出版社，1992 年。

衝突。船上第一夜，兩人在甲板上乘涼。鴻漸道："去年咱們第一次同船到內地去，想不到今年同船回來，已經是夫婦了。"……柔嘉打了個面積一寸見方的大呵欠。像一切人，鴻漸恨旁人聽自己說話的時候打呵欠，一年來在課堂上變相催眠的經驗更增加了他的恨，他立刻閉嘴。

　　方鴻漸與孫柔嘉在從三閭大學回上海的路上時有口角。在香港上船時正好是吵完後的言歸於好。方鴻漸有感於兩次同船的不同情狀而大發了一通議論，而孫柔嘉不感興趣，結果又鬧了一場不愉快。這裏，"柔嘉打了個面積一寸見方的大呵欠"的寫法，運用的也是精細表達策略。我們都知道，人的嘴巴並不是方形，所以打呵欠也不可能打出方形來，更無法精確計算出其打呵欠時嘴巴的面積。可是，作者卻硬要將孫柔嘉打呵欠時的面積精確計算到"面積一寸見方"，表面看來很認真嚴謹，寫得一本正經，實際內裏只是調侃，這樣表面的嚴肅性與實質上的戲謔性形成了強烈反差，出人意料，令人不禁為之啞然失笑，同時也在幽默詼諧中鮮明地凸顯出孫柔嘉對方鴻漸議論全無興趣的心理狀態，使其聽話時心不在焉的情狀更具形象性、生動性、逼真性；於此還暗中揭示了方、孫二人心存芥蒂、口角不斷的深層原因，預示二人甚不和諧的婚姻生活與不甚美妙的婚姻結局。可見，錢鍾書的這一精細表達策略的運用也特別成功，令人感佩！

　　魯迅和錢鍾書的精細表達策略運用，使文章不僅顯得幽默生動，而且還有鮮明形象的效果。至於當代作家王蒙，其對精細表達策略的運用則另具特色。請看他的短篇小說〈說客盈門〉中的三段文字：

　　請讀者原諒我跟小說做法開個小小的玩笑，在這裏公佈一批千真萬確而又聽來難以置信的數位。

　　在六月二十一日至七月二日這十二天中，為龔鼎的事找丁一說情的：一百九十九點五人次。（前女演員沒有點名，但有此意，以點五計算之。）來電話說項人次：三十三。來信說項人次：二十七。確實是愛護丁一，怕他捅漏子而來的：五十三，佔百分之二十七。受龔鼎委託而來的：二十，佔百分之十。直接受李書記委託而來的：一，佔百分之零點五。受李書記委託的人的委託而來的，或間接受委託而來的：六十三，佔百分之三十二。受丁一的老婆委託來勸"死老漢"的：八，佔百分之四。未受任何人的委託，也與丁一素無來往甚至不大相識，但聽說了此事，自動為李書記效勞而來的：四十六，佔百分之二十三。其他百分之四屬於情況不明者。

　　丁一拒絕了所有這些說項。這種態度激怒了來客的百分之八十五。他們紛紛向周圍的人們進行宣傳，說丁一愚蠢。……

　　這篇小說所寫內容是："生性耿直的丁一，1959 年因堅持正義而被打成了右派。1979 年 1 月平反落實政策後被任命為縣屬玫瑰漿糊廠廠長。上任後，發現廠裏生產管理不善，勞動紀律鬆散，經與多方反覆研究，做出了有關規定和獎懲細則，公佈實施。廠裏合同工、縣委第一把手李書記的表姪龔鼎因犯規且態度惡劣而被抓了典型，廠裏貼出了佈告，按有關規定和細則解除了與龔鼎的勞動合同，將其除名。然而，佈告貼出後，從縣委辦公室主任老劉開始，一系列與龔鼎相干和不相干的人都接踵而至，

紛紛為其説情説項。"⑫丁一開除縣委書記的表姪龔鼎，肯定會有
不少人為其説情説項。如果作者説"龔鼎被開除的佈告貼出後，
前來為其説情的人絡繹不絕，很多很多。" 這樣，於表意就足
矣。可是，作者卻硬要將前來説項的人次精確精細地作出統計，
並分析出百分比，且百分比還精確到百分之零點五，表面看來特
別嚴肅認真，一本正經得有些古板了，而實質上卻意在調侃諷
刺，這樣表裏意趣便出現了巨大反差，大出人意料，不禁為作者
那種認真而可笑的統計而啞然失笑。然而，笑過之後，便會體味
出作者的深意是在以此窮形盡相地揭示漢民族人難以根除的人情
觀念的孽根性以及 20 世紀 80 年代初改革工作進行的巨大難度。
王蒙的這一精細表達策略的運用可謂是寓莊於諧，寄深刻於諧
謔，幽默之中令人哭。真是大家手筆！

　　精細表達策略的運用，意在創造幽默詼諧的表達效果，所
以這種策略應該根據特定的情境，或是為了調節言語交際時的氣
氛，或是為了達到某種嘲諷目的而加以運用，嚴肅的場合或正面
表意不能運用，否則便會顯得不得體，效果適得其反。

---

⑫　吳禮權《修辭心理學》第 159 頁，雲南人民出版社，2000 年。

第 7 章

煉字遣詞的策略
—— 吟安一個字，捻斷數莖鬚

> 　　不錯，朋友們也有時候背地裏講究他；誰能沒有些毛病呢。可是，地山的毛病只使朋友又氣又笑的那一種，絕無損於他的人格。他不愛寫信。你給他十封信，他也未見得答覆一次；偶爾回答你一封，也只是幾個奇形怪狀的字，寫在一張隨手拾來的破紙上。我管他的字叫作雞爪體，真是難看。這也許是他不願寫信的原因之一吧？另一毛病是不守時刻。口頭的或書面的通知，何時開會或何時集齊，對他絕不發生作用。只要他在圖書館中坐下，或和友人談起來，就不用再希望他還能看看鐘錶。所以，你設若不親自拉他去赴會就約，那就是你的過錯；他是永遠不記着時刻的。

　　這是老舍〈敬悼許地山先生〉一文中的一段文字。其中第一句讀來就讓人感到老舍筆觸的不平凡。

　　是為甚麼？因為他“講究”一詞用得特別講究，含義深刻，婉轉得體。可以説，在此情境中作者所要表達的情意，我們在漢語中再也尋不出一個比“講究”更恰切的詞了。老舍之所以要苦心孤詣地選擇“講究”一詞，是因為他講究修辭策略。這種修辭策略叫做“煉字”。

　　"煉字"是古人的說法，用我們現代的術語來講，應該叫"遣詞"。我們知道，每個詞（古人叫"字"，因為古代漢語是單音節詞佔絕對優勢，一個詞往往即是一個字）在整個語言體系中本無任何優劣高下之別，但不同的詞進入具體的句子後，在表達效果上卻能顯出高下優劣的差異來。所以，要講究語言的表達和接受效果，就不能不用心"遣詞"（即"煉字"）。

　　上面我們說老舍第一句話說得好，就是因為"煉字"（遣詞）策略運用得好。我們都知道，許地山先生是中國現代著名作家，老舍是他的好朋友。許地山逝世以後，作為老朋友的老舍自然要寫文章悼念，談到許地山的許多往事自然也會涉及他的缺點。老舍在談及許地山的缺點時，先有一句總括的話："不錯，朋友們也有時候背地裏講究他；誰能沒有些毛病呢"。其中單單只選擇了動詞"講究"，而沒有使用與"講究"意思相近的"批評"、"指責"、"議論"等詞，這是老舍的修辭策略。因為只有"講究"一詞最能表達他要表達的意思，也最得體，效果最好。如果用"批評"、"指責"、"議論"等詞，意指許地山缺點確實存在，且可能是有很大的缺點；相反，用"講究"一詞，則表明許地山的缺點本就不存在或微不足道，如果朋友要議論他，也只是對他過分提出了高要求。寫悼念文章本來就是要為逝者諱的，更不用說是為自己的好友而寫，即使有甚麼也應該為朋友辯護或諱飾。因此，老舍這樣用詞是得體的，也是再恰當不過的了。再結合下文提到許地山的兩個所謂"毛病"：字寫得不好而不願給人回信，到圖書館坐下或與友人交談而忘記約會時刻，更覺得老舍用詞高妙。因為這兩個"毛病"並不算甚麼，從另一個角度看還是優點呢。老舍這樣把它當"毛病"寫出來告訴讀者，實際是繞着彎子讚譽老友許地山專心學術，重友健談的學者風範。可見，老舍先生這裏的"講究"一詞，用得真是"講究"，可謂是將最恰當的詞放在了最恰當的位置，發揮了一個詞最極致的表達效果。我們都知道，在現代漢語辭匯庫中，動詞"批評"、"指責"、"議論"、"講究"等等都是極其尋常普通的詞，它們之間沒有優劣高下之別。可是，當它們被表達者調遣出來並配置到特定的題旨情境之中，則就顯出極大的差別了。我們之所以讚賞老舍這裏的"講究"一詞用得好，用得妙，並不是説"講究"這個動詞本身有甚麼特殊的表達效果，而是説只有這個動詞才能適切這篇悼念文章的題旨情境，並能真切地表達出老舍對朋友許地山先生的深厚的感情，凸顯出許地山先生高尚的人格魅力。

老舍的經驗告訴我們：漢語是一種辭彙異常豐富的語言，也是一種非常有魅力的語言，因此我們在講修辭策略時，自然不應該忘記"煉字"遣詞的修辭策略。"煉字"遣詞的修辭策略，除了要講究動詞、名詞、形容詞等的精挑細選，力爭一字傳神外，還包括諸如怎樣配置韻腳字，如何調配字詞音節，如何運用古語詞、方言詞、俚語詞等許多方面。下面我們分六節予以介紹，希望能給大家在煉字遣詞時提供一些啟發。

一、悦耳動聽，韻腳字的有效配置：做了過河卒子，只能拚命向前

> 偶有幾莖白髮，
> 心情微近中年。
> 做了過河卒子，
> 只能拚命向前。

這是胡適 20 世紀 30 年代末、40 年代初做中國駐美大使時，在贈與他駐美大使任上的同事、著名金融家陳光甫的一幅小照上題寫的表露當時心情的小詩。胡適本是書生，無意於在宦海中沉浮，但是當時國民政府為了抗戰的需要，為了爭取美國對中國抗戰的支援，又考慮到胡適在美國的背景和影響，蔣介石於 1938 年 7 月急電其時正在法國訪問的胡適，要他出任中國駐美大使。9 月 17 日國民政府正式對外宣佈：任命胡適為中國駐美大使。10 月 5 日，胡適到館上任，27 日向羅斯福總統遞呈國書。胡適任駐美大使，意在為中國抗戰求援，但開始時並不順利，幸得同事陳光甫輔佐，在美國苦撐了 4 年。因為他不改書生本色，專心學問，不願應酬國府至美訪問的要人，所以在重慶當時曾掀起多起 "倒胡風潮"。（事略見《環球時報》2002 年 8 月 5 日，張偉〈胡適當過四年駐美大使〉一文）上述題照小詩，大概正是他當時複雜心情的真實寫照。

　　胡適上述小詩，短短 24 字，就形象地寫盡了他這個書生 "趕鴨子上架" 做官的複雜心情，令人印象深刻，過目不忘。那麼，這是為甚麼呢？原因當然很多，其中一個很重要的原因是詩在第二、四兩句運用了兩個韻腳字 "年"、"前"，讀來悅耳動聽，朗朗上口，自然易於記憶，令人歷久難忘了。我們知道，胡適在 "五四" 文學革命時期是以反對舊文學、提倡新文學出名的，其中就有一項反對格律詩，提倡白話詩，主張不押韻。可是，上述小詩卻不自覺間運用了韻腳字。可見，在中國無論是誰都無法抵擋押韻所造就的悅耳動聽的魅力，除非你不想讓接受者接受。

　　正因為韻腳字的運用可以造就音韻和諧、悅耳動聽的表達效果，而漢語本來就是樂感很強的語言，因此中國人自覺不自覺地利用韻腳字的安排，尋求一種悅耳動聽的表達效果，也就自然而然了。不僅文化界人士注重在行文說話中對韻腳字的有效配置，就是普通老百姓也喜歡這樣：

> 上車睡覺，下車撒尿，到了風景點拍照，回家一問甚麼也不知道。

這是 20 世紀末中國的民間順口溜，嘲笑團體旅遊的通病。一聽就讓人記住，且詼諧好笑。之所以成為順口溜，之所以流行，關鍵原因在於創作者懂得運用同韻字（詞）表達有易上口、易記誦且有悅耳動聽的效果。

韻腳字的有效配置，除了可以造就朗朗上口、悅耳動聽，易於記誦的效果，還可以表現出説寫者特定的情感，使情感與思想表達趨於圓滿。例如：

> 東湖瓜田百里長，
> 東湖瓜名揚全疆，
> 那裏有個種瓜的姑娘，
> 姑娘的名字比瓜香。
>
> 棗爾汗眼珠像黑瓜子，
> 棗爾汗臉蛋像紅瓜瓤，
> 兩根辮子長又長，
> 好像瓜蔓蔓拖地上。
>
> 年輕人走過她瓜田，
> 都央求她摘個瓜嚐嚐，
> 瓜子吐在手心上，
> 帶回家去種在心坎上。
>
> 年輕人走過她身旁，

都用甜蜜的嗓子來歌唱。
把胸中燃燒的愛情，
傾吐給親愛的姑娘。

充滿愛情的歌誰不會唱？
歌聲在天山南北飛翔，
棗爾汗唱出一首短歌，
年輕人聽了臉紅脖子漲——

"棗爾汗願意滿足你的願望，
感謝你火樣激情的歌唱；
可是，要我嫁給你嗎？
你衣襟上少着一枚獎章。"

　　這是現代詩人聞捷的新詩〈種瓜姑娘〉，特別講究韻腳字的配置。第一節四句尾字 "長"、"疆"、"娘"、"香"，韻母分別是 ang，iang，iang，iang，第二節四句尾字 "子"、"瓤"、"長"、"上"，韻母分別是 i，ang，ang，ang，第三節四句尾字 "田"、"嚐"、"上"、"上"，韻母分別是 ian，ang，ang，ang，第四節四句尾字 "旁"、"唱"、"情"、"娘"，韻母分別是 ang，ang，ing，iang，第五節四句尾字 "唱"、"翔"、"歌"、"漲"，韻母分別是 ang，iang，e，ang，第六節四句尾字 "望"、"唱"、"嗎"、"章"，韻母分別是 ang，ang，a，ang。很明顯，這首詩除了第二節第一句尾字 "子"、第五節第三句尾字 "歌"、第六節第三句尾字 "嗎" 以外，全詩通篇幾乎句句相押，或同韻相押，或近韻相押，一韻到底，表達上自然流暢，一氣呵成，不僅聽覺上有悅耳和諧之美感，同時一系列帶有ang、a等韻母尾字的配置相押，在語義上恰切地密合了詩人對種瓜姑娘棗爾汗情感熱烈的讚美主旨，因為一般說來，帶有 a，an，ao，ang，ong，eng 等韻母的字多有表現雄壯激昂的感情色彩。[1]

上面是利用韻腳字的配置來表達雄壯激昂的感情色彩，下面再看看如何利用韻腳字的有效配置來表現悲傷憂憤的情感情緒：

> 老丫頭，你別吹！自從有了你，家裏就倒了霉！爸爸叫你給剋死，家裏缺米又缺煤，連個媳婦娶不上，誰也不肯來作媒！費了多大勁，跑了多少回，才娶上媳婦，生了娃娃，人口一大堆。你就該老老實實在家裏，抱孩子，幹活兒，不等嫂子催。可是你，一心一意往外跑，好像一群野馬後面追。你不想，沒人作飯洗衣抱孩子，累壞了媽媽嫂子你對得起誰！對得起誰！

這是老舍話劇作品〈女店員〉中的一段文字，是劇中余母數落其女兒“老丫頭”的不是的一段話。這段話中，“吹”、“回”、“堆”、“催”、“追”、“誰”相押，韻母都是 ui；“霉”、“煤”、“媒”是同音字相押，韻母都是 ei。這種對話中的字詞音韻諧和的講求，表達效果也是很明顯的。由於兩韻交錯相押，聽覺上不僅有相協相諧的美感，且有交錯變化、同中有異的抑揚頓挫之悅耳效果，這於話劇的表演效果是大大加強了。同時一系列 ui，ei 韻字的配置，也有力地、突出地表現了劇中人物余母對女兒的不滿之情。因為一般說來，i，ui，ei 等韻母字多有表現悲憤、哀

---

[1] 參見胡裕樹主編《現代漢語》（增訂本）第 505 頁，上海教育出版社，1999 年。

悼、憂鬱、傷感、苦悶等感情色彩。②

　　總之，説寫中注重韻腳字的有效配置，其效果是非常明顯的。因為有了韻腳字的配置，表達上易於上口，接受上易於記誦。從學理上講，講究同韻字（詞）的選置，可以提高修辭的接受效果，因為同韻字的反覆可以刺激接受者的大腦皮層，使其產生較深刻的印象。同時，同韻字的配置可以產生一種迴環流暢的聽覺美感，可以引發接受者的"不隨意注意"，進而誘使其進入接受的"隨意注意"階段，以此加強對表達者表達內容的理解。另外，從文化背景上看，中國是詩歌的國度，詩歌發展在中國有悠久的歷史，中國人愛詩的原因之一就是喜歡它的朗朗上口，而這正是由詩中同韻字（詞）的選配（即押韻）造就的。因此，我們説寫時，應該明白上述道理，在遣詞煉字時應該自覺地進行字詞聲音之煉，講求音韻的諧和，以使我們的説寫生動些，效果盡可能好些。

二、需要第一，音節與平仄的調配：團團的月彩，纖纖的波鱗

　　　掃開一塊雪，露出地面，用一枝短棒支起一面大的竹篩來，下面撒些秕穀，棒上繫一條長繩，人遠遠地牽着，看鳥雀下來啄食，走到篩下時將繩一拉，便罩住了。(A)

　　　掃開一塊雪，露出地面，用一枝短棒支起一面大的竹篩來，下面撒些秕穀，棒上繫一條長繩，人遠遠地牽着，看鳥雀下來啄食，走到竹篩底下時候將繩一拉，便罩住了。(B)

　　這是大家都熟悉的魯迅名作〈從百草園到三味書屋〉一文的

---

② 　參見胡裕樹主編《現代漢語》（增訂本）第 505 頁，上海教育出版社，1999 年。

兩個不同版本中的文字。A 與 B 兩段文字基本一樣，只是末一句文字上有點差異，這是因為經過了作者的修改。前者是原稿文字，後者是修改稿文字。[3]中國有句老話，叫"有比較才有鑒別"。兩段文字，如果單獨看，可能都覺得很好。可是一比較，則會發現，B 較 A 讀起來要順暢，效果好得多。

那麼，為甚麼會這樣呢？這其實也就是魯迅為甚麼要對自己的文章進行修改的原因所在。

我們都知道，漢語是一種富有樂感的語言，因此漢語修辭在字音上講究、做文章，自古及今皆未消歇過。現代漢語修辭中儘管已不特別看重這一方面，但修辭實踐中還是時時有之的。在字（詞）上做文章，除了上面我們講到的韻腳字的配置（即押韻）外，還講究單雙音節的配合，特別是注重雙音節詞的運用，還有適度注重字（詞）平仄的調配。之所以如此，是因為根據題旨情境的需要而對字（詞）的音節、平仄進行合理調配，可以增添語言的聽覺美感，使接受者於語義內容信息接受的同時獲取一種接受解讀的審美享受。

我們還知道，在漢語辭匯中有單音節詞，也有雙音詞。就古代漢語而言，是單音節詞佔絕對優勢，而於現代漢語來說，則是雙音節詞佔了絕對優勢。這種語言發展的趨勢，除了漢語發展自身特別是語音發展的內部規律在起作用外，從修辭的角度看，也是有其必然性的。在語感上，我們都不難體會到雙音節詞有一種整齊、勻稱、諧和的效果，加之漢民族人凡事喜愛偶雙的傳統心理作用，人們在說寫實踐中常常自然而然地表現出對雙音節詞的偏好。例如"我們有時說'努力爭取'，有時說'力爭'，但不說'力爭取'，也不說'努力爭'。我們有時說'整頓作風'，有時說'整

風'，但不説'整作風'，也不説'整頓風'。我們有時説'深深相信'，有時説'深信'，但不説'深深信'，也不説'深相信'。'志堅如鋼'，不説'志堅如鋼鐵'；'鋼鐵意志'，也不説'鋼意志'。這種例子是非常多的。"④ 正因為上述的原因，在現代漢語修辭中，修辭者常常選用雙音節詞，幾乎成為一種普遍的"煉字"規律之一。

上述魯迅的兩段文字，通過比較我們可以發現，後者與前者的差異只是將前者所用的三個單音節詞"篩"、"下"、"時"分別改為三個雙音節詞"竹篩"、"底下"、"時候"。然而就是這樣簡單地一改，表達效果上卻有了較大的提升，視覺上的齊整勻稱和聽覺上的諧和順暢之感畢現。這是大作家"煉字"的功夫。

和魯迅一樣，現代文學史上另一位作家葉聖陶對於"煉字"也是非常重視的：

> 有些人連帶想起全縣的教育費不知究是多少，彷彿就想問一問；又覺這有點不好意思，只得暫且悶在肚裏。(A)

> 有些人連帶想起全縣的教育經費不知道究竟是多少，彷彿就想問一問，又覺得這有點不好意思，只得暫且悶在肚裏。(B)

這是《葉聖陶選集》中〈抗爭〉一文的兩種不同版本的同一段文字。A 和 B 兩段文字，前者是原稿文字，後者是作者後來的修改稿文字。⑤ 後者與前者相比，只是將原稿中的四個單音節詞

---

④ 倪寶元《修辭》第 40 頁，浙江人民出版社，1982 年。

⑤ 此例引見倪寶元《修辭》第 43 頁，浙江人民出版社，1982 年。

"費"、"知"、"究"、"覺"分別改為四個雙音節詞"經費"、"知道"、"究竟"、"覺得"。雖然改動不大,但在表達效果上大大不同了。改文除了避免了行文中文白夾雜的明顯弊端外,在視覺接受效果上明顯具有整齊、勻稱之特點,在聽覺接受上諧和順暢的效果十分突出。

有時實在不能實現由單音節詞到雙音節詞的替換,那麼就以結構助詞"的"或"之"來助成。如"我們常說'小橋'、'高山'、'藍天'、'紅旗'、'明燈',一般不說'狹小橋'、'高高山'、'蔚藍天'、'鮮紅旗'、'明亮燈'。碰到這種情況,就請結構助詞'的'來幫忙,說成'狹小的橋'、'高高的山'、'蔚藍的天'、'鮮紅的旗'、'明亮的燈'。"⑥ 只要我們留心一下人們的修辭實踐,這種情況是時常見到的。例如:

> 朋友斜倚盛水的大陶缸,十分愉快地說起這棟老屋,原是她家第一代渡海來台的祖先,篳路襤褸,憑着自己的雙手,一磚一瓦,一木一石,辛辛苦苦堆砌而成的。想不到百年來,風雨不動,安然如山,竟成了後代子孫安身立命之處。

這是台灣作家陳幸蕙〈春雨·古宅·唸珠〉中的一段文字。最後一句也可以寫成"竟成了後代子孫安身立命處"。但是,若刪去結構助詞"之",從意義表達上完全沒有任何問題。而從語感上看,就不會有視聽覺上的齊整順暢的效果了。可見,這裏的一"之"之遺,非是羨餘,而是有其實際修辭效果的。

除了音節的調配在"煉字"中具有重要意義外,平仄問題也須講究。我們都知道,漢語中的每個字(詞)都是有聲調的,這

---

⑥ 倪寶元《修辭》第 41 頁,浙江人民出版社,1982 年。

與世界其他語言是大不相同的，也是漢語之所以誦讀起來有抑揚頓挫之美感的關鍵原因所在。聲調因為是落實於每個字上的，所以又稱"字調"。所謂"字調"，就是"一個字音的高低升降，也就是一個音節的聲調。構成字調的主要因素是音高的變化，其次是音長的差異。""過去漢語字調分平上去入四聲，現在普通話調類分陰陽上去四類。平上去入，過去又歸為'平''仄'兩聲，平聲為'平'；上去入三聲為'仄'。現代漢語語音陰平、陽平為'平'；上聲、去聲為'仄'。"⑦

由於聲調的客觀存在，又由於聲調的變化能產生抑揚頓挫的音樂美感效果，所以自古以來的修辭者都注重字（詞）的聲調問題，講究平仄的合理配置，古人叫"調平仄"。這在古代律詩中是特別講究的，而且還有很多門法。如果因為語義的關係不能在前一語句的特定位置配置特定的平仄聲字，就要在後一語句的相應位置進行"拗救"等等。現代我們儘管不再做律詩了（當然也有少數人偶爾為之），但現代漢語修辭中注重字（詞）平仄聲的協調，力求語言表達的聲律美，仍然是一種普遍的修辭目標。之所以如此，這是因為"平聲、仄聲的配合運用有如打鼓，平聲就像打在鼓中心的 dōng-dōng 聲，仄聲就像打在鼓邊上的 dà-dà 聲。老是打在鼓中心，一味的 dōng-dōng-dōng，就顯得單調；老是打在鼓邊上，一味的 dà-dà-dà，也會使人厭煩。只有 dōng-dōng-dà-dà-dōng，dà-dà-dōng-dōng-dà 地打，才能打出個調子來。"⑧也就是説，只有平仄交錯配置，才能造就出聲律上的抑揚頓挫的美感效果。例如：

---

⑦　倪寶元《修辭》第 35 頁，浙江人民出版社，1982 年。

⑧　倪寶元《修辭》第 35 頁，浙江人民出版社，1982 年。

> 我送你一個雷峰塔影，
> 滿天稠密的黑雲與白雲；
> 我送你一個雷峰塔頂，
> 明月瀉影在眠熟的波心。
>
> 深深的黑夜，依依的塔影，
> 團團的月彩，纖纖的波鱗 ——
> 假如你我蕩一隻無遮的小艇，
> 假如你我創一個完全的夢境！

　　這是徐志摩的一首新詩〈月下雷峰塔影〉。新詩雖然不比舊體詩那樣講究格律，但作者還是不自覺地在遣詞煉字時追求了詩的平仄協調。如第一節詩，依據現代漢語普通話語音系統來看，其平仄情況是：

　　仄仄仄平仄平平仄仄，

　　仄平平仄（的）平平仄平平；

　　仄仄仄平仄平平仄仄，

　　平仄仄仄仄仄平（的）平平。

　　如果將二、四兩句中的兩個結構助詞 “的”（輕聲）除外不計，這四句上下平仄相對得相當工整，交錯有致，誦讀起來抑揚頓挫的音樂美感效果十分明顯。詩的第二節雖然沒有第一節那樣講究平仄的相對，但第二節第一句的末二字 “塔影” 與第二句的末二字 “波鱗” 是 “仄仄” 對 “平平”，對得也相當好，增加了詩的音樂美感。徐志摩在新詩人中是比較為講究詩的韻律的，這也是他的詩作藝術性和誦讀性較強的原因所在。可見，字（詞）在聲音平仄上的調配是很重要的。

　　其實，在語言實踐中，人們不僅做詩（即使是新詩）或其他

韻文講究平仄交錯，就是散文創作往往亦然。因為這種修辭努力
事實上是能取得很好的效果的。對此，作家老舍在〈對話淺論〉
一文中曾有過這樣的一段通俗而精闢的總結："在漢語中，字分
平仄。調動平仄，在我們的詩詞形式發展上起過不小的作用。我
們今天既用散文寫戲，自然就容易忽略了這一端，只顧寫話，
而忘了注意聲調之美。其實，即使寫散文，平仄的排列也還該
考究。'張三李四' 好聽，'張三王八' 就不好聽。前者是二平
二仄，有起有落；後者是四字皆平，缺乏抑揚。四個字尚且如
此，那麼連說幾句就更該好好安排一下了。'張三去了，李四也
去了，老王也去了，會開成了'，這樣一順邊的句子大概不如'張
三、李四、老王都去參加，會開成了'，簡單好聽。前者有一邊
順的四個'了'，後者'加'是平聲，'了'是仄聲，抑揚有致。"
老舍是作家，這番話是他的經驗之談，也是深諳字（詞）的聲音
平仄調配個中三味的至理名言。對於這一點，同是作家的魯迅在
創作中就有鮮明的體現。例如：

> 鬼眨眼的天空越加非常之藍，不安了，彷彿想離去人
> 間，避開棗樹，只將月亮剩下。

這是魯迅〈秋夜〉中的文字。其中，"彷彿想離去人間，避
開棗樹" 一句的寫法，是有一定講究的。[9] 因為 "離去人間" 與
"避開棗樹"，依現代漢語普通話語音系統是 "平仄平平" 對 "仄
平仄仄"，交錯相對，給文章平添了一種抑揚有致的聲律美。如
果作者不說 "離去人間"，而是說 "離開人間" 或 "離去人世"，那
麼就不能與 "避開棗樹" 形成平仄上的交錯對應，也就不可能產

---

[9]　此例引見倪寶元《修辭》第 38 頁，浙江人民出版社，1982 年。

生表達上抑揚頓挫的聲律美感效果了。於此可見，散文中講究字（詞）的聲音平仄上的調配也是十分重要的。

三、以故為新，古語詞的恰切運用：吟哦滄浪，主管風騷

有人說："在歷史裏一個詩人似乎是神聖的，但是一個詩人在隔壁便是個笑話。"這話不錯。看看古代詩人畫像，一個個的都是寬衣博帶，飄飄欲仙，好像不食人間煙火的樣子。〈輞川圖〉裏的人物，弈棋飲酒，投壺流觴，一個個的都是儒冠羽衣，意態蕭然，我們只覺得摩詰當年，千古風流，而他在苦吟時墮入醋甕裏的那尷尬相，並沒有人給他寫書流傳。我們憑弔浣花溪畔的工部草堂，遙想杜陵野老典衣易酒卜居茅茨之狀，吟哦滄浪，主管風騷，而他在耒陽狂啖牛炙白酒脹飫而死的景象，卻不雅觀。我們對於死人，照例是隱惡揚善，何況是古代詩人，篇章遺傳，好像是痰唾珠璣，縱然有些小小乖僻，自當加以美化，更可資為談助。王摩詰墮入醋甕，是他自己的醋甕，不是我們家的水缸，杜工部旅中困頓，累的是耒陽知縣，不是向我家叨擾。一般人讀詩，猶如觀劇，只是在前台欣賞，並無須側身後台打聽優伶身世，即使刺聽得多少奇聞軼事，也只合作為梨園掌故而已。

這是梁實秋〈詩人〉一文的開首一段，是寫對詩人的認識。說古道今，數典論人，娓娓道來，就如閒談。但卻讀來既親切，又典雅，讀之不禁令人撫掌捻鬚，頷首稱是，心有戚戚，味之再三。

那麼，這段文字何以有如此這等魅力呢？這其實是有賴作者對古語詞的恰切運用。

　　所謂"古語詞"，就是那些在古代漢語中經常使用而在現代漢語中已經不使用或很少使用的具有古典色彩、文言色彩的詞語。

　　上述梁實秋的文字，全段都是用平白如話的大白話行文，但中間時有諸如"寬衣博帶"、"弈棋飲酒"、"投壺流觴"、"吟哦滄浪"、"主管風騷"、"痰唾珠璣"等等典雅有韻味的古語詞的穿插，猶如一池清澈之水，偶有三二小魚躍動其中，頓然顯得生機盎然，情、趣、味俱增。如果全段文字都是運用白話語詞，則顯平淡無味；如果過多地使用古語詞，則又顯得晦澀艱深，令人難以卒讀。梁實秋的高妙之處，就在於恰如其分地運用了恰切的古語詞，古語詞的運用猶如菜中着鹽，不多也不少，鹹淡適度，讀來自然有一種既親切又典雅的韻味。

　　古語詞的恰切運用不僅可以增添語言表達的典雅韻味，有時還可以造就一種莊嚴凝重、恰切得體的語言風格。例如：

> 　　到十二日上午我再去看望郭老的時候，他已在彌留之際，不能言語了。

　　這是周揚〈悲痛的懷念〉一文中的文字，是寫郭沫若臨終時的情況。其中，用到"彌留"和"之"、"際"三個古語詞。所謂"彌留"，是指"人病重將死"，"之際"，即"的時候"。這三個古語詞的使用，既使表達語言精煉，又凸顯了作者周揚作為文藝界領導對學術界、文學界前輩郭沫若的崇敬之情和對郭老即將辭世的悲痛之情，讀之一種莊嚴凝重的感覺兜頭而來。同時恰切得體的語言表達，也使讀者為其深切的情感所打動，並與之達成情感的共鳴。如果"彌留之際"，改成現代白話語詞來表達，說成"痛重得快要死了的時候"，不僅文章沒深度沒品位，也讓讀者不知作者是何心態？對郭老是甚麼感情？所以，關鍵時候，恰切運用恰切的古語詞，效果是難以比擬的。比方說，我們常常看到報紙上有關於某某國家元首訪問中國，下榻於某某賓館，中國領導人同他在親切友好的氣氛中進行了會談等等。都會運用"下榻"、"會談"等古語詞，而不用"住宿"、"聊天"。之所以如此，因為古語詞的運用可以造就一種莊重的風格色彩，表達出對他國領導人的一種尊崇之情。反過來，如果是我們普通人，就不能運用這些特定的古語詞了。如果有人說"小王昨天與他老婆到杭州遊玩，下榻於西湖旁邊的玉皇山莊，並與老友、大學同班同學小李會晤、會談"，那就成了笑話。可見古語詞的使用是有其特定效果的，運用起來也是有規矩的。

除了上述兩種表達效果外，古語詞的恰切運用，有時還能造就一種幽默詼諧或諷刺嘲弄的效應。例如：

> 還有一個大問題，是會不會乳大忽而算作犯罪，無處投考？我們中國在中華民國未成立以前，是只有"不齒於四民之列"者，才不准考試的。據理而言，女子斷髮既以失男女之別，有罪，則天乳更以加男女之別，當有功。但天下有許多事情，是全不能以口舌爭的。總要上諭，或者指揮刀。
>
> 否則，已經有了"短髮犯"了，此外還要增加"天乳犯"，或者也許還有"天足犯"。嗚呼，女性身上的花樣也特別多，而人生亦從此多苦矣。

這是魯迅〈憂"天乳"〉一文中的文字，該文發表於 1927 年 10 月《語絲》週刊第 152 期，是有感於當時廣州"禁女學生束胸，違者罰洋五十元"一事。文章都是用白話詞行文的，但其中卻有"者"、"上諭"、"嗚呼"、"亦"、"矣"等五個古語詞點綴其間，除了"上諭"是實詞外，其餘都是虛詞類古語詞。這些虛詞類的古語詞不和諧地廁入諸多白話語詞中，與整段文字的風格極不協調，形成了極大的色彩風格反差，於是一種諷刺嘲弄之意油然而生，文章的幽默詼諧情趣突而出之。魯迅文章特別是雜文，常常呈現出一種冷嘲熱諷的風格特色，實際上是與魯迅善於恰切地運用恰切的古語詞是大有干係的。

四、以俗為雅，俚語詞的有限運用：老鴇子死了粉頭 —— 沒指望了

> 賊淫婦，我只說你日頭常晌午，卻怎的今日也有錯了的時節？你斑鳩跌了彈 —— 也嘴答穀了，春凳折了靠背兒 —— 沒的倚了。王婆子賣了磨 —— 推不的了。老鴇子死了粉頭 —— 沒指望了。卻怎的，也和我一般！

這是《金瓶梅》第六十回描寫李瓶兒孩子死後，潘金蓮幸災樂禍地指桑罵槐地罵人話語。讀之令人如見其人，如聞其聲，一個刻薄而又伶牙利嘴的潑婦形象躍然眼前，彷彿置身市井底層，生活於其中。

那麼，作者何以有這等功力呢？這應該歸功於作者擅長運用俚語詞的語言策略。

所謂“俚語詞”，一般是指流行於民間最底層民眾中的歇後語、諺語之類。這些語詞都是底層勞動人民在生活生產活動中創造出來的，與下層的現實生活密切相關，而且比較形象生動。因此，在說寫中有限地運用這類語詞，不僅不會使自己的語言表達低俗，反而顯得活潑有生氣，增添說寫的情趣與表達的魅力，就好比一隊美麗的時髦洋妞中雜着一二位拖着長辮子的中國村姑，反而看了讓人眼睛一亮，土洋映襯，交映生輝，一隊佳麗更顯嬌

艷動人了。俚語詞最初可能是由某一地民眾所創造，但它並不特別難懂，不像方言詞（下面我們即將講到）只為某一地人所懂，而是具有較廣泛的使用範圍。因此，有限地使用一些俚俗語詞一般不會影響説寫的接受效果，反而會增加接受的效果。

上面潘金蓮所説的"日頭常晌午，卻怎的今日也有錯了的時節"、"斑鳩跌了彈，也嘴答穀了"、"春凳折了靠背兒，沒的倚了"、"王婆子賣了磨，推不的了"、"老鴇子死了粉頭，沒指望了"等，都是源於山東的歇後語、諺語、俗語，但似乎全國各地人都能讀懂其意。讀過《金瓶梅》的人都會有一個非常深刻的印象，就是它的語言在中國古典小説中是非常有特色的，整篇小説都以平實淺近的口語來敍述行文的。而其中的許多人物對話則採用非常生動形象的俚俗語詞，市民文學的特色十分顯明，即使是尤好雅韻的文人讀了也叫好。如果我們把整部小説平實淺近的口語敍述特色比作是一條潺潺而流的小溪的話，那麼《金瓶梅》中許多人物對話甚或是敍事語言中的豐富多彩的諺語、歇後語等俚俗語詞的運用則渾然而為小溪中歡跳的魚兒，"牠伴隨着小溪生動的流淌，直至匯入那藝術的海洋。"[10]潘金蓮人物形象之所以鮮活生動，正是有賴於作者讓她口出諸如上述那些俚俗語詞，不僅表現了她的性格，也符合她的身世身份。如果作者讓她口出雅言，那她要麼就是大家閨秀如崔鶯鶯，要麼就是矯情造作、丫環硬充小姐身的假夫人，不是那鮮活、栩栩如生的潘金蓮了。因此，可以説蘭陵笑笑生善於有限運用俚俗詞來展示人物"聲口"，是他創造的人物形象大多都非常成功的最大法寶。

蘭陵笑笑生寫的《金瓶梅》被人譽為"中國第一奇書"，這個沒人能提出異議。那麼，現代台灣大作家李敖自稱中國近 500 年

---

⑩ 吳禮權《中國言情小説史》第 229 頁，台灣商務印書館，1995 年。

來白話文寫得最好的前三名都是他，雖然文學界有人會有異議，但是李敖的文筆確實非同一般，他的語言魅力是無人不佩服的。這其中當然有很多因素，不過有一點，大家都會有共同體認，就是李敖與蘭陵笑笑生一樣都很善於運用俚俗語詞，讀之不僅不令人覺得淺和俗，而是令人叫好稱妙。請看：

> "蔣介石、蔣經國對我的政策是放虎歸山，章孝慈則是引狼入室。"時常撰文批評"蔣家"，且曾因政治主張入獄十年的作家李敖，受蔣家第三代現任私立東吳大學校長章孝慈之邀，今天開始在東吳大學歷史系教書。李敖表示雖然與章有所交情，在上課時如果談到必須批評蔣家的內容，李敖強調："一句話都不會饒他。"
>
> 李敖表示，這是近十餘年來他的第一份正式職業，以前沒想到有人敢聘請他到大學教書，更有趣的是：出面"三顧茅廬"的還是身份特殊的東吳校長章孝慈。他表示，年屆五十八歲，許多同年齡的人都快從大學教職退休了，他才進大學教書，心裏覺得怪怪的。……
>
> 李敖說，很佩服章孝慈的膽量和度量。例如他形容章孝慈是"歹竹出好筍"，而且打比喻說，秦檜的曾孫秦鉅也是抗金而死的好臣。聽到李敖這番形容，章孝慈只反問：究竟指誰為秦檜呢？然後一笑置之。此外，李敖擔心聘他任教會遭刁難，章孝慈也坦白相告：讓李敖進來教書後，未來的麻煩可多呢。

這是 1993 年 9 月 21 日美國華文《世界日報》記者簡余晏題為〈到東吳大學教書，自嘲這是十餘年來的第一份正式職業；李敖笑稱章孝慈"引狼入室"〉的專訪文章。文中說到李敖認為章孝慈與乃祖蔣介石不同，讚賞章孝慈，貶斥蔣介石，說祖孫二人的優劣不同是"歹竹出好筍"。這是一個比喻，是民間的俚俗語詞。李敖信手拈來，用在這裏，出人意表，表達新穎生動，十分耐人尋味，而且顯得幽默機趣，令人不得不佩服李敖過人的語言運用能力。

俚俗詞的運用，不僅在小說、散文中常見，古今詩歌中也是常有的。例如：

> 李白斗酒詩百篇，長安市上酒家眠。
> 天子呼來不上船，自稱臣是酒中仙。

這是杜甫〈飲中八仙歌〉寫大詩人李白的為人行事作風。一般人讀這首詩，一定是這樣理解的：李白一喝酒就文思如泉湧，寫出很多好詩篇。喝醉了就在長安酒家睡起來。唐明皇在船上召見他，他也不上船應對，自稱自己是酒中仙人。這種理解大體上是不差的，但有一處是理解上大大錯誤了，就是"不上船"。"'不上船'為俗語，意思是'不扣衣鈕'。"⑪釋惠洪《冷齋夜話》說："句法欲老健有英氣，當用方俗言為妙，如奇男子行人群中，自然有脫穎不可干之韻。老杜八仙詩序李白曰：'天子呼來不上船'，方俗言也。所謂襟鈕是也。"杜甫詩中運用了俚俗詞"不上船"，現在可能造成很多人的理解上的錯誤，但是在唐代的人讀來卻顯得親切幽默，使詩能夠婦孺能誦。所以杜甫運用俚俗詞也是他的一種語言策略，實際上修辭效果也是很好的。只是由於時間所造成的語言變化，令現代人不易體會到其妙趣所在而已。

---

⑪ 黃慶萱《修辭學》第 139 頁，台灣三民書局，1979 年。

五、有無互通，方言詞的選擇運用：夥頤，涉之為王沈沈者！

> 南北的官僚雖然打仗，南北的人民卻很要好，一心一意的在那裏"有無相通"。

> 北方人可憐南方人太文弱，便教他們許多拳腳：甚麼"八卦拳""太極拳"，甚麼"洪家""俠家"，甚麼"陰截腿""抱椿腿""譚腿""戳腳"，甚麼"新武術""舊武術"，甚麼"實為盡美盡善之體育"，"強國保種盡在於斯"。

> 南方人也可憐北方人太簡單了，便送上許多文章：甚麼"……夢""……魂""……痕""……影""……淚"，甚麼"外史""趣史""穢史""秘史"，甚麼"黑幕""現形"，甚麼"淌牌""吊膀""拆白"，甚麼"噫噫卿卿我我""嗚呼燕燕鶯鶯""吁嗟風風雨雨"，"耐阿是勒浪要勿面孔哉！"

> 直隸山東的俠客們，勇士們呵！諸公有這許多筋力，大可以做一點神聖的勞作；江蘇浙江湖南的才子們，名士們呵！諸公有這許多文才，大可譯幾頁有用的新書。我們改良點自己，保全些別人；想些互助的方法，收了互害的局面罷！

這是魯迅雜文〈有無相通〉的全文，發表於 1919 年 11 月 1 日《新青年》第 6 卷第 6 號，是諷刺北方所謂"俠客"勇士以新舊武術來"強國保種"的言行的不切實際，嘲弄南方所謂才子的"夢""魂"類小說的無聊無意義，希望北方"有筋力"的諸公多做些對國家人民有益的"勞作"，南方的所謂"才子"最好不要寫甚麼無聊小說，哪怕是譯幾頁有用的新書，也是對國民的素質提高有益的。認為南方北方真正有良知的人都應該想些互助的辦法，不要拿彼此的所謂"絕活"來互害，這才是對國家民眾負責。這篇文章雖短，但含義卻很深刻，發人深省，耐人尋味，讀之令人歷久難忘。

那麼，何以如此？這當然是與文章內含的深意發人深思有關，但其中也與作者善於選擇運用了一些方言詞有些干係。

所謂 "方言詞"，是指那些在某一特定地域流行並為特定地域的人所習用，尚未進入民族共同語的那些詞語。如上海方言的 "白相"（玩）、廣東話中的 "靚"（漂亮）、四川話的 "名堂"、陝西方言中的 "二流子" 等等，都是當地人習用，而尚未進入或尚未完全進入普通話辭彙中的方言詞。一般說來，按語言使用規範，用民族共同語說寫，應該避免使用方言詞。但是，完全符合語言規範化要求說寫未必都有很好的表達效果。因此，有時說寫者為了取得特定的表達效果，常常會有選擇地使用一些方言詞。這是因為，方言詞的使用，"對懂得此種方言的人，有一種親切感；對不懂此種方言的人，有一種新奇感。"⑫ 有親切感，自然就已達到了說寫上所要追求的修辭效果；而有新奇感，也是一種很好的修辭效果。有了新奇感，他才有一種探求的興味；有探求興味，通過努力他弄清了原委，自然有一種成功的快慰，同時也就加深了對所認識對象內容的印象。這就好比一個男人追求一個女人，如果太容易得到，即使再美的佳人，他可能並不特別珍惜寶貴她。而追求過程中遇到很多挫折，最終得到，他肯定有一種成功的快感，也會特別珍惜他的佳人，同時在追求過程中為達到目標而作出的種種努力，自然也就加深他對她的深刻了解。

上面魯迅的文章中用到的 "淌牌"、"吊膀"、"拆白"、"耐阿是勒浪要勿面孔哉"，都是吳方言詞語。所謂 "淌牌"，即 "私娼"；所謂 "吊膀"，又叫 "吊膀子"，是指男女調情；所謂 "拆白"，是指設計誘騙他人錢財，一般是以異性為誘餌。這三個詞都是舊上

---

⑫　黃慶萱《修辭學》第 138 頁，台灣三民書局，1979 年。

海的流氓切口，是只有上海人才了解的辭彙。至於“耐阿是勒浪要勿面孔哉”，則是一句蘇州話，意為“你是不是在不要臉呢！”這是吳語小説中妓女打情罵俏時的常用語。[13] 這些方言詞的使用，懂得吳方言的人讀之，覺得親切有味，能夠深切體味出魯迅此種行文遣詞的嘲諷用意，幽默風趣，令人解頤；不懂吳方言的人讀之，通過種種努力最終了解這些吳方言詞的語義，會覺得非常有趣，也有一種破譯語義後的成功快慰，從而加深了對魯迅此文用意的深刻理解。魯迅雜文中常有選擇運用某些吳方言詞的修辭策略的情況，這對他雜文特有的冷嘲熱諷的風格形成也有一定影響。

有選擇地運用方言詞，其實不是魯迅一個人的個別現象，很多大作家都善於運用此等修辭策略。如現代著名畫家、音樂家和教育家豐子愷也喜歡在作品中選擇性地運用方言詞：

> 常見閒散的少爺們，一隻手指間夾着一支香煙，一隻手握着一把瓜子，且吸且咬，且咬且吃，且吃且談，且談且笑。從容自由，真是“交關得意”！

這是豐子愷〈吃瓜子〉一文中的一段文字。其中，末一句“真是‘交關得意’”，“交關”，是吳方言詞，意思是“非常”、“特別”。這段文字，如果沒有這“交關”一個方言詞的使用，誰也不會發現這段文字的韻味，讀起來也就平平常常。可是“交關”一詞一用，懂得吳方言的人立即判斷作者應是江浙滬一帶説吳方言或懂吳方言的人（事實上，豐子愷是浙江桐鄉人），立即有“他鄉遇故知”的感覺，情不自禁地用吳方言讀起這段文字，感覺“交

---

⑬　王得後、錢理群編《魯迅雜文全編》上編第 73 頁註解，浙江文藝出版社，1996 年。

關"親切！不懂吳方言的人，在上下文語境中，也能判斷出"交關"的大致語義，而一旦了解到這"交關"的語義，便也覺得長了知識，學得了另一方言的辭彙，有了一種成就感、收穫感和新奇感，閱讀接受中便平添了幾多情趣。

其實，有意識地在說寫中選擇運用少量方言詞，也不是現代作家的發明。中國古代文學家就已經有此方面的妙筆了：

> 陳勝王凡六月，已為王，王陳。其故人嘗與庸耕者聞之，之陳，扣宮門曰："吾欲見涉。"宮門令欲縛之，自辯數，乃置，不肯為通。陳王出，遮道而呼涉。陳王聞之，乃召見，載與俱歸。入宮，見殿屋帷帳，客曰："夥頤，涉之為王沈沈者！"楚人謂多為夥，故天下傳之，夥涉為王，由陳涉始。客出入愈益發舒，言陳王故情。或說陳王曰："客愚無知，顓妄言，輕威。"陳王斬之。諸陳王故人皆引去，由是無親陳王者。

這是司馬遷《史記・陳涉世家》中的一段文字。陳涉（即陳勝）起事稱王後六個月，已經有了一定的地盤實力，真正算個大王了。攻下陳地後，就把陳作為稱王的根據地。這時，一個曾經與陳涉一起替他人打工耕地的夥伴聽到消息後，就去陳，扣陳涉大王的宮門，說："俺想見陳涉。"把守宮門的宮廷侍衛長見這個人怎麼這麼造次，敢叫我們大王名字，膽子還不小，就想把他捆起來。經過再三自辯，才把他放了，但就是不肯替他通報大王。正在無奈之時，突然見到陳涉大王出來，他就攔道大呼"陳涉！陳涉！"陳涉聽到是原來一起打工的夥伴兄弟，就召見了他，並邀他上了大王專車，載回宮中。進了宮，只見宮殿巍峨，帳幔森然，那氣派他這鄉下人幾曾見過，不禁感歎說："夥頤（這麼多啊）！陳涉做大王多氣派啊！"楚人的方言把"多"稱為"夥"，所以天下就傳開了"夥涉為王"這一流行語。由於是大王的故舊，宮廷侍衛們也就沒有人再為難他了，他出入宮廷就越發隨便了，而且還常常跟人說起陳涉大王早年的軼事趣聞，吹噓自己與大王的交情。於是就有人跟陳涉大王進言說："大王，您這客人有點不識相，愚蠢得很，專門瞎說妄言，恐怕要有損大王的威嚴和威信。"陳涉覺得也對，我都是大王了，畢竟不是當年的打工仔了，你還說早年的那些陳穀子爛芝麻的醜事幹甚麼？就下令把這位不識相的鄉巴佬故舊夥伴給斬了。（這人也活該！人家都出息成大王了，您還不識相，擺甚麼故舊的譜，發佈甚麼小道消息呢？也不知道"一闊臉就變"的人情世故。）這樣，陳涉的其他一些故舊一看大王這樣不念舊情，自己找藉口走人了，不想沾陳涉的光了。從此，陳涉這個大王就成了孤家寡人了，再也沒有親近他的人了。上段歷史記載，讀史者印象最深，表現最鮮活的就是那楚客的一句"夥頤，涉之為王沈沈者"感歎語。為甚麼？其實，也是因為作者司馬遷善於選擇運用方言詞的結果。一個"夥頤"楚方言詞，一下子就把一個沒有見過世面的鄉下漢進宮的驚奇情態表現無遺，因為用自己的方言脫口而出的感歎最能體現說話者的真實情貌。懂得楚方言的人讀之覺得親切，不懂的人也能略知其意，半懂非懂，興味無窮。如果用通用語詞，就表現不出這個楚地鄉下漢的談吐容貌了，表達也就不生動，讀起來也印象無深。因此，《史記》特別是其中的傳記被歷代的人們當作文學作品來讀，不是沒有道理的，它與太史公善於運用各種修辭策略是大有干係的。

六、一字傳神，動名形副量詞之煉：各家大半懶洋洋地踱出一個 國民來

> 我最佩服北京雙十節的情形。早晨，警察到門，吩咐道，"掛旗！""是，掛旗！"各家大半懶洋洋地踱出一個國民來，擎起一塊斑駁陸離的洋布。這樣一直到夜，——收了旗關門；幾家偶然忘卻的，便掛到第二天的上午。

這是魯迅〈吶喊·頭髮的故事〉中的一段文字，寫北平"雙十節"掛旗之事，給人留下了深刻印象。

何以如此？這與魯迅善於"煉字"有着密切關係。

所謂"煉字"，就是根據所要傳達的情意，在漢語眾多的同義詞或近義詞中選擇一個最能表達自己情意又具有最佳表達效果的字（詞）。"煉字"是古代的說法，古代漢語是單音節詞佔絕對優勢，一個字往往就是一個詞。現代漢語已經是雙音節詞佔優勢了，所以現在應該叫"遣詞"。我們知道，任何語言中都有很多同義詞和近義詞的存在，漢語中的同義詞、近義詞更是十分豐富，這就在客觀上為我們的"煉字"提供了可能性。中國古人之所以特別重視"煉字"並在這方面積累了大量成功的經驗，正是憑藉了漢語辭彙本身的條件。而在現代漢語中，意義大致相同或相近但色彩、風格、適用對象有異的同義詞或近義詞數量則更是巨大，這點是人所共知的。因此，在現代漢語修辭中，"煉字"的條件更是得天獨厚。從理論上講，名詞、代詞、動詞、形容詞、副詞、量詞、連詞、語氣詞等等，都可以大"煉"一番，究竟從中調遣哪個詞，都是有文章可做的。但是，從實際的修辭實踐看，名詞、動詞、形容詞、副詞、量詞等五類是修辭者最看重的，尤其是動詞之"煉"，更是修辭者關注的焦點和重點。

上面魯迅的一段文字，精彩之筆正是集中體現在兩個動詞之“煉”上。“各家大半懶洋洋地踱出一個國民來”中的“踱”，一字寫盡了當時北平市民對於雙十節掛旗的非自發活動的虛應故事、漫不經心、消極敷衍的逼真心態和生動情狀，因為“踱”的語義是“慢慢地走”。如果使用與“踱”意義相同相近的“走”、“跑”、“行”等等動詞，因為它們沒有“慢慢”這一內涵差別，就不能形象地表現北平市民消極、被動而非主動積極的心態；“撅起一塊斑駁陸離的洋布”中的“撅”，也是通過一字而寫盡了北平市民掛旗時那種心中老大不樂意、行動沒精打采的生動情狀，表達婉約且極具諷意。若是換上與“撅”意義相同相近的動詞如“掛”、“插”等等動詞，表達上就不可能達到上述的效果。因為“撅”是“翹起”之意，有“隨意一插”的含義，其他同義詞近義詞沒有這一特定內涵。

又如：

> 車子在凹凹凸凸的路上往前蹦着。我不討厭這種路——因為太討厭被平直光滑的大道把你一路輸送到風景站的無聊。

這是張曉風〈常常，我想起那座山〉中的一段文字，其中精彩處在於動詞“蹦”之使用得好，它簡潔而形象地寫出了車行崎嶇道路上的顛簸情狀。若不選“蹦”一詞，則這段文字的敘述就應該多費些筆墨，寫成：“車子在凹凹凸凸的路上往前開着，上下顛簸。”這樣，既失卻簡潔的韻致，又不具形象感，表達效果就差得多了，讀者在接受上也無由體會一種閱讀的審美享受。

動詞之“煉”，有很鮮明的生動性或形象性的表達效果，這從上述二例中可以清晰地見出。名詞、形容詞、副詞、量詞之“煉”也有這種表達效果。名詞之“煉”，例如：

> 這個老頭兒是地道英國的小市民，有房，有點積蓄，勤苦，乾淨，甚麼也不知道，只曉得自己的工作是神聖的，英國人是世界上最好的人。
>
> 達爾曼太太是女性的達爾曼太太，她的意見不但得自《晨報》，而且是由達爾曼先生口中唸出的那幾段《晨報》，她沒功夫自己去看報。

這是老舍〈我的幾個房東〉中的一段文字，其中"達爾曼太太是女性的達爾曼太太"一句，名詞"女性"一詞使用得十分精彩。它把達爾曼太太這個英國老式的、保守的、沒有主見的婦女形象生動地呈現出來，表達簡潔，表意婉轉，真是妙筆生花，一字千鈞。如果不選用"女性"這一名詞，而是按正常的表述，把意思說清楚，就得費這樣一大段筆墨："達爾曼太太是一個典型的老式英國婦女，沒有主見，沒有思想，人云亦云。"如果這樣表達，既不簡潔，也不婉轉，表達直露而無韻味，讀者在接受上也無由獲取任何美感。可見，名詞之"煉"也是大有作用的。

又如：

> 方鴻漸準五點鐘找到趙辛楣住的洋式公寓，沒進門就聽見公寓裏好幾家正開無線電，播送風行一時的〈春之戀歌〉，空氣給那位萬眾傾倒的國產女明星的尖聲撕割得七零八落——……

這是錢鍾書《圍城》中的一段文字。其中末一句特別生動，主要緣於名詞"國產"對名詞性詞組"女明星"的修飾顯得新穎奇特。"國產"一詞本是與"機器"之類表示商品的名詞相匹配，作定語修飾"機器"之類的名詞或名詞性詞組的。這裏作者卻將它遣置於"女明星"之前作定語修飾之，不僅使表達新穎生動，且語意中飽含諷嘲之意味。

形容詞之"煉"，也是十分常見，且有形象生動的表達效果。例如：

> 走出電話亭，天完全黑了。她的心很亮很亮。迎面過來的車燈白光一串，照亮了她面前的世界，疾馳而去的尾燈像一根紅色的長綢帶，綿延不見盡頭。她深深地吸了一口氣，由衷地發出感歎：好人！這世界上還是好人多啊！

這是上海著名女作家王周生的小説《陪讀夫人》中的一段文字，描寫"陪讀夫人"蔣卓君在美國律師西比爾家做保姆，西比爾猶太籍太太露西亞因為電話賬單中多出一筆八角三分錢的不明長途電話費而懷疑是蔣卓君所打。蔣卓君拿出種種證據，作了各種解釋也無濟於事。蔣一氣之下離開了露西亞家，去大街電話亭按照那個不明電話號碼向紐約打了一個電話，接電話的老太太很熱情，幫她弄清了那個不明電話的來龍去脈。寫到蔣卓君弄清原委後，作家寫道："走出電話亭，天完全黑了。她的心很亮很亮。"其中的形容詞"亮"運用得可謂一字千鈞，生動傳神。它不僅寫出了女主人公蔣卓君弄清原委，心中豁然開朗、冤屈一掃而光的輕鬆心態，也以心中之"亮"與天色之"暗"形成對照，寫盡了"陪讀夫人"心中無限的感慨。形容詞"亮"本是個尋常的詞，沒有甚麼特別，但被作家用在此情此境，效果上大放異彩。這也展示了一個實力派作家深厚的語言功力。

又如：

> 台灣濕度很高，最饒雲氣氤氳雨意迷離的情調。兩度夜

> 宿溪頭，樹香沁鼻宵寒襲肘，枕着潤碧濕翠蒼蒼交疊的山影和
> 萬籟都歇岑寂，仙人一樣睡去。山中一夜飽雨，次晨醒來，在
> 旭日未升的原始幽靜中，衝着隔夜的涼氣，踏着滿地的斷柯折
> 枝和仍在流瀉的細股雨水，一經探入森林的秘密，曲曲彎彎，
> 步上山去，溪頭的山，樹密霧濃，蓊鬱的水氣從谷底冉冉升
> 起，時稠時稀，蒸騰多姿，幻化無定，只能從霧破雲開的空
> 處，窺見乍現即隱的一峰半壑，要縱覽全貌，幾乎是不可能
> 的。

　　這是余光中〈聽聽那冷雨〉一文中的一段文字。作者寫台灣
山中雨景，有"山中一夜飽雨"之句。其中一"飽"字，是獨顯
出作者運筆之匠心的。"飽"是一個很尋常的形容詞，表示充足
之意，一般多用於形容人或動物進食充足的。在上文的語境中，
作者所說的"飽雨"是"大雨"、"豪雨"或"暴雨"之意。但是，
作者描寫山中夜雨之大，沒有選用"大"、"豪"、"暴"等形容詞
修飾名詞"雨"，而是選用了"飽"這一形容詞。這是因為"大
雨"、"豪雨"是個中性詞，表現不出作者對山中這場夜雨的情感
態度，而"暴雨"一詞則包含有否定的情感態度。很明顯，從上
文中我們可以見出，作者沒有否定這場山中夜雨的情感態度，而
是持肯定欣喜的情感態度的。因此，作者才遣置了一個形容詞
"飽"與名詞"雨"匹配，從而準確、形象地寫出了山中夜雨的情
況和作者對這場雨的情感態度。可謂妙絕而不可更替，是形容詞
之"煉"中的妙品。

　　副詞之"煉"，在修辭實踐中也是頻率很高的。因為副詞之
"煉"也多半具有形象生動的表達效果。例如：

> 好多沒辦法的事都得馬上有辦法，小孩子不會等着"國

聯"慢慢解決兒童問題。這就長了經驗。半夜裏去買藥，藥舖的門上原來有個小口，可以交錢拿藥，早先我就不曉得這一招。西藥房敢情也打價錢，不等他開口，我就提出："還是四毛五？"這個"還是"使我省五分錢，而且落個行家。這又是一招。找老媽子有作坊，當票兒到期還可以入利延期，也都被我學會。沒功夫細想，大概自從有了兒女以後，我所得的經驗至少比一張大學文憑所能給我的多着許多。

　　這是老舍〈有了小孩以後〉一文中的一段文字。其中作者說了一句"還是四毛五？"為甚麼西藥房就給減了五分錢呢？這是作者說話時選用了一個副詞"還是"的結果。因為這副詞"還是"有許多言外之意，說明自己到此買藥不是第一次了，是老主顧了，行情我都知道了，你沒有必要再跟我"打價錢"了；再說，既是老主顧，你總得關照點，價錢上要便宜點才是。如果把這些話都明白清楚地說出來，不僅辭費，效果也不好，藥房偏不給你便宜，難道你孩子病了還為了五分錢不吃他的藥？所以，老舍不僅寫作上是語言大師，日常生活上的說話也是很有藝術性的。這一副詞"還是"之選用，足可見出他的語言功力，既簡潔，又含義豐富，表意婉轉，令人不得不佩服！

　　又如：

　　辛楣又把相片看一看，放進皮夾，看手錶，嚷道："不得了，過了時候，孫小姐要生氣了！"手忙腳亂算了賬，一壁說："快走！要不要我送你回去，當面點交？"他們進飯館，薄暮未昏，還是試探性的夜色，出來的時候，早已妥妥帖帖地是夜了。

這是錢鍾書《圍城》中的一段文字。其中末一句描寫"早已妥妥帖帖地是夜了",按正常寫法應是"早已完全是夜了"或"早已確實（或確確實實）是夜了"。如果是這樣,那麼,這句描寫也就是尋常語句,沒有任何特別的效果值得讀者眼睛為之一亮。可是,由於作者在副詞之"煉"上下了功夫,遣置了一個副詞"妥帖"並重疊之而成"妥妥帖帖",置於"是"前作狀語。由於副詞"妥妥帖帖"之"煉",遂使表達頓然生動起來,平常情事平添出幾許的藝術性。

量詞之"煉",作用也很明顯。例如:

> 　　水薑花的香氣從四面襲來,它距離我們只有一抬手的距離,我和依各採了一朵。那顏色白得很細緻,香氣很淡遠,枝幹卻顯得很樸茂。我們有何等的榮幸,能掬一握瑩白,抱一懷寧靜的清芬。

這是張曉風〈歸去〉中的一段文字,其中最精彩處是兩個量詞的選用。分別是"能掬一握瑩白"句中的量詞"握"和"抱一懷寧靜的清芬"句中的量詞"懷",將只能訴諸於視覺的"白"和訴諸於嗅覺的"芬"（香）形象化,強烈凸顯了水薑花顏色之瑩白、氣味之清芬以及自己對水薑花的喜愛之情,諸多意蘊只通過兩個量詞的選用就達到了。可見,量詞選用得好,作用不可低估。

又如:

> 　　最近又讀到幾篇文章,是談"五四"的,也有談相關問題的,有長有短,有深有淺,都是得些啟發。……我讀到的幾個文章是談"民間立場"的,雖然冠以"五四"的名望,我以為是有悖於"五四"風貌的。

　　譬如，有個身體結實的人走進一個村子，四處打聽，問"你們這裏誰最厲害？"有人告訴他是某某，於是，這人便提着拳頭上門把某某打了一頓，之後又轉悠着去下一個村子了，我覺得，這種行為不是"民間立場"。

　　這是穆濤〈時代烙印還是時尚趣味〉中的一段文字。作者在談到關於對"五四"持"民間立場"的文章時，選擇了量詞"個"來修飾中心語"文章"，而談到關於對"五四"持主流傳統立場的那些"得些啟發"的文章時，則選擇了量詞"篇"。同樣是修飾"文章"，一個選擇量詞"個"，一個選擇量詞"篇"，說明作者沒有對量詞使用不當的嫌疑，而是有意所為，即是說，選擇量詞"個"來修飾"文章"是作者的一種修辭行為。量詞"個"的使用，婉曲地傳達出作者對於少數所謂對"五四"持"民間立場"的人的文章的否定態度，批評的藝術相當高明。因為對於文章，中國人向來都看得很神聖，古人有"文章乃經國之偉業"的說法，唐代大詩人杜甫有"文章千古事，得失寸心知"的名句，因此說到文章人們總是很嚴肅，總會中規中矩地選擇固定的量詞"篇"來修飾。而上述引文的作者別出心裁地選擇表示物件的量詞"個"來修飾"文章"，在表達上既新穎奇特，又別具深沉婉約的韻致，表達自己否定態度和厭惡情感只通過一個量詞的選擇就實現了，真可謂是"一字見褒貶"！

第 **8** 章

句子鍛選的策略
── 二句三年得，一吟雙淚流

> 我特別的恨你！你辜負了先生的教訓，你這沒骨氣的無恥文人！（A）
>
> 我特別的恨你！你辜負了先生的教訓，你是沒骨氣的無恥文人！（B）

這是郭沫若新編歷史劇〈屈原〉中作者所擬的嬋娟的三句台詞。A 是修改稿，B 是原稿。兩相比較，我們都容易從直觀上就能感覺到 A 句優於 B 句。那麼，為甚麼 A 優於 B 呢？這就涉及到句子鍛選的修辭策略問題了。

我們知道，漢語中有不同的句式，類型很多。從語氣上看，可分為陳述句、疑問句、祈使句、感歎句四類；從語法結構上看，可分為主謂句、非主謂句兩大類；從句子形體長短上看，可分為長句、短句；從句子組織的鬆緊看，可分為緊句、鬆句；從句子的整散看，可分為整句、散句；從施受關係上看，可分為主動句、被動句；從對表述內容的態度上看，可分為肯定句、否定句，等等。應該説，每一種句式都有它特有的表達作用，我們不能籠統地説哪一種句式一定比別的句式表達效果好。但是我們可以説，不同的句式運用於不同的語言情境中在表達效果上卻能顯出個高下優劣。

　　上面作者所擬的嬋娟的三句台詞。Ａ句"你這沒骨氣的無恥
文人"一句，原作是Ｂ句的形式："你是沒骨氣的無恥文人"。後
來"經過作者精益求精的推敲，才把判斷詞'是'改成指示代詞
'這'"。①那麼，這樣一改是否有特別的效果呢？有！原文"你是
沒骨氣的無恥文人"，是一個判斷句，從語氣上看屬於陳述句，從
語法結構上看屬於主謂句。一般說來，陳述句的語氣都較平緩，
所顯示的感情色彩也不是太強烈。這明顯是與作者所要表達的意
旨 —— 顯示嬋娟對宋玉無恥行徑的極度憤慨之情 —— 不相匹配。
而改句"你這沒骨氣的無恥文人"，從語氣上看是個感歎句，從語
法結構上看屬於非主謂句。而感歎句多能表達比較強烈的情感，
非主謂句由於在結構上不能分析出主謂賓等結構成分，句子敍述
的起點終點不能區分出來，也就沒有敍述的焦點與非焦點之別，
因而整個句子都成了敍述的焦點，再加上指示代詞"這"的指示，
"沒骨氣的無恥文人"句中的"沒骨氣"、"無恥"兩個修飾語都同
時得到了強調。這樣，劇中所要表現的主人公嬋娟對反面人物宋
玉的憤恨、輕蔑之情都達到了最高點。由此也將觀眾或讀者的情
緒帶動起來，產生的接受效果自然也更好了。

　　由此可見，句子鍛選也是要講究修辭策略的。下面我們擬分
五節，就長句與短句、緊句與鬆句、整句與散句、主動句與被動
句、肯定句與否定句等鍛選問題，從修辭策略的角度略作分析，
以期能對大家有一個舉一反三的啟示。

---

① 倪寶元《修辭》第 125 頁，浙江人民出版社，1982 年。

一、各有所宜，長句與短句的鍛選：情況的了解，任務的確定，兵力的部署

> 情況的了解，任務的確定，兵力的部署，軍事和政治教育的實施，給養的籌劃，裝備的整理，民眾條件的配合等等，都要包括在領導者們的過細考慮、切實執行和檢查執行程度的工作之中。

這是毛澤東〈抗日遊擊戰爭的戰略問題〉一文中的一段文字，讀來覺得對問題的論述顯得非常的周密、準確、精煉。

那麼何以能取得這種效果呢？這應該說，全賴作者對於長句的鍛選非常恰當。首先，作者將"了解情況"、"確定任務"等七個動賓詞組，通過結構助詞"的"的幫助，置換成"情況的了解"、"任務的確定"等七個偏正詞組，然後聯合起來作"都要包括在領導者們……工作之中"的主語。同時三個補語也作了壓縮，組成聯合詞組共同作補語中心語"工作"的修飾語。這樣，本應是一個字數多、子句多、結構複雜的複句，便變成了一個字數多但結構簡單的單句。很明顯，作者在寫作時是經過了一番句式選擇鍛煉，否則不易寫出上述這樣的一個精彩長句。因為從表達效果看，"這種長句，內容豐富，結構緊密，一氣呵成。如果改用短句，就會使句子拖沓，表達無力。"[②]

像上面的情況，我們說選用長句更適宜，那麼下面的情況則明顯是選擇短句來表達更顯生動恰切：

> 可是，這裏分明是我的家呀！兩年前來過，四年前也來

---

② 鄭頤壽《比較修辭》第 129 頁，福建人民出版社，1982 年。

過，十幾年前的我，每一天都呼吸這樣帶着焦油香的空氣。那麼，總有一些熟悉的人可供記憶吧！我問父親，隔壁再隔壁的那家人呢？搬走了。父親的臉埋在報紙裏。那個娶印度媳婦的兒子呢？死了，車禍，耶誕節那天喝醉酒。父親皺着眉，兩道不老的劍眉凝聚着殺氣，一定是被新聞挑動了怒火。你看看這些人，把死豬全丟到河裏，公德心拿去餵狗了。

　　這是馬來西亞華裔女作家鍾怡雯〈候鳥〉一文中的一段文字。其中，寫作者父親回答作者關於隔壁鄰居那個娶印度媳婦的兒子的情況，選用的是三個短句："死了，車禍，耶誕節那天喝醉酒"。這三句話是間接引語，作者大可調整一下，寫成常規的長句："因為耶誕節那天喝醉了酒，出了車禍死了"。然而，作者沒有這樣寫。緣何？若這樣寫則顯出作者父親在認真回答作者的提問，那麼就寫不出作者父親看報時那種全神貫注的鮮活狀態，而選用上引的三個短句且配合倒裝語序，就生動地凸顯了作者父親讀報時的那份專注且易於進入狀態的形象。可見，作者這樣鍛句在修辭上是有所追求的，且是成功有效的。

　　可見，長句、短句之用，在特定情境下效果還是有很大區別的。因此，我們在表情達意時是不能不根據特定的情境，在句式上作一番鍛煉的。

二、各顯所長，緊句與鬆句的鍛選：對教授是這樣，對職員是這樣，對學生是這樣

　　小鎮的夜市真熱鬧，曲曲折折的街道上擠滿了人，男男女女成雙捉對地，由他們的小巢中湧到街上來。……街邊的戲台子上正上演〈目連救母〉。扮目連生母的老旦，攢着眉，披

頭散髮哀哀地唱着。有個身材高大，穿着紫羅袍子的男子，高視闊步地穿過看戲的人群。他走到我身邊，出其不意地用肘來撞我的胸部。撞得我肋骨隱隱作痛。真是下流無恥，他居然還回過頭來對我咧齒而笑，那雙眼睛俊中帶點邪氣。我生氣地瞪住他，見他走到一家酒肆前，三個男子迎了出來。遠遠看見他們四個交頭接耳，對我指指點點。然後他們散開，向我包抄而來。不得了！我知道了，他們打算行一種古禮 —— 搶妻！我立即回頭，朝街上的人潮擠去。……到了一條寬敞的大街上，他們分四面向我逼進。我惶惑地四望，街上不少行人，都是成雙成對的男女。他們臉對着臉，貼着身子緩緩漫步。我這兒明顯地擺着，就要發生恃強凌弱的案子了，他們卻根本視若無睹。我這才領悟到：街上人再多也沒有用。如果這四個人當街綁架我，我就是叫啞了嗓子，這些男女大概眼皮都不會抬一下。因為他們完全耽溺在兩個人的小天地之中。

　　這是鍾玲《黑原》中的一段文字，讀來頗是扣人心弦，不禁為作者的遭遇捏一把汗。

　　那麼，這是為甚麼呢？沒有別的，是由於文中的一個緊句用得好，才造成了這種效果。這個緊句是"街上人再多也沒有用"，是作者情急中的心裏獨白。它是由"即使街上人再多，也是沒有用"的讓步複句緊縮而來。如果作者在文中不用上引的緊句形式來表達，而是寫成上述的鬆句形式，就不能逼真的寫出作者當時那種緊張的心理狀態，不能寫出因緊張而顯出的急促的口氣，在表達效果上就不會如此的生動、形象。很明顯，在上述的特定語境中，作者所選用的上引緊句形式無疑是最適宜最有效果的。

　　上面我們說了緊句鍛選恰當所產生的特殊表達效果，下面我們再來看看鬆句鍛選的效果：

> 　　在此後的三年內，我在適之先生和錫予（湯用彤）先生領導下學習和工作，度過了一段畢生難忘的歲月。我同適之先生，雖然學術輩分不同，社會地位懸殊，想來接觸是不會太多的。但是，實際上卻不然，我們見面的機會非常多。他那一間在子民堂東屋裏的狹窄簡陋的校長辦公室，我幾乎是常客。作為系主任，我要向校長請示彙報工作，他主編報紙上的一個學術副刊，我又是撰稿者，所以免不了也常談學術問題，最難能可貴的是他待人親切和藹，見甚麼人都是笑容滿面，對教授是這樣，對職員是這樣，對學生是這樣，對工友也是這樣。從來沒見他擺當時頗為流行的名人架子、教授架子。

　　這是季羨林〈站在胡適之先生墓前〉一文中的一段文字。其中，"對教授是這樣，對職員是這樣，對學生是這樣，對工友也是這樣"幾句，選擇的是鬆句形式，表面看來似乎拖沓囉嗦，實則包含深意，是一種高妙的修辭策略。它以幾個結構相同的單句並列在一起，以句式反覆的形式強烈地再現出胡適待人和藹、一視同仁的風範，讀之給人留下了深刻的印象。如果用緊句的形式表達，寫成"對教授、職員、學生、工友都是這樣"，這樣，簡則簡矣，但上述原文的那種特殊的表達效果便蕩然無存了。可見季羨林的鍛句是十分講究的，也是有特別效果的。

　　應該說，緊句和鬆句本身並無優劣高下之別，各有各的特殊表達效果。甚麼時候該用緊句，甚麼時候該用鬆句，才能產生最好的效果，全由語境決定。適合了特定的語境，就是適宜的，就會有好的表達效果。反之，則是不宜的，沒有好的效果。運用之妙，存乎一心。

三、各取所需,整句與散句的鍛選:溫情的花朵,開遍了我記憶的山崗

> 　　歲月不居,旅苦途長;人生當有履雪原的際遇,雪夜裏或有贈予炭火的溫情。炭火殷紅,像雪夜裏盛開的人性金色的花朵;炭火熾熱,象徵着永不涸竭的人性的暖流。同情者的熱淚融化了大地的積雪,慈善者的靈心,創造出暖冬裏的春光。
>
> 　　青史的長河,流過我心胸的綠野;溫情的花朵,開遍了我記憶的山崗。我感念我所曾獲得的炭火的摯情,我冀望我前路中會出現無數可愛的援手,而在絕崖、危橋、狂流、急灘處,我也會向需要者,將援手慷慨伸出。
>
> 　　哦,朋友,在我如錦的園林中,可以不必添花。
>
> 　　哦,朋友,在你生命的雪夜裏,我要贈你炭火。

　　這是香港作家王祿松〈那雪夜中的炭火〉一文中的結束段落。讀之不禁令人產生心靈的震撼,心湖之中蕩起層層漣漪。

　　那麼,這段文字何以有如此的力量呢?這全賴作者對整句的鍛選十分成功。

　　所謂整句,就是那些句法結構相同相近的句子,一般由對偶或排比修辭手段組織起來的句子多屬此類。反之,便是散句。一般說來,"整句的修辭效果主要是統一和諧,琅琅上口,便於記誦,散句的修辭效果主要是富於變化,自然靈活"。③因此,我們說寫實踐中根據特定的語境,適當地運用整句或散句,是能獲取較好的表達效果的。

　　上面的引文是全文的結尾部分,作者在這幾段中幾乎全選

---

③　倪寶元主編《大學修辭》第 128 頁,上海教育出版社,1994 年。

用了整句來表達，這是寓含深意的，是作者精心鍛句的結果。因為這種大量整句在文末的異乎尋常的集結，可以造就文章形式上的整齊和諧，使文章別添一種詩情畫意，並可以配合全文對現代社會人性美德光輝的深情呼喚主旨的基調，使表達情深意切，以此深刻地打動人心，獲取較好的表達效果。如果不選用整句來表達，而是以散句來敘寫，就不能實現上述的表達效果。

整句確有很好的表達效果，但有時一味地使用整句也可能顯得呆板乏味。因此，在必要的時候，可以有意地打破整齊的格局，用些散句，與整句交錯，則反而顯得效果更佳些。例如：

> 這位牛奶姑娘的話，使我感到慚愧而自卑。後來，我在馬致遠的《漢宮秋》雜劇裏，發現這樣質樸動人的描寫，那是毛延壽選宮，皇帝愛上了民女昭君唱出的：「你便晨挑菜，夜看瓜，春種穀，夏澆麻，情取棘針門，粉壁上除了差法。……」我進而聯想到一個人如果只在屋裏埋頭寫作，而不去外面看那流動的雲、搖曳的樹、青翠的山，和那浩瀚洶湧的大海，他是寫不出有生命的作品。因為只有身心健康的人，才會創作出優美真摯的作品。

這是台灣作家張放〈雞鳴早看天〉一文中的一段文字。其中「而不去外面看那流動的雲、搖曳的樹、青翠的山，和那浩瀚洶湧的大海」一句，本來可以寫成整句：「而不去外面看那流動的雲、搖曳的樹、青翠的山、浩瀚的海（或洶湧的海）」。然而作者沒有這樣寫，而是故意打破可能有的整齊格局，寫出了上引的整散錯落的句子，這一方面使文章在表達形式上顯得富有變化，自然流暢，另一方面也與這段文字主張作家應有豐富多彩的生活視野的意旨密合。如果全用整句來表現，效果就不及此。

　　整句與散句的運用，沒有一定的規律，關鍵在於說寫者在運用時要根據特定的情境，用心體會，適應特定的情境加以運用之，自能達到理想的表達效果。

四、見菜吃飯，主動句與被動句的鍛選：雖然他的姓名並不為許多人所知道

> 　　一個傣族姑娘挑了兩籮筐蛋，一個不小心，滑倒在路上，把蛋打得稀爛。

　　這是艾蕪〈野牛寨〉一文中的文字，讀來彷彿能夠體味出那傣族姑娘一跤所踔的輕重來。

　　那麼，這是何故？無他，是因為作者末一句選用的主動句切情切境。"把蛋打得稀爛"，是個"把"字句，屬主動句。這一主動句的選用，由於藉助介詞"把"將動作的受事者"蛋"提到動詞"打"之前，並有補語"稀爛"補充說明，就將動作的結果大大強調了，這在表達上就凸顯了姑娘一跤踔得很重的情狀，同時使四個句子在主語上保持了一致，從而使這段敍寫在語氣上顯得連貫順暢。如果選用了一般主動句說成"打爛了蛋"，則不能凸顯姑娘踔跤之重的情狀；如果選用被動句，說成"蛋被打得稀爛"，雖然有了強調的意味，那強調的是蛋而不是姑娘，且末一句的主語變成了"蛋"，與前三句的主語"姑娘"不一致，這就有礙敍述語氣的順暢連貫。略作比較，我們便可見出作者這裏的鍛句是成功的。

　　主動句選用恰當能產生好的表達效果，被動句選得好亦然。例如：

> 他的性格，在我的眼裏和心裏是偉大的，雖然他的姓名並不為許多人所知道。

這是魯迅〈藤野先生〉中的一段文字。其中，"雖然他的姓名並不為許多人所知道"一句，也可以用主動句表達說："雖然許多人並不知道他的姓名"。但是，作者卻沒有用主動句，而是選用了被動句"雖然他的姓名並不為許多人所知道"。這是為何？仔細分析，我們就會發現：作者之所以在末一句（複句的偏句）選用被動句，讓"他的姓名"作句子的主語，其意是要讓末一句的主語"他的姓名"與前句（複句的正句）並列，以構成對比，突出藤野先生性格的偉大及作者對藤野先生的敬意。"如果把後一分句（被動句）改成主動句，句式不對稱，對比的作用也不突出了。"[4]（此例引見倪寶元《修辭》第 195 頁，浙江人民出版社，1982 年。）

可見，作者魯迅這裏選用被動句是有所用意的，也是頗具效果的。

主動句與被動句的選用，與其他句子鍛選一樣，也是需要根據特定情境來決定。適合了特定情境，就能產生很好的表達效果；否則，便不能達到理想的效果。

五、量體裁衣，肯定句與否定句的鍛選：故宮博物院的故事似乎不大能夠令人敬服

> 清朝初年的文字之獄，到清朝末年才被從新提起。最起勁的是"南社"裏的有幾個人，為被害者輯印遺集；還有些留學生，也爭從日本撤回文證來。待到孟森的《心史叢刊》出，

---

④　鄭頤壽《比較修辭》第 113 頁，福建人民出版社，1982 年。

> 我們這才明白了較詳細的狀況，大家向來的意見，總以為文字之禍，是起於笑罵了清朝。然而，其實是不盡然的。
>
> 這一兩年來，故宮博物院的故事似乎不大能夠令人敬服，但它卻印給了我們一種好書，曰《清代文字獄檔》，去年已經出到八輯。其中的案件，真是五花八門，而最有趣的，則莫如乾隆四十八年二月"馮起炎註解易詩二經欲行投呈案"。

這是魯迅〈隔膜〉一文中的一段。讀之不禁為魯迅文筆的婉轉有致、韻味雋永而感佩不已。

那麼，魯迅這段文字的如此魅力從何而來？仔細體味，我們不難發現，這是緣於否定句運用得好。否定句與肯定句是一對相對的句式，本來也是平常無奇的，無所謂誰好誰劣，各自都有自己的特定表達效果。一般說來，肯定句語氣重，口氣堅定；否定句語氣較輕，口氣較為緩和。因此，在鍛句時，我們只要根據特定的情境與表達目標，恰切地選用肯定句或否定句，自然能達到我們所希望的修辭目標。

上引魯迅的兩段文字，前一段是說以前學術界普遍認為"清代的文字獄是起於笑罵了清朝"的觀點是錯誤的。但是作者在這段的末一句作結論時，沒有選用肯定句，說"其實是錯誤的"，而是用了一個否定句："其實是不盡然的"。兩相比較，很明顯，用否定句比用肯定句效果好。因為學術問題很複雜，任何人沒有十分的把握、沒有掌握充足的材料是不可輕易地下決斷的結論的。所以，對於文中提到的清代文字獄的起因，用肯定句表達："其實是錯誤的"，就顯得語氣過重，口氣生硬了點，不易為接受者接受。而採用否定句"其實是不盡然的"來表達，就顯得語氣輕，口氣緩，表達上顯得婉轉，因而也就易於為人所接受。第二段文字中也有一個否定句的運用，也很好。這就是第一句"這一兩年

來，故宮博物院的故事似乎不大能夠令人敬服"。這一句話是指
1932 年至 1933 年間故宮博物院文物被盜賣事。這件事應該說是
非常嚴重的事態，完全可以用肯定句這樣措辭："這一兩年來，
故宮博物院的故事很令人氣憤（或很難令人敬服）"。但是，如果
選擇了這樣一個肯定的措辭，那麼第二句"但它卻印給了我們一
種好書"就顯得突兀，文勢上轉得過於生硬。而選用了上引的否
定句表達，就顯得語氣較輕，口氣較緩，措辭婉轉，第二句的轉
接就顯得自然。由此可見，魯迅的鍛句是很講究的，也是很富有
效果的，是值得我們仔細玩味的。

　　上述魯迅的兩個否定句鍛選得好，下面我們看看茅盾對肯定
句的鍛選：

> 白楊樹是不平凡的樹。

　　這是茅盾〈白楊禮讚〉一文中的一句。單獨看，這一句沒有
甚麼好，但是放入全文，則幾乎到了無可移易的地步，再也找不
出比它更有效的表達了。這句話原文是"白楊不是平凡的樹"，
後來作者經過反覆考慮才將它改定為上引的肯定句。這是為甚麼
呢？稍加分析，我們便知個中原委。"白楊樹是不平凡的樹"和
"白楊不是平凡的樹"兩句，表面上只是將"不"和"是"的語序
作了替換，差別不大。實際上，兩字語序一換，兩句的句式性質
即改變了："白楊樹是不平凡的樹"是肯定句，而"白楊不是平
凡的樹"則是否定句。如果我們孤立地看，這兩句在效果上很難
比出個優劣高低來。但是，我們只要一讀〈白楊禮讚〉全文，在
這篇文章所設定的特定語境中，我們便可立即看出這兩句在表達
效果上的優劣高下來。因為此文主旨是讚揚白楊樹（象徵北方農
民），如果用否定句"白楊樹不是平凡的樹"來表達，語氣上就顯

得輕弱了些，"與全文的主旋律不甚合拍"，而改成肯定句"白楊樹是不平凡的樹"，則"語氣肯定，有利於突出讚揚白楊樹的主題"⑤。這裏，我們可以見出大作家在鍛句上的苦心。

　　肯定句與否定句各有其特定的表達效果，所以在特定情境下，肯定句與否定句並用或交錯運用，則能獲取更好的效果。例如：

> 到靖國神社看櫻花，大受刺激。
> 刺耳的日本軍歌。
> 刺心的參拜人潮。
> 右翼不是一小撮，而是日本社會的主流。

　　這是李士非《東京日記摘抄（1998 年）》中的一段。其中，"右翼不是一小撮，而是日本社會的主流"，是否定句與肯定句交錯並用，真切表達了作者對日本社會右翼勢力日益做大的深切憂慮之情，強烈地提醒了廣大善良的中國人民要時刻對日本軍國主義勢力的高度警惕，可謂有振聾發聵的效果。如果單用肯定句或單用否定句都不能達到上述的表達效果。

　　有時，我們用肯定句還不足以表達某種強烈的情感時，可以選用雙重否定句，效果會比用肯定句好些。例如：

> 馬寅初的決絕，令我們想起亞裏斯多德的名言："我敬愛柏拉圖，但我更愛真理。"也就是我們中國人通譯的："吾愛吾師，吾尤愛真理。"不過，馬寅初終究是俠義中人，他深恐自己的不妥協招致誤解，開罪賢達，考慮再三，決定給老朋友一個公開交代。數天後，他為《新建設》雜誌撰文，便特意加

---

⑤　鄭頤壽《比較修辭》第 106 頁，福建人民出版社，1982 年。

上一段《對愛護我者説幾句話並表示衷心的感謝》：

> 最後我還要對另一位好朋友表示感忱，並道歉意。我在重慶受難的時候，他千方百計來營救；我一九四九年自香港北上參政，也是應他的電召而來。這些都使我感激不盡，如今還牢記在心。但是這次遇到了學術問題，我沒有接受他的真心誠意的勸告，心中萬分不愉快，因為我對我的理論有相當的把握，不能不堅持，學術的尊嚴不能不維護，只得拒絕檢討。希望我這位朋友仍然虛懷若谷，不要把我的拒絕檢討視同抗命則幸甚。

> 讀者不難猜測，這位老朋友就是周恩來。在這件公案上，周恩來表現出殫精竭慮，而又左支右絀，讓人不勝唏噓。而馬寅初，則讓人五內鼎沸，肅然起敬。

這是卞毓方〈思想者的第三種造型〉一文的幾個段落。其中，"因為我對我的理論有相當的把握，不能不堅持，學術的尊嚴不能不維護"，是兩個雙重否定句，將 1957 年《新人口論》受批判時，在承受着巨大的精神心理壓力之下的馬寅初對真理的執着堅持、對學術尊嚴的堅決維護的決心表達得十分充分，讓人看到了中國"思想者的第三種造型"的真切形象。如果不用雙重否定句，則明顯達不到上述效果。

應該指出的是，我們説雙重否定句在表達上具有強調的效果，但是"雙重否定句也有比肯定句口氣輕的，如'不無道理'、'並非不肯幫忙'，都比較婉轉。"不過，"相對而言，這種情況比較少見。"[6]

---

[6] 倪寶元主編《大學修辭》第 134 頁，上海教育出版社，1994 年。

第 9 章

段落銜接的策略
—— 鈎上連下，自然流暢

　　我不但是個工作狂——裹脅朋友一起工作的工作狂，生活方面，也有狂在，我身懷大志、志不在溫飽、衣、食、住、行方面，後兩者比較考究：住大房子，原因之一是補償我多年蹲小牢房的局促；坐賓士車，原因之一是警告想收買我的人老子有錢。對吃，向不考究，並且喜歡奚落老是喜歡做美食、吃美食的傢伙。……至於衣，我更不考究了。我以買百貨公司換季時廉價品為主，所以穿的都不考究，也不太合身，因為志在天下，沒有耐心量來量去。多年前我同顏寧吃晚餐，飯後摟着她的腰在馬路上散步，她忽然笑着說："李先生，你穿的褲子不是你自己的。"我問為甚麼，她說不合身啊，我聞而大笑。我做"李敖笑傲江湖"節目，電視上永遠一襲紅夾克，近四百場下來從不改變，大丈夫不靠衣顯，由此可見。不過我的紅夾克倒是名牌，因為只有那個牌子的式樣看來最保守，不怪形怪狀。我本有一件，後來在電視中看到郝柏村也穿了一件，我大為着急，因此把同樣的都買來了，現在一共四件，可穿一輩子，死後還可留給我兒子。

　　我兒子戡戡四歲半，女兒諶諶兩歲半，太太王小屯比我小近三十歲。小屯十九歲時候，我在台北仁愛路碰到她，先看到背影，她身高一米七零、下穿短褲、大腿極美。她既有一腿，我就有一手，就這樣認識了她。後來她唸文化大學植物系、中興大學中文系，成績優異。她為人聰明、漂亮、善良，喜歡偷吃零食，還會寫詩呢。還有，她又脫俗純真、不喜奢華，因我反對戒指等俗套，我們結婚時沒有戒指，她也同意玩笑性的以"易拉罐"上金屬環代替。和她認識八年後，在 1992 年 3 月 8 日結婚。……

這是台灣作家李敖所著《李敖回憶錄》中的兩段文字，不僅寫得意趣盎然，而且讀來感覺非常流暢自然，猶如一股清泉從石間湧出，順着山勢自然流出山間匯成一條潺潺的溪流。令人不由得不佩服李敖的手筆。

其實，李敖有此等妙筆，全賴他段落銜接的修辭策略運用得當。李敖上面所寫的兩段文字在語義上本無必然的邏輯聯繫，一般情況下根本無法實現兩個段落的自然對接。可是，作者通過巧妙經營，以紅夾克穿一輩子也穿不了，可以留給兒子為說頭，以"死後還可留給我兒子"為上一段落的結句，從而不露痕跡地以"我兒子"三字為下一段落的起首，實現了與上一段落的巧妙對接，自然而然地逼出下一段落由兒子到女兒，再及太太王小屯情況的全面介紹。儘管作者是蓄意要介紹自己的太太，但讀者從作者的運筆卻絲毫看不出半點蛛絲馬跡，真可謂巧妙至極！

段落銜接的修辭策略有很多，但不管是運用何種段落銜接策略，都應該朝着如何實現段落銜接"鈎上連下，自然流暢"的修辭目標而進行。而要實現段落銜接"鈎上連下，自然流暢"的修辭目標，基本而有效的修辭策略有三種，下面我們分三節予以介紹。

一、前後蟬聯，頂真式銜接：在佛寺裏，凡人也常有能體會的智慧

　　我一生飽蘊救世心懷，但救世方法上，卻往往出之以憤世罵世，這是才氣與性格使然。我有嚴肅的一面，但此面背後，底子卻是玩世，這是別人不太清楚的。正因為玩世，以致明明是嚴肅的主題卻往往被我"以玩笑出之"。所以如此，一來是輕快處世，二來是避免得胃潰瘍。被殺頭的古人金聖歎曾有"不亦快哉"三十三則，我曾仿其例，一再寫"不亦快哉"，現在把 1989 年寫的一次抄在下面，以看我嚴肅中玩世之態：

　　其一：得天下蠢才而罵之，不亦快哉！

　　其一：國民黨過去欺負你，現在把它欺負回來，不亦快哉！

　　……

　　其一：與牙醫為鄰，十多年拔牙不給錢，不亦快哉！

　　牙醫張善惠和林麗蘋小兩口做我鄰居二十年，一直相處甚得，我笑說我不同你們吵架，就是要你們永遠做"李敖為人很好相處"的證人。……以姓名筆劃為序，眼前的夫妻檔就有丁潁和亞薇、王惠群和朱先琳……蘇洪月嬌等，都可做我的證人。……

　　這是《李敖回憶錄》中的三段文字，段落之間的銜接自然流暢，猶如行雲流水，令人一讀難歇，必欲一氣讀下而後快。

　　那麼，李敖何以有如此妙筆？這是他運用了段落的"頂真式銜接"修辭策略的結果。

　　所謂"頂真式銜接"，就是在文章中用前一段落的末尾來作後一段落的起始，從而形成上遞下接的交接形式。這種銜接形式又

可分為"嚴式"和"寬式"兩種。"嚴式"則是上一段落的末尾文字與下一段落起始的文字相同；"寬式"則是上一段落的末尾文字與下一段落的起始文字在字面上有部分詞語相同。不管是"嚴式"還是"寬式"，這種頂真式銜接在表達上都有鮮明突出的"鈎上連下，自然流暢"的效果或意趣。

本章開始我們所舉李敖的兩段文字，即屬"嚴式"頂真銜接，我們已作說明。而上引的這三段文字則是李敖所創造的"寬式"頂真銜接的妙文。作者由前段說自己生性好玩世，到後一段落說到牙醫等朋友能證明自己為人很好相處，兩段落在語義上本不易聯繫搭掛在一起，但是李敖特意在上一段落的末一句安排了"與牙醫為鄰"一句，自然過渡到下一段落，交待出由牙醫夫婦到其他朋友夫婦與自己相處甚得的事實。這裏的銜接，全賴上一段落的末一句中的"牙醫"二字起鈎上連下的作用，是"寬式"頂真銜接，亦甚妙。如果作者以三十則"不亦快哉"中的其他任何一則而不是上引末一則作前一段落的末句，那麼就不易實現上下兩個段落的自然對接了。可見，作者如此銜接，實是用心經營的。

由於"寬式"頂真銜接比較易於經營，且亦能很好地實現鈎上連下的段落銜接效果，所以常為修辭者所用。例如：

其實把自己的住居題名"向水屋"，也如我獲得徐悲鴻的題字一樣是很偶然的，那時候由於我的住居面向的是海，因而我用"向水屋"的題目寫過一篇描述這所房子的小文章，結果在一些朋友之間，這個住居的名字成了一種觀念上的存在；見了面，總是說甚麼時候要去看看"向水屋"的風光。

說風光，實在也有一點點。我的住居是在一層頂樓上，屋外有一個寬闊的迴廊式的陽台。憑着石欄，可以看見一片無

際的天空（這不是在到處立體建築物的都市中所容易看得完全
的），可以看見高聳的獅子山下面伸展過來的一塊巨幅的風景
畫：一簇簇蒼翠的樹木和一片灰黑的屋頂，—— 一世紀來不
曾變動的古風的殘留。隱藏在那裏面的，是村舍、作坊、醬
園、尼庵和廟宇。

　　這是香港作家侶倫〈向水屋追懷〉中的兩段文字。前後兩段
的銜接，用的即是"寬式"頂真銜接。上一段末尾"風光"二字，
被下一段落順勢接過，只在"風光"前加一"說"字，交接得也
十分自然，銜接亦屬巧妙。

　　用"嚴式"或"寬式"頂真方法實現前後段落間的對接，都
能起到鉤上起下、自然流暢的修辭效果，由上引諸例我們足可看
得十分清楚了。如果同時或連續在相近段落間交錯運用"嚴式"
和"寬式"頂真方法，則效果自然也更好些。例如：

　　　　住在佛寺裏，為了看師父早課的儀禮，清晨四點就醒來
了。走出屋外，月仍在中天，但在山邊極遠極遠的天空，有一
些早起的晨曦正在雲的背後，使灰雲有一種透明的趣味，灰色
的內部也彷彿早就織好了金橙色的襯裏，好像一翻身就要金光
萬道了。
　　　　……
　　　　佛鼓敲完，早課才正式開始，我坐下來在台階上，聽着
大悲殿裏的經聲，靜靜的注視那面大鼓，靜靜地，只是靜靜地
注視那面鼓，剛剛響過的鼓聲又如潮洶湧而來。
　　殿裏的燕子也如潮的在面前穿梭細語，配着那鼓聲。

大悲殿的燕子

配着那鼓聲，殿裏的燕子也如潮地在面前穿梭細語。

我說如潮，是形影不斷、音聲不斷的意思。大悲殿一路下來到女子佛學院的走廊、教室，密密麻麻的全是燕子的窩巢，每走一步抬頭，就有一兩個燕窩，有一些甚至完全包住了天花板上的吊燈，包到開燈而不見光。但是出家人慈悲為懷，全寶愛着燕子，在生命面前，燈算甚麼呢？

……

我們無緣見老虎聞法，但有緣看到燕子禮佛、游魚出聽，不是一樣動人的嗎？

眾生如此，人何不能時時警醒？

木魚之眼

眾生如此，人何不能時時警醒？

談到警醒，在大雄寶殿、大智殿、大悲殿都有巨大的木魚，擺在佛案的左側，它巨大厚重，一人不能舉動。誦經時木魚聲穿插其間，我常常覺得在法器裏，木魚是比較沉着的，單調的，不像鐘鼓磬鈸的聲音那樣清明動人，但為甚麼木魚那麼重要？關鍵全在它的眼睛。

……

因此我們不應忘了木魚，以及木魚的巨眼。

以木魚為例，在佛寺裏，凡人也常有能體會的智慧。

低頭看得破

在佛寺裏，凡人也常有能體會的智慧。

像我在寺裏看到比丘和比丘尼穿的鞋子，就不時地納悶起來，那鞋其實是不實用的。

......

最後我請了一雙僧鞋回家，穿的時候我總是想：要低得下頭，要看得破！

這是台灣作家林清玄〈佛鼓〉一文的片斷，即是連續在相近段落間交錯運用"嚴式"和"寬式"頂真方法，將各大段落（章）與各小段落（節）皆有機巧妙地鈎連於一起。這篇文章除了在內容上從佛鼓、佛殿裏的燕子、木魚、僧鞋等方面談對佛教的體悟，頗有心得，清純可讀外，在篇章結構修辭技巧上也可見出有頗多用心，即在章節段落銜接上就很有經營，效果也是很好的。第一章的末二段之間的銜接是通過前一段末一句"剛剛響過的鼓聲又如潮洶湧而來"中"如潮"二字，引出"殿裏的燕子也如潮的在面前穿梭細語，配着那鼓聲"一段。這是前一段末句與後一段首句中部分詞語相同的"寬式"頂真銜接。而下一章"大悲殿的燕子"中的首句，則完全同於前一章的末一句，屬"嚴式"頂真銜接（此處不是反覆，因為作者本意是在鈎連上下兩章的首尾兩個段落）。而第二章的第二段首句"我說如潮"，則又是承第二章第一句中的"如潮"二字來的，屬"寬式"頂真銜接。第二章與第三章"木魚之眼"之間的段落銜接，以"眾生如此，人何不能時時警醒？"來遞接的，屬"嚴式"頂真銜接。第三章的第二段首句"談到警醒"，是承首句中的"警醒"二字而來，屬"寬式"頂真銜接。第三章與第四章"低頭看得破"首尾交接是以"在佛寺裏，凡人也常有能體會的智慧"句來完成的，也是屬"嚴式"頂真銜接。由於作者巧為經營，整篇文章在章與章之間以及段落與段落之間的對接都十分自然流暢，全文在結構上渾然一體，一氣呵成，確是高妙的段落銜接範本。

"寬式"頂真銜接，還有一種情況，就是前段末句和後段首句中用以鈎連銜接的詞語只在語義上相同或相近，字面上可以不同。例如：

> 　　下午割了屋前兩分地的番薯藤。向晚時起陰，滿天烏雲自西北瀰漫而來，四里外的東北方，不停地電掣雷轟，凌空壓來，威力萬鈞，可怪直到趕完工，黃昏不見人面，竟都不雨。一路上踏着土蝱的鳴聲，不由撩起了童年的興致。摸索着撿起了一截小竹片，選定最接近的一道聲穴，於是我重溫了兒時的故事。
>
> 　　童年時我是鬥土蝱的能手。土蝱是對草蝱而名。在草上叫草蝱。在土裏便叫土蝱。公的土蝱最愛決鬥。小時候每到此時，家裏總飼着兩三個洋罐的公土蝱。每罐盛幾寸厚的濕土，採幾片葉子，飼兩三隻。若是驍勇善戰者，便一罐一隻，以示尊優。此時差不多正逢暑假末，整天提着水桶，庭前庭後，田野裏去灌。灌時先將土蝱推在洞口的土粒除去，把洞口裏的塞土清掉，開始注水，快的一洋罐的水便灌出洞門來，此時早在洞門後兩寸許處插了一片硬竹片，用力一按，便把退路截斷，然後伸進兩指，將土蝱夾出。公母強弱，只靠運氣，很難預先判定。要是公的，並且生氣活潑雄赳赳的，便喜不自勝，趕緊放進單獨的洋罐裏，再蓋上一片破瓦片，直灌到興盡才罷休。然後是向別人的土蝱挑戰。先挖個三指寬的半尺長的壕溝，形狀像條船，各人拿大拇指和食指倒夾着自己土蝱的頸甲，用力搖晃幾下，再向土蝱的肚皮上猛吹氣。如此反覆作法，務使土蝱被弄得頭昏昏，且惱怒萬分，才各從壕溝的一端將土蝱頭朝壕溝底放下去，於是不等過兩秒鐘，猛烈的決鬥便開始了。……

　　這是陳冠學〈田園之秋〉中的兩段文字。前一段落由眼前土
蛩的鳴叫及於後一段落一大段關於童年時代鬥土蛩的具體生動、
饒富童趣的描寫，全靠前段末句中的＂兒時＂與後段首句中＂童
年時＂兩詞語的上遞下接。＂兒時＂與＂童年時＂字面上雖不同，
但語義上相同，所以以此前後鈎連過渡，銜接也是自然流暢的。

二、與時俱進，語序詞銜接：那時，我對古典音樂還是個門外漢

　　那時，我對古典音樂還是個門外漢，只覺得片中的音
樂淒婉動人，跟那纏綿悱惻的情節非常相配，並不知道是誰
的作品。後來，對古典音樂涉獵漸多，才知道它的出處。這
二三十年來，我喜歡過很多音樂家的作品，有很多樂曲我聽
厭了便不想再聽，而對拉哈曼尼諾夫這一首鋼琴協奏曲的喜
愛卻始終不渝，所以連帶對那部片子也念念不忘。後來，又
認識了他的第二號交響曲。這首交響曲從開頭便相當悅耳動
聽，不像有些交響曲只有一兩個旋律是好聽的。而第三樂章
更是跟他的第二號鋼琴協奏曲的風格一樣，幽怨而悲愴，扣
人心弦。從此以後，拉哈曼尼諾夫的第二號交響樂，便跟柴
可夫斯基的第四、五號交響樂、布拉母斯的第一號交響樂、
西比流士的第一號交響樂等等一同列為我心愛的交響樂。

　　現在，拉哈曼尼諾夫第二號交響樂的第三樂章正在我
的電唱機上演奏着，抒情的、如歌的、華麗的而又憂鬱的旋
律，一串又一串地飄浮在寧靜的午後。透過落地大窗，溫煦
的陽光把陽台上花木照耀得像是透明似的，使得花兒紅得更
艷，黃得更鮮，葉子也綠得更翠。我聽着，看着，心裏也覺
得醺然欲醉。

　　這是畢璞〈午後的冥想〉中的兩段敘事文字，兩個段落之間的過渡十分自然，讀來文從字順，一氣呵成。

　　那麼，作者用的是何種修辭策略才達到這一效果的呢？其實很簡單，只是語序詞銜接策略用得好。

　　所謂"語序詞銜接"策略，是一種利用表示時間順序的語序詞來實現幾個相關段落的銜接方法，也是常見的一種段落銜接方法，特別是在敘事文字中尤為常見。

　　上引兩段敘事文字能夠自然地前後承接，關鍵只在兩個表示時序的詞語"那時"、"現在"。這兩個表時序的語詞儘管很普通平常，但在此兩個段落銜接中卻有"四兩撥千斤"的作用，不僅使敘事條理不亂，而且兩段落間的轉接顯得自然流暢。這也是平常語詞運用得當，同樣產生特殊修辭效果的例證。

　　下面我們再來看看多個段落的複雜銜接情況：

　　前幾年，多雨的冬夜，我從一份專談弈事的雜誌裏，讀過許多首屬於回憶的詩，據說作者是個弈人，但我毋寧稱他為詩人，他寫的詩，意境高遠而蒼涼，這在現代人所寫的傳統詩裏，算是極有份量的作品，我沒見過作者，更不知他真實的名字，只知他詩展現的寒冷的江岸，排空濁浪聲，煙迷迷的遠林，紅塗塗的落日，在酒店的茅舍中，愛弈的主人把棋盤當成砧板，盤中不是棋子，而是片片魚鱗。俄而景象轉變，呈現出細柳依牆，蔓草叢生的院落，如煙的春雨落着如同飄着，一雙愛古玩字畫，更愛弈事的年輕的夫婦，曾將生活譜成詩章，轉眼間，柳枯花落，變成歷歷的前塵，寒夜裏獨坐，聽北風搖窗，獨自拂拭，那況味豈非如澆愁的烈酒？！

　　一個落雨的春天，清明節前，我到墓場去祭掃一位逝去的友人的墓，看見一個滿頭斑白的老婦人，坐到他亡夫的墳前，身邊放着一隻籃子，籃裏放着沒織成的毛衣毛線、便當和水，她用一把家用的剪刀，細心的修剪墓頂的叢草，我好奇的留下來，看她從早晨工作到傍晚，彷彿她不是在剪草，而是修剪她自己的回憶……誰能把古老的事物真的看得那麼遙遠呢？人在真正的現實生活中，隨時都會遇着這一類隱藏着的、古老的故事。

另一個落雨的暮春，和一位深愛古老事物的女孩在大溪鎮上漫步，看那條古趣的街道，參差的前朝留下的房舍，她說起童年時就在那兒上小學，放學時走過這條街，會呆呆的看老木匠雕刻桌椅和油漆木器，時間使老木匠換成新的年輕木匠，而他們雕刻的雲朵、龍鳳和人物圖案，仍然是那樣，彷彿在生命與生命之間，有一條深深長長的河流相通着。

她撐着傘，帶我去看一些更古老的，一家已圮頹的宗祠，雕花的樑柱落在蔓草裏，石碑上排列着一代代有顯赫官銜的列祖列宗的名字，也半躺在湮荒的庭園中濯着雨，而崖下的大漢溪仍然流着，和從前一樣的流着。她沒有說話去詮釋和肯定甚麼，她的笑容展在無邊春雨中，染了一些春暮的悲涼……

更遠一些時日，有位朋友告訴我：郊區有個賣燒餅的老人，他的妻子早就過世了，留給他一個男孩子，他一個人除了起早睡晚忙生意，還得父兼母職帶領他的孩子。日子滾馳過去，似箭非箭，至少在困貧中生活的人，感覺沒那麼快法，當那男孩留學異邦時，賣燒餅的父親的生命，已快在時間裏燃燒盡了。孩子去後，每年也都來一兩封信，告訴老父他成婚了、就業了、購車了、買屋了……成家立業的風光都顯在一冊彩色相簿上，而賣燒餅的老人死時，緊緊的把那冊照他夢想繪成的相簿抱在懷裏，他的墓由誰去祭掃呢？

　　這是台灣作家司馬中原《古老的故事》中的文字。作者通過上面所講的四個"古老的故事"抒發了自己對於人生的深刻體認，情調蒼涼、纏綿，發人深省。從邏輯語義上看，作者上面所講的四個"古老的故事"之間沒有甚麼必然的聯繫，然而作者卻巧妙地將其縮合在一起，且顯得有條不紊，自然流暢。這裏全靠四個表時序的語序詞和詞組："前幾年，多雨的冬夜"、"一個落雨的春天"、"另一個落雨的暮春"、"更遠一些時日"，發揮了鈎上連下的作用。儘管這四個表時間的語序詞和詞組説的不是同一年的事，卻因"冬夜"、"春天"、"暮春"、"更遠一些時日"在邏輯上是有前後之序的，所以銜接起來，就顯得十分順暢。由此，這幾個段落就水乳交融地構成了一個有機的整體，表達自然流暢。

三、搭橋引渡，關聯詞銜接：其實，報春應是迎春花的事

　　"你阿爸啊！被人煮不熟的，一次又一次，教不精！"

　　我跟母親開玩笑："爸就是不精靈鬼怪，所以不會想歪路娶小老婆，這，也不媽您前世修來的福啊！"

　　真的！父親雖有音樂家的天賦，可是，沒有藝術家的浪漫。如果父親不開口唱歌、不演奏曲子時，他只是一個樸質木訥的人，他把豐沛的感情全投入歌聲和管弦聲中，不會像一般"風流才子"處處留情。

　　這是台灣作家丘秀芷《兩老》中的三段文字，敘述的雖是父母生活細事，但讀來卻娓娓動人，生動自然。

　　何以如此？這實與作者善於運用"關聯詞銜接"策略進行段落間的組接有着密切關係。

所謂“關聯詞銜接”策略，是一種利用漢語中鈎連複句各分句間不同邏輯關係的特定關聯詞語來進行段落銜接的方法。這在敘事作品的段落銜接中非常常見，且相當有效。一般說來，充當這一角色的關聯語詞最常見的有“真的”、“其實”、“當然”、“可是”、“不過”、“於是”、“因此”、“然而”等。

運用“真的”（或“誠然”、“是的”之類）關聯語詞來實現上下兩段落的自然對接的，在實際語言實踐中十分常見。上引文字中，由母女的對話過渡到對父親的介紹與評價，過渡相當自然，靠的僅是“真的”二字，既不着痕跡地實現了上下兩個段落的對接，又表達出了作者對父親真切的感情，因為“真的”二字冠於全段之首，為全段文字表述定下了一個主旋律。

運用關聯詞語“其實”的也很多，例如：

> 今年報春最早的是杏花。那株老樹，每年繁華枝頭，自抽芽、含苞、怒綻、到新葉扶疏，不過短短十數日吧，竟是那般殷勤繾綣，將春留住，使得我在營營匆匆之中，尚有幾許欣慰，免卻了負春之疚。然則，去年春夏之交，不知何故，招來妒春綠色小蟲，把滿樹枝葉噬敗摧害，春殘如是，很是令人在傷感之餘，不能忍受的，遂將枝葉悉數斫斬，獨剩老幹蕭條。心想，今年是定然看不見“紅杏枝頭春意鬧”的了，孰知其仍屬後院中首先抽芽，喜報春消息的呢！不服老的精神，原也係予人如春之感的一種表現，我簡直在訝佩之餘，更肅然起敬了。
>
> 其實，報春應是迎春花的事。可惜清雅如此的名字，竟被英文 Dog wood 把美感破壞一盡，氣憤之下，我未在園中栽培。洋人總是在該講求“名”的時候而不講求，不懂以名飾美怡悅之趣。大眾食品的“熱狗”（Hot dog），便是一例（中國菜

名中有"螞蟻上樹"一味，焚琴煮鶴以至如此，始作俑者，真該掘墓鞭屍才是）。而名姓中竟有以"木匠"（Carpenter）、"鐵匠"（Black smith）、"鞋匠"（Shoe maker）、"沉溺愛河"（Love joy）等為之的，真可謂"匠氣十足"、"貽笑大方"。

這是旅美華裔作家莊因〈春愁〉一文中的兩個段落。這兩段文字，前段文字是讚美自己園中杏花之喜報春消息的可愛和不服老的精神，後段由迎春花英文名的不美寫到英語世界的人不懂名飾之美的遺憾。兩段文字在內容上大不相關，但作者運用一個關聯詞語"其實"，就順利地實現了兩段文字的對接，自然流暢。此可謂善運筆者。

運用"當然"、"可是"之類關聯詞語來實現段落間銜接的，也很多。例如：

第二次去時，新年剛過了不久，但一開始就很緊張，很少有餘暇及心情去欣賞那裏的風景。尤其是最初的一、二個月，讀書、寫信、想家，幾乎佔據了整個時間。常常傾聽屋簷下水晶的羌笛，吹起我八千里的鄉愁。到了三月中旬，雨夾雪雪夾雨的天氣忽然停止。草坪透出了綠意，然後是嫩黃的蒲公英和它的花球。榆樹上展出了一袋袋的新褶裙，白楊垂着一束束紫色的馬尾，各色的鬱金香，一朵朵不慌不忙地開出。知更、藍鳥、畫眉，各有牠們的鞦韆和譜子。當我低着頭匆匆走過林蔭道時，春天常常在我頂空落下一串半熟的鳥囀，似乎故意要引起我心中的共鳴：

早春落在我頭頂，

一串橢圓的鳥鳴。

使我不得不抬起頭來，

看牠臨風初詠的姿態。
使我注意到遠處的山嶺，
剛解開了她的裘襟。
在那雪水融融的溪邊，
野葷誕生於向陽的一面。
一球蒲公英險將我擊中，
那許是愛蜜麗的戲弄。

當然，在這樣的春天，神秘、異國的春天，使我自然而然地想到另一位我所喜愛的詩人。

可是落磯山的夏天，也是清新可喜的。那時，我的學分快唸滿了，而論文還未開始，經過了半年緊張生活，在清靜的暑校中，我去旁聽英詩。作了一次心靈的散步，大腦的假期。許多親切的名字和詩句，重新敲打我記憶的琴鍵；把煩人的數位和圖表，暫擱在一邊。

這是夏菁〈落磯山下〉一文中的三段文字，由落磯山的春天，寫到夏天，再及聽英詩，作心靈的散步，行文如行雲流水一般，各段落間轉接十分自然。這裏，兩個關聯詞語 "當然"、"可是" 的上下鈎連，功不可沒。

運用 "不過" 的，也是常見。例如：

母親讀 "天書" 怎麼又怨到父親頭上去了呢？原來父親白天在公立學校教書，夜晚卻到山腳下莊上教化鄉里子弟讀漢文。每逢週六週日，又騎 "自轉車" 到 "大墩" —— 台中市區偷學 "正音" 和 "廣東曲"（即今天的平劇和國樂）。母親氣父親不肯拔出時間來教她唸四書。

不過，幸好母親天資聰穎，居然後來居上，很快的能讀四書，也曾吟詩，比伯母們學得多。可是她仍然永遠記父親這一筆賬，說他情願教別人，不肯花時間教自己的妻子。

　　這是丘秀芷《兩老》中的兩段文字，前段說父親不肯教母親讀"四書"，卻教別人；後段說母親自學後來居上，能讀"四書"，能吟詩。兩段文字之間用"不過"一詞順利地實現了對接，顯得自然流暢，敍述井然。

　　運用關聯詞"於是"來銜接前後段落的，也平常而有效。例如：

　　下了糖廠的五分車，眼睛往四下裏搜尋，卻看不見平妹的影子。我稍感意外。也許她沒有接到我的信，我這樣想，否則她是不能不來的，她是我妻，我知道她最清楚。也許她沒有趕上時間，我又這樣想：那麼我在路上可以看見她。

　　於是我提着包袱，慢慢向東面山下自己的家裏走去。已經幾年不走路了，一場病，使我元氣盡喪，這時走起路來有點吃力。

　　這是鍾理和〈貧賤夫妻〉一文中的文字。這兩段的敍寫在內容上關聯性很大，如果不加關聯詞語銜接亦可。但作者用"於是"一詞一接，則使兩個段落上下過渡得更自然，語勢上更趨順暢，顯然這裏的關聯詞"於是"之用，效果是明顯的。

　　用"因此"（或"所以"）鈎連前後兩個段落的，亦屬多見。例如：

　　我認為死是悲哀的，無奈的，無助的。拿它一點辦法都沒有。

　　因此，在死的面前我感到絕望，因而在這絕望的面前，我的生，我親戚朋友的生，以及一切世人的生，以及一切生物的生，都有着一種哀惻的色彩，好像是曄白的日光照不透的，隱隱存在着。

　　這是孟東籬〈死的聯想〉中的兩段文字，前段是作者對死之無法迴避的悲哀觀點，後段談自己對於人類及一切生物生之隱存的哀惻，兩者在邏輯上一為因，一是果，因此作者以關聯詞"因此"將兩段綰合於一起，在語義與語勢上都顯得順貼自然，效果顯然。

　　以關聯詞"然而"（或"但是"）來鈎連前後兩段落的，也相當普遍。例如：

　　所以中國的國魂裏大概總有這兩種魂：官魂和匪魂。這也並非硬要將我輩的魂擠進國魂裏去，貪圖與教授名流的魂為伍，只因為事實彷彿是這樣。社會諸色人等，愛看《雙官誥》，也愛看《四傑村》，望偏安巴蜀的劉玄德成功，也願意打家劫舍的宋公明得法；至少是受了官的恩惠時候則艷羨官僚，受了官的剝削時候便同情匪類。但這也是人情之常；倘使連這一點反抗心都沒有，豈不就成為萬劫不復的奴才了？

　　然而國情不同，國魂也就兩樣。記得在日本留學時候，有些同學問我在中國最有大利的買賣是甚麼，我答道："造反。"他們便大駭怪。在萬世一系的國度裏，那時聽到皇帝可以一腳踢落，就如我們聽說父母可以一棒打殺一般。為一部分士女所心悅誠服的李景林先生，可就深知此意了，要是報紙上所載非虛。今天的《京報》即載着他對某外交官的談話道："予預計於舊曆正月間，當能與君在天津晤談；若天津攻擊竟至失敗，則擬俟三四月間捲土重來，若再失敗，則暫投土匪，徐養兵力，以待時機"云。但他所希望的不是做皇帝，那大概是因為中華民國之故罷。

　　這是魯迅〈學界的三魂〉中的兩段文字，前段論證中國的國魂裏確實存在的兩種魂：官魂與匪魂；後段轉入"國情不同，國魂也就兩樣"的論點及對軍閥李景林皇帝做不成要當土匪的談話的諷刺上來。兩段文字意思上有轉變，故作者以一"然而"轉接之，自然流暢，前後兩段語氣亦順暢貫通。

　　運用關聯詞語來實現段落間的銜接，比較簡捷，雖然普通，但卻頗有效。很多段落間儘管可以不用關聯詞語銜接，邏輯關係也很清楚，但在語勢的貫通和表達的自然流暢方面則不及用關聯詞語來得好。因此，恰切地選用關聯詞語來實現段落間的銜接，是很有必要的，而且由上述諸例分析看也確有相當好的修辭效果。

第 10 章

篇章起首的策略
—— 千丈的繩子，還須從頭搓起

> 　　説禽獸交合是戀愛未免有點褻瀆。但是，禽獸也有性生活，那是不能否認的。牠們在春情發動期，雌的和雄的碰在一起，難免"卿卿我我"的來一陣。固然，雌的有時候也會裝腔作勢，逃幾步又回頭看，還要叫幾聲，直到實行"同居之愛"為止。禽獸的種類雖然多，牠們的"戀愛"方式雖然複雜，可是有一件事是沒有疑問的：就是雄的不見得有甚麼特權。

　　這是魯迅〈男人的進化〉一文的起首。看了這段文字，你想再讀下去嗎？

　　想！

　　那麼，為甚麼想？

　　寫得好，有味道。

　　中國有句老話，叫做"好的開頭，是成功的一半。"又有俗語說："千丈的繩子，還須從頭搓起。"可見，事情的開頭作用有多麼的重要！

　　對於文章來說，道理也是一樣。一篇文章，如果有個好的起首，一般總能給讀者留下一個先入為主的深刻印象，讓人有讀下去的慾望。如此，自然算得上是篇好文章了。上面我們所舉魯迅文章的開頭一段，之所以一讀之下，便有讓人欲罷不能，必欲一氣讀下而後快之感，就是它的起首成功，這是魯迅在篇章起首語言策略上苦心經營的結果。

有關篇章起首（即開頭）對於一篇文章的重要性，其實前人早有論述。記得清人方東樹《昭昧詹言》有云："詩文以起為最難，妙處全在此。精神全在此。必要破空而來，不自人間，令讀者不測其所開塞之妙。"其實，不僅中國的古人懂得這個道理，外國作家中也多有與此不謀而合的見解。如法國作家狄德羅在談戲劇創作時曾說："一個劇本的第一幕也許是最困難的一部分。要由它開端，要使它能夠發展，有時候要由它表明主題，而總要它承前啟後。"（《論戲劇藝術》）前蘇聯著名作家高爾基亦談到作品開頭之難及其重要性："最難的是開頭，也就是第一句。就像在音樂中一樣，第一句可以給整篇作品定一個調子，通常要費很長時間去尋找它。"（《高爾基論文學》）[1] 由此可見，對於篇章起首，我們是不能不講求一點語言策略的。

那麼，篇章起首到底有哪些有效的語言策略呢？

一般說來，文章的起首方式是沒有甚麼一定規律，因為不同的作者有不同的行文風格和入題愛好傾向，有些人可能習慣於開門見山，而另一些人則可能喜歡"從崑崙山發脈"，以緩筆或側筆上題。另外，不同的文體和不同的文章內容也會對作者選擇起首方式有不同程度的制約或影響。因此，文章起首的具體方式方法也就只能是多種多樣的。但是，從整體來說，比較有效且常為古往今來的人們所沿用的起首方式，則還是有限的，可以歸納出來。大致說來，從起首文字與全文主題或內容是否有直接關係上區分，可將起首方式分為"開門見山"式與"款款入題"式；

---

① 轉引自溫湲主編《藝林妙語》第 302 頁，上海文藝出版社，1995 年 7 月。

從表達效果上考察，則可區分為“平淡質樸”式與“新穎奇特”式。[2] 下面就分而述之。

一、打開窗戶說亮話，“開門見山”式：昨夜睡夢中，我又夢到了母親

　　人們遇到要支援自己主張的時候，有時會用一枝粉筆去搗對手的臉，想把他弄成丑角模樣，來襯托自己是正生。但那結果，卻常常適得其反。

　　章士釗先生現在是在保障民權了，段政府時代，他還曾保障文言。他造過一個實例，說倘將“二桃殺三士”用白話寫作“兩個桃子殺了三個讀書人”，是多麼的不行。這回李焰生先生反對大眾語文，也贊成“靜珍君之所舉，‘大雪紛飛’，總比那‘大雪一片一片紛紛的下着’來得簡要而有神韻，酌量採用，是不能與提倡文言文相提並論”的。

　　我也贊成必不得已的時候，大眾語文可以採用文言，白話，甚至於外國話，而且事實上，現在也已經在採用。但是，兩位先生代譯的例子，卻是很不對勁的。那時的“士”，並非一定是“讀書人”，早經有人指出了；這回的“大雪紛飛”裏，也沒有“一片一片”的意思，這不過特地弄得累墜，掉着要大眾語丟臉的槍花。

　　白話並非文言的直譯，大眾語也並非文言或白話的直譯。在江浙，倘要說出“大雪紛飛”的意思來，是並不用“大雪一片一片紛紛的下着”的，大抵用“兇”，“猛”或“厲害”，

---

② 參見倪寶元主編《大學修辭》第413頁相關的提法，但本書對其所作的分類標準和名稱都作了較大的調整修正，上海教育出版社，1994年。

來形容這下雪的樣子。倘要"對證古本"，則《水滸傳》裏的一句"那雪正下得緊"，就是接近現代的大眾語的説法，比"大雪紛飛"多兩個字，但那"神韻"卻好得遠了。

　　一個人從學校跳到社會的上層，思想和言語，都一步一步的和大眾離開，那當然是"勢所不免"的事。不過他倘不是從小就是公子哥兒，曾經多少和"下等人"有些相關，那麼，回心一想，一定可以記得他們有許多賽過文言文或白話文的好話。如果自造一點醜惡，來證明他的敵對的不行，那只是他從隱蔽之處挖出來的自己的醜惡，不能使大眾羞，只能使大眾笑。大眾雖然智識沒有讀書人的高，但他們對於胡説的人們，卻有一個謚法：繡花枕頭。這意義，也許只有鄉下人能懂的了，因為窮人塞在枕頭裏面的，不是鴨絨：是稻草。

　　這是魯迅〈"大雪紛飛"〉一文的全篇，讀了起首一段，我們便知全文主要意旨。簡潔明了，直截了當，乾淨利落，立馬就給人一種君子坦蕩蕩的感覺，使人不得不信服他的觀點。

　　那麼，何以有這種效果呢？這就是魯迅運用"開門見山"式起首策略的結果。

　　所謂"開門見山"式起首策略，即於文章的開頭，或直接亮出全文的主旨或者作者的基本觀點，或直接交待文章的主要內容或者相關內容，以使接受者有一個先入為主的深刻印象的起首方式。"開門見山"式起首，雖然很平常，但確是一種很有效的起首策略。因為這種起首方式能使接受者易於把握文章的主旨或內容，從而實現表達者傳達自己的思想或感情，引發接受者接受或產生共鳴的交際目標。能夠達成這樣的接受效果，表達者（作者）自然就是修辭成功了。

　　在上引一文中，魯迅於文章開頭一段就全盤交待了全文主旨。"五·四"新文化運動時期，章士釗為了反對白話文和大眾語、維護文言文，曾造過一個實例，將"二桃殺三士"譯成"兩個桃子殺了三個讀書人"的白話來醜詆白話文；20 世紀 30 年代《新壘》月刊主編李焰生也反對大眾語文，也贊成"靜珍君之所舉，'大雪紛飛'，總比'大雪一片一片紛紛的下着'來得簡要而有神韻"。魯迅此文即是通過此二例批駁守舊派人士"自造一點醜惡，來證明他的敵對的不行"的方法是可笑的，結果適得其反，自己出醜。很明顯，上引此文的起首一段文字，已將全文主旨説得很清楚了。下面的四個段落，只是舉例和論述，證明首段的觀點而已。由於此文首段即開門見山地點出了全文主旨，使讀者一開始便對作者全文的觀點有了一個先入為主的印象，等到讀完下文四段的論述，則又更加深了對首段所提示的全文主旨的認識和深刻印象，就會情不自禁地贊成作者的觀點，與作者達成思想與情感的共鳴。可見，這種"開門見山"式的起首修辭策略是成功的。

"開門見山"式起首策略看起來平淡無奇，但它實際上是一種"大巧若拙"的修辭策略，是沒有技巧的技巧，運用起來效果明顯，所以很多有名的作家都喜歡選擇這種起首策略。例如：

> 昨夜睡中，我又夢到了母親。

這是台灣作家張過〈昨夜，慈母又入夢〉一文的首句，也是開門見山地交待了全文主旨。此文是作者於"離開母親四十多年了，在此一段悠長的歲月中，除了不時睡中夢到母親，平日母子之間信息渺然。還有在想像中，母親必是朝夕倚門瞻望，從日出望到日落，從月虧望到月圓，企盼她的獨子歸去"的刻骨思念的情形下寫成的深情憶母之作。為了凸顯作者對其二十四歲即守寡，獨力撫育作者長大，現時在祖國大陸的老母的深切思念之情，作者採用了"開門見山"式的起首策略，凌空起勢，突兀入題："昨夜睡中，我又夢到了母親"，直捷、深切的情意，刻骨的思念，於樸質的語言中展露得淋漓盡致，使人讀之情不自禁地為之心靈震憾。很明顯，這一起首策略是非常成功的。如果採用"款款入題"等其他起首方式，其所產生的接受效果就不及作者這裏所採用的"開門見山"起首方式好。

二、風擺荷葉細移步，"款款入題"式：台北的雨季，濕漉漉、冷淒淒、灰暗暗的

"

彷彿記得一兩個月之前，曾在一種日報上見到記載着一個人死去的文章，說他是收集"小擺設"的名人，臨末還有依稀的感喟，以為此人一死，"小擺設"的收集者在中國怕要絕跡了。

但可惜我那時不很留心，竟忘記了那日報和那收集家的名字。

現在的新的青年恐怕也大抵不知道甚麼是"小擺設"了。但如果他出身舊家，先前曾有玩弄翰墨的人，則只要不很破落，未將覺得沒用的東西賣給舊貨攤，就也許還能在塵封的廢物之中，尋出一個小小的鏡屏，玲瓏剔透的石塊，竹根刻成的人像，古玉雕出的動物，銹得發綠的銅鑄的三腳癩蝦蟆：這就是所謂"小擺設"。先前他們陳列在書房裏的時候，是各有其雅號的，譬如那三腳癩蝦蟆，應該稱為"蟾蜍硯滴"之類，最末的收集家一定都知道，現在呢，可要和它的光榮一同消失了。

那些物品，自然決不是窮人的東西，但也不是達官富翁

家的陳設，他們所要的，是珠玉綴成的盆景，五彩繪畫的磁瓶。那只是所謂士大夫的"清玩"。在外，至少必須有幾十畝膏腴的田地，在家，必須有幾間幽雅的書齋；就是流寓上海，也一定得生活較為安閒，在客棧裏有一間長包的房子，書桌一頂，煙榻一張，癮足心閒，摩挲賞鑒。然而這境地，現在卻已經被世界的險惡的潮流沖得七顛八倒，像狂濤中的小船似的了。

然而就是在所謂"太平盛世"罷，這"小擺設"原也不是甚麼重要的物品。在方寸的象牙版上刻一篇〈蘭亭序〉，至今還有"藝術品"之稱，但倘將這掛在萬里長城的牆頭，或供在雲岡的丈八佛像的足下，它就渺小得看不見了，即使熱心者竭力指點，也不過令觀者生一種滑稽之感。何況在風沙撲面，狼虎成群的時候，誰還有這許多閒工夫，來賞玩琥珀扇墜，翡翠戒指呢。他們即使要悅目，所要的也是聳立於風沙中的大建築，要堅固而偉大，不必怎樣精；即使要滿意，所要的也是匕首和投槍，要鋒利切實，用不着甚麼雅。

美術上的"小擺設"的要求，這幻夢是已經破掉了，那日報上的文章的作者，就直覺地知道。然而對於文學上的"小擺設"——"小品文"的要求，卻正在越加旺盛起來，要求者以為可以靠着低訴或微吟，將粗獷的人心，磨得漸漸的平滑。這就是想別人一心看着《六朝文絜》，而忘記了自己是抱在黃河決口之後，淹得僅僅露出水面的樹梢頭。

這是魯迅〈小品文的危機〉一文中的前幾個段落。全文到底要表達甚麼意旨，讀了第一段，不知道，讀了第二段，還不知道，但這並不使讀者不耐煩，反而饒有興味，悠然讀下去，覺得別有意趣。

　　那麼，這是何故？這是因為魯迅這裏運用了一種叫做“款款入題”式的起首策略。

　　所謂“款款入題”式起首策略，就是於文章開始並不急於宣示文章主旨，而是採取先講一個故事，或先說與主題無直接關係甚或沒有關係的內容，然後慢慢自然導入正題，亮出文章意旨的一種起首方式。這種起首方式，也是常見常用的，但不失為一種有效的起首策略。如果我們對中國古典小說有所了解的話，就會知道，在宋元話本小說及明清擬話本小說中，這是一種最基本的起首修辭策略。它的做法是常常於小說的開首講一個與小說內容有關甚或無關的故事，或由一首詩詞起首，然後再入正題，可算是“款款入題”式起首修辭策略的典型範本。一般說來，“款款入題”式起首策略，由於表達上起筆舒緩，有相當的鋪墊，因而在接受上往往有娓娓道來，引人入勝的效果。特別是那些鋪墊引渡得好的文字，往往能激發接受者步步深入，窮其究竟的閱讀欲望，這對表達者所欲達到的修辭目標明顯是很有利的。因此，很多作家採用這種起首策略，也是很有道理的。

　　上引文字，魯迅寫到第六段才終於上題，談到文章主旨要談的“小品文”問題。這篇文章寫於 1933 年，文章主旨文末有明確宣示：“小品文就這樣的走到了危機。但我所謂危機，也如醫學上所謂‘極期’（Krisis）一般，是生死的分歧，能一直得到死亡，也能由此至於恢復。麻醉性的作品，是將與麻醉者和被麻醉者同歸於盡的。生存的小品文，必須是匕首，是投槍，能和讀者一同殺出一條生存的血路的東西；但自然，它也能給人愉快和休息，然而這並不是‘小擺設’，更不是撫慰和麻痺，它給人的愉快和休息是休養，是勞作和戰鬥之前的準備。”由此可見，作者前五段談鏡屏、扇墜、象牙雕刻等等“小擺設”，目的是要引出第五段末幾句：“何況在風沙撲面，狼虎成群的時候，誰還有這許多閒工夫，來賞玩琥珀扇墜，翡翠戒指呢。……所要的也是匕首和投槍，要鋒利而切實，用不着甚麼雅"。並由此逼出小品文要擺脫危機，應該直面現實，要成為批判現實的匕首和投槍的主旨。由於作者用了相關內容的五段文字作了鋪墊，引渡巧妙，就自然順暢地引領讀者步步深入地接近作者預設的目標 —— 了解全文真正用意，以此達成了與作者思想情感的共鳴。

下面我們再來看一例：

> 台北的雨季，濕漉漉、冷淒淒、灰暗暗的。
>
> 滿街都裹着一層黃色的膠泥。馬路上、車輪上、行人的鞋上、腿上、褲子上、雨衣雨傘上。
>
> 我屏住一口氣，上了 37 路車。車上人不多，疏疏落落的坐了兩排。所以，我可以看得見人們的腳和腳下的泥濘 —— 車裏和車外一樣的泥濘。
>
> 人們瑟縮的坐着，不只是因為冷，而是因為濕，這裏冬季這"濕"的感覺，比冷更令人瑟縮，這種冷，像是浸在涼水裏，那樣沉默專注而又毫不放鬆的浸透着人的身體。
>
> 這冷，不像北方的那種冷。北方的冷，是呼嘯着撲來，鞭打着、撕裂着、呼喊着的那麼一種冷。冷得你不只是瑟縮，而且冷得你打顫，冷得你連思想都無法集中，像那呼嘯着席捲荒原的北風，那麼疾迅迷離而捉不住蹤影。
>
> 對面坐着幾個鄉下來的。他們穿着尼龍夾克，腳下放着籃子，手邊豎着扁擔。他們穿的是膠鞋。膠鞋在北方是不行的。在北方，要穿"氈窩"。尼龍夾克，即使那時候有，也不能阻擋那西北風。他們非要穿大棉襖或老羊皮袍子不可的。頭上不能不戴一頂氈帽或棉風帽。旁邊有一個人擤了一筒鼻涕在車板上，在北方，冬天裏，人們是常常流鼻涕的，那是因為風太凜

冽。那讓人喘不過氣來的猛撲着的風，總是催出人們的鼻涕和眼淚。

車子一站一站的開行着。外面是灰蒙蒙的陰天，覆蓋着黃濕濕的泥地。北方的冬天不是這樣的。它要麼就是一片金閃閃的晴朗，要麼就是一片白晃晃的冰雪。這裏的冷，其實是最容易捱過去的，在這裏，人們即使貧苦一點，也不妨事的，不像北方……

車子在平交道前煞住，我突然意識到，我從一上了車子，就一直在想着北方。

那已經不是鄉愁，我早已沒有那種近於詩意的鄉愁，那只是一種很動心的回憶。回憶的不是那金色年代的種種苦樂，而是那茫茫的雪、獵獵的風；和那穿着老羊皮袍、戴舊氈帽、穿“老頭樂氈窩”的鄉下老人，躬着身子，對抗着呼嘯猛撲的風雪，在“高處不勝寒”的小鎮車站的天橋上。

那老人，我叫他“大爹”，他是父親的堂兄。……

　　這是台灣作家羅蘭〈那豈是鄉愁〉中的幾段文字。作者用了七段文字才切入正題，回憶自己在中國大陸的“大爹”在風雪中的小站天橋上頂風接回自己的往事。作者之所以不從第八段開始寫起，而是費辭地從台北的雨季，台北人雨天的衣着、台北公車上幾個鄉下人的衣和鞋以及台北的冷、台北的風與北方的不同寫起，目的是由此景引彼景，借景生情，自然而然地凸顯出作者對北方故鄉、對大爹的深切懷念之情，鄉愁的濃烈逼人而來，令讀者不得不一氣讀畢，了解作者全文的用意。因此，這種起首策略，儘管有點費辭，但卻能引人入勝。同時，舒緩的節奏，足夠的鋪墊，正好匹配全文深情的格調氛圍，令讀者在作者深情娓娓的敍述中深切感受到作者對故鄉、對大爹的深情深意，達成與作者的情感共鳴。可見，作者的這種起首方式，和上例魯迅的起首方式一樣，也是一種修辭策略，達到了很好的效果，是成功的策略。

三、淡淡羅衫淡淡裙，"平淡質樸"式：在電影院裏，我們大概都常遇到一種不愉快的經驗

> 《詩經》在中國文學上的位置，誰也知道，它是世界上最古的有價值的文學的一部，這是全世界公認的。

這是胡適〈談談《詩經》〉一文的起首。純粹的大白話，好像甚麼技巧也沒有，但讀來卻別有一種韻味，就如他的許多古典小說考證的文字一樣，令人着迷感歎。

那麼，胡適的這一起首文字何以有此魅力呢？這是他運用"平淡質樸"式的起首修辭策略，運用得當、得體的結果。

所謂"平淡質樸"式起首策略，是指在文章的開頭部分以質樸無華的語言文字敍寫，幾乎不用甚麼華麗的詞藻，也不用甚麼修辭策略來刻意圖妙謀巧的一種起首方式。這種起首策略看似平常，實際是另一種修辭境界 —— "樸"，是"所謂'繁華落盡見真醇'。是李白所標榜的'清水出芙蓉，天然去雕飾'。這種'樸'的境界，沒有刻意雕琢，表面上並不怎麼惹眼，似乎也不見絢爛奪目的絕妙好辭，可是細細體味之下，卻是真摯感人，餘韻無窮。正如同西施之美，粗服亂頭，難掩國色天香"。③ 只有真正懂得"樸"之價值的大家，才懂得這種"平淡質樸"的起首策略的意義。著名詩人艾青曾説過："樸素是對於詞藻的奢侈的摒棄，

---

③ 沈謙《修辭學》第 4 頁，台灣空中大學印行，1996 年。

是脱去了華服的健康的袒露；是掙脱了形式的束縛的無羈的步伐；是擲給空虛的技巧的寬闊的笑。"（《論詩》）正因為如此，很多文學大家都喜歡採用"平淡質樸"式起首方式。

上引文字是胡適〈談談《詩經》〉一文的開頭部分。這篇文章的正文前有段説明的文字："這是民國十四年九月在武昌大學講演的大意，曾經劉大傑君筆記，登在《藝林旬刊》（《晨報副刊》之一）第二十期發表；又收在藝林社《文學論集》。筆記頗有許多大錯誤。現在我修改了一遍，送給顧頡剛先生發表在《古史辨》裏。"作為一篇文學講演，又作為修改後發表出來的文章，本來是應該講究些修辭策略的，將起首寫説得生動些才是，然而胡適沒有。僅以上引的一個主謂句，兩個判斷句起首，平淡質樸，但表達上卻顯得清楚、有力。同時，與全文學術講演的內容十分合拍，有一種"繁華落盡見真醇"的質樸自然美。很明顯，胡適的這種起首策略是成功的。

胡適的學術文章以平實的大白話行文但不乏韻味而聞名，他的朋友梁實秋的散文亦以具同樣風格而見稱。而且梁實秋的散文和胡適的學術文章一樣，起首常採"平淡質樸"式。例如：

> 在電影院裏，我們大概都常遇到一種不愉快的經驗。在你聚精會神的靜坐着看電影的時候，會忽然覺得身下坐着的椅子顫動起來，動得很勻，不至於把你從座位裏掀出去，動得很促，不至於把你顛搖入睡，顫動之快慢急徐，恰好令你覺得他討厭。大概是輕微地震罷？左右探察震源，忽然又不顫動了。在你剛收起心來繼續看電影的時候，顫動又來了。如果下決心尋找震源，不久就可以發現，毛病大概是出在附近的一位先生的大腿上。他的足尖踏在前排椅撐上，繃足了勁，利用腿筋的彈性，很優遊的在那裏發抖。如果這拘攣性的動作是由於羊癲

> 瘋一類的病症的暴發，我們要原諒他，但是不像，他嘴裏並不
> 吐白沫。看樣子也不像是神經衰弱，他的動作是能收能發的，
> 時作時歇，指揮如意。若說他是有意使前後左右兩排座客不得
> 安生，卻也不然。全是陌生人無仇無恨，我們站在被害人的立
> 場上看，這種變態行為只有一種解釋，那便是他的意志過於集
> 中，忘記旁邊還有別人，換言之，便是"旁若無人"的態度。

這是梁實秋〈"旁若無人"〉一文的起首一段，批評電影院中那些"旁若無人"者的行為。這段起首文字幾乎沒有用任何修辭手法來刻意營構，也沒有用甚麼典雅的詞句，全以平白樸素的大白話敍而出之，但在表達效果上卻顯得幽默辛辣，意味無窮。真可謂是達到了"質樸真醇，自然高妙"的化境。可見，"平淡質樸"式的起首方式，也是一種很高的修辭策略，而且是只有真正的大家才能運用得好的策略，是一種"大巧若拙"的策略。

四、小頭鞋履窄衣裳，"新穎奇特"式：長短句的詞起於何時呢？是怎樣起來的呢

> 長短句的詞起於何時呢？是怎樣起來的呢？

這是胡適的學術論文〈詞的起源〉中的開頭一段，讀之與一般學術論文的格調品位大不一樣。何也？這是胡適採用了"新穎奇特"式起首修辭策略的結果。

所謂"新穎奇特"式起首策略，是一種特別講究修辭技巧，力求文辭靈動巧妙，注重表達新異性的起首方式。這種起首策略，由於表達上的生動性、鮮活性的特徵，易於迅速抓住接受者的注意力，使之咀嚼品味，印象深刻，往往有一種先聲奪人的效

果。因此，很多修辭者都喜歡採用這一起首策略。

　　上引胡適〈詞的起源〉一文的起首文字，即屬此類策略的運用。此文是一篇論述和考證詞的起源的學術論文，作者卻以上引的兩個設問句起首，這明顯是在追求一種先聲奪人的表達效果。因為這一起首的兩句是兩個運用了設問修辭策略的修辭文本，表達上有一種加強語意，吸引接受者注意力的效果。由於此文是一篇學術論文，此類表達方式一般不可能運用，這就加強了這一起首方式的新異性特質，令讀者印象特別深刻。同時，易於引發讀者對後文乏味枯燥的考證論述的興味，以期達到讓讀者對自己所得出的考證結論有一個深刻的印象。如果作者不以這種突破常規的奇特方式起首，而是依學術論文的規範模式進行，讀者特別是一般讀者就無多少興味讀下去了。很顯然，胡適此文所採用的起首策略是充滿智慧的。

　　胡適是文學大家和學術大師，他自有不同於常人的手筆。下面我們再來看看他的得意弟子李敖手段又是如何：

　　　1935 年的世界是一個多變的世界。這一年在世界上，波斯改國號叫伊朗了、英國鮑爾溫當首相了、墨西哥革命失敗了、意大利墨索里尼身兼八職並侵略阿比西尼亞了、法國賴伐爾當總理了、挪威在南極發現新大陸了、德國希特勒撕毀凡爾賽條約擴張軍力了、捷克馬薩利克辭掉總統職務了、土耳其凱末爾第三次連任總統了、菲律賓脫離美國獨立了。這一年在中國，禍國殃民的蔣介石內鬥內行，大力"剿共"，逐共中原；但外鬥外行，對日本鬼子卵翼的政權，瞪眼旁觀、無能為力：在長城以內，殷汝耕成立了冀東政府；在長城以外，溥儀頭一年就稱帝於"滿洲國"，那正是 1931 年"九一八事變"後兩年半，也正是蔣介石喪權辱國、貫徹"不抵抗主義"後兩年半，

> 1935 年到了，兩年半變成了三年半，"滿洲國"使中國東北變成了"遺民"地區，而我，就是"遺民"中的一位。
>
> 　1935 年 4 月 25 日，我生在中國東北哈爾濱。……

　　這是李敖在其所著《李敖回憶錄》一書的起首一段，採用的也是"新穎奇特"式起首策略。一般說來，回憶錄這種文體應該平實地記事敘事就可以了。但是，在李敖筆下，回憶錄的開頭一段寫得極其奇特，讀之令人終身難忘。由十個"了"組成的句式構成了奇特的排比修辭文本，給讀者以強烈的視覺刺激，使之留下深刻的印象，真可謂是先聲奪人，突出強調了 1935 年是多事不尋常的年頭，極大地引發了讀者對這年出生的傳主李敖不平凡的人生歷程的濃厚興味，急欲一氣讀完其回憶錄，了解其傳奇的一生。如果李敖不以上引"新穎奇特"的起首策略，而是按常規回憶錄的寫法，說："1935 年是多事的一年，這年 4 月 25 日，我出生於中國東北哈爾濱。"那麼，讀者一定沒有多少興味讀完全本回憶錄的。可見，"新穎奇特"式起首策略確實很有效果，特別是對於那些篇幅較長或內容比較枯燥的作品，新穎奇特的起首尤其重要，上述二例都有力地證明了這一點。

　　應該指出的是，上述諸例的歸類，我們都是每次以一個標準來看的。如果某種起首方式同時以不同標準、從不同角度來看，則可能同時屬於兩種起首策略。如《李敖回憶錄》的起首文字，如果我們以表達效果為標準，它是屬於"新穎奇特"式；若以與全篇主旨或內容有無直接關係為標準，則屬於"款款入題"式。其他諸例亦應作如是觀。

第 11 章

篇章結尾的策略

—— 馬屁股上放鞭炮,最後一擊

> 好幾年前,《讀者文摘》有一篇說鼾的小文。於分析描述打鼾的種種之後,篇末畫龍點睛的補上一筆:"鼾聲是不是討人厭,問寡婦。"

這是梁實秋《鼾》一文的結尾。

讀到這裏,你會了然無念,不再回味一番嗎?

不可能!

為甚麼不可能?

有餘味,讓你放不下,不能不回味。

中國有句老話,叫做"善始善終"。如果一個人做了一輩子好事,或創造了很多豐功偉業,晚年因為做了一件壞事或不檢點的事,那叫"晚節不保",一輩子的功業都毀於一旦。如果一個人做一件事情,開始幹得極認真,極漂亮,臨結束放鬆了要求,馬馬虎虎收場,這件事也白幹了,人們會說他"虎頭蛇尾",那麼他就前功盡棄了。

對於文章來說也是一樣,一個好的開頭能給人一個先聲奪人的印象,這固然重要;但一個好的結尾,結得讓人意猶未盡,浮想聯翩,回味無窮,那同樣也是非常重要的。

關於結尾的重要性,中國歷來的文章學家和修辭學家都是十分重視的。元人楊載《詩法家數》有云："詩結尤難，無好結句，可見其人終無成也。"明人謝榛《四溟詩話》論律詩亦有此意："律詩無好結句，謂之虎頭鼠尾。"明人王驥德《曲律》論曲有云："尾聲以結束一篇之曲，須是愈着精神，末句更得一極俊語收之，方妙。"清人李漁《閒情偶寄·詞曲部》論"大收煞"時說："收場一出，即勾魂、攝魄之具，使人看過數日而猶覺聲音在耳、情節在目者，全虧此曲撒嬌，作臨去秋波那一轉也。"這些雖然只是就詩、曲等而言，實際是對所有文體都是適用的，即所有的文章都應該特別重視結尾。不僅中國的古人懂得結尾的重要性，外國人對此也有深刻的體認。如前蘇聯文學理論家愛森斯坦就曾指出："在該結束的地方結束，這是一種偉大的藝術。"（《愛森斯坦論文選集》）[1] 一篇文章不僅要在結尾時收得住，而且要收得好，這確是一種為文的高度藝術，是值得修辭學家們深入研究的課題。

結尾的方式，在不同文體、不同內容的文章中，不同的作者，都會有很多處理模式。不過，從修辭的角度看，真正具修辭學價值且為歷來修辭學家較為肯定的結尾模式，主要有"卒章顯其志"、"曲盡音繞樑"和"清水出芙蓉"、"濃抹百媚生"兩組四種。前一組兩種，是從結尾是否直接宣示全文主旨的角度區分出來的結尾類型，後一組是就結尾的表現風格來分類的。[2] 下面我們就分而述之。

一、日出遠岫明，"卒章顯其志"式：現在卻只有這位老禪師獨自靜坐了

> 當初，白蛇娘娘壓在塔底下，法海禪師躲在蟹殼裏。現

---

① 轉引自溫洨主編《藝林妙語》第 303 頁，上海文藝出版社，1995 年 7 月。

② 參見倪寶元主編《大學修辭》第 416 頁相關的提法，但本書對其所作的分類標準和名稱都作了較大的調整修正。上海教育出版社，1994 年。

在卻只有這位老禪師獨自靜坐了，非到螃蟹斷種的那一天為止出不來。莫非他造塔的時候，竟沒有想到塔是終究要倒的麼？

　　活該！

　　這是魯迅〈論雷峰塔的倒掉〉一文的結尾文字。結得坦誠，結得真誠，達意不含糊其詞，傳情不忸怩作態，"明明白白我的心"，坦露"一份真感情"，讀之讓人為之深切感動，情不自禁與之產生情感與思想的共鳴。

　　那麼，何以至此？這是魯迅運用"卒章顯其志"式的結尾策略的結果。

　　所謂"卒章顯其志"式的結尾策略，是一種於全文結尾時，用簡要的語句概括全文主旨以宣示於接受者的結尾方式。這種結尾方式雖然顯得直露了點，有"言止意盡"之嫌，但它有一個根本而顯明的優點，這就是易於令接受者迅速準確地把握文章的主旨，從而讓接受者產生情感或思想的共鳴。同時，在表達上亦有畫龍點睛、清楚有力的效果。因此，這種結尾模式看起來平常，實則也是一種很好的修辭策略。所以，很多文章大家常常運用之。

　　上引魯迅〈論雷峰塔的倒掉〉一文的結尾部分，即屬此類。此文由聽說杭州雷峰塔倒掉的消息引起，講了許仙與白蛇娘娘以及白蛇與法海和尚鬥法失敗被壓於塔下的故事，再講到法海和尚被玉皇大帝斥怪追拿而躲入蟹殼內不得出來的民間傳說。如果作者僅僅拉雜地講完這些故事就收束全文，那麼這篇文章也就沒有甚麼意義，接受者也不能從中獲取甚麼教益，那麼，這篇文章的修辭目標就沒有實現，是失敗的。但是，由於作者在故事講完後於全文之末綴上了上引的這兩段文字作結語，立即就深化了主題，揭示了全文的主旨，表明了作者的態度──象徵壓迫中國婦女的雷峰塔應該倒掉，象徵壓迫婦女的封建勢力的法海不能再逞狂。這樣，接受者就能迅速了知全文主旨，了解作者的情感態度，特別是"活該"尾二字的斬釘截鐵語氣，更能深深感染接受者，使其與作者達成情感與思想的共鳴。很明顯，魯迅的這種結尾策略是成功的，若採用其他結尾策略，恐難達到上述的表達效果。

下面我們再來看看另一位文學大師梁實秋的手筆：

> 饞非罪，反而是胃口好、健康的現象，比食而不知其味要好得多。

這是梁實秋〈饞〉一文的結尾部分，也是採用"卒章顯其志"式。這篇談吃的小品文，全文講了很多古今與美食及饞相關的故事，最後，作者亮出了自己對"饞"這一人們普遍認為不太光彩觀念的相反見解。很明顯，這種概括性的結語具有畫龍點睛的效果，作者的觀點思想由此顯得清楚明白，表達有力，不含糊，不閃避，旗幟鮮明，易於接受者把握，也易於接受者迅速接受作者所欲傳達的思想或情感，實現作者的修辭目標。如果作者不"卒章顯其志"地將自己的觀點亮出，接受者就不能真正了知作者對"饞"的看法，因而作者意欲傳達給接受者的思想也就不能傳達，那麼文章所欲達到的交際目標也就不能實現。因此，我們認為梁實秋此文的結尾策略也是成功的。

二、作別語依依，"曲盡音繞樑"式：我最近在周遭的世界中又發現了另一種畜牲

> 那時候，已經是深秋了。那天晚上十點多鐘從南部一個小鎮的火車站上了火車開進城裏，天又冷雨點又很密。大家都

有點酒意。朋友説，今天晚上非去一去不可。

在翰詩德的地道車站門口還等不到計程車。雨把酒意都給攪掉了。那是一個很高尚的住宅區。酒館沒有關門，酒館裏流出來的燈光很古典。我們走了好長一段路才叫到一部計程車。開到那條路上又摸不清門牌。我們下車走了一段路才找到那幢古老的房子。樹影婆娑，雜草亂石把整個前院點綴得很傷感。

開門的就是他。我一眼看到他的手指又瘦又長又白，像鋼琴的琴鍵。他説他們剛去參加了音樂會回來。他立即替我們弄酒。朋友説他人很健談，很衝動。我也覺得他整個人像鋼琴琴鍵上飛舞的手指。

地板鋪上厚厚的獸皮。兩間客廳，一間擺了一壁的書；有幾部是文革前內地版的書，一間廳裏擺着兩架大鋼琴，一套軟得教你一坐下來就想到夢的椅子。

喝酒抽煙的時候我們談到文革，談到劉少奇談到王洪文談到那個翻譯家的死。我們後來又談到他的新夫人，談到潘金蓮，談到李瓶兒，談到南朝鮮北朝鮮。新夫人下樓的時候我們已經喝掉了半瓶威士忌。

新夫人像畢卡索寫的人像。她人很長，頭髮很直，穿一套很鬆的衣服，大概是睡衣。畢卡索素描的線條總是很瘦很長。我覺得她像一盞密室中的燭光：看起來很定，其實隨時會跳躍，會熄滅。

我有點擔心。就像我擔心他怎麼有足夠的英文單字去應付日常的對話一樣。不過，我們的交談馬上從國語轉為英語了。因為新夫人除了會説她的國家的話之外，只會説英語。當然，她的英語也並不太好。據説她在紐約呆了很久。可是，就因為“紐約”這兩個字的發音，他們夫婦倆那天晚上幾乎就翻臉了。我不知道他們兩個的距離為甚麼會那麼遠。我只覺得兩個不同種族的人結婚到底會有一大段距離。事實上，新夫人一下樓，我們的話題就改變了。

　　窗外的雨好像越來越大了。我隱約聽到樹葉在風中說話。我忽然想到《紅樓夢》。我忽然想到黛玉的小心眼兒。我忽然覺得如果這座房子是在金陵，如果新夫人不是外國人而是中國人的話，窗外的雨聲也許會很詩意。

　　可是，我最近聽說他們已經吹了。

　　這是董橋〈雨聲並不詩意〉一文的全篇，文短而內涵豐富、發人深思。尤其是結尾一句結得意味深長，讓人味之再三，不禁為之稱妙。

　　何以至此？這是作者善於運用"曲盡音繞樑"式的結尾修辭策略的結果。

　　所謂"曲盡音繞樑"式結尾策略，是一種不直白宣示全文主旨，而是以含蓄蘊藉的文字來暗示，接受者必須通過作者所給定的結尾文字認真體味咀嚼才能得其真意所在的結尾方式。這種結尾策略，在表達上有一種"曲盡音繞樑"，言有盡而意無窮，意生言外，發人深思，耐人尋味的效果，令人味之無窮，可以極大的調動接受者的接受興味，從而提升表達的實際效果。因此，這種結尾策略是一種很有效的修辭策略，運用者很多。

　　通讀上引董橋〈雨聲並不詩意〉全篇，我們不難看出這篇短文的主旨是在說不同文化背景的人結婚，婚姻不易和諧長久。但是，作者在結尾時沒有這樣直白地點出這層意思。而是說"我最近聽說他們已經吹了"，輕描淡寫的一筆，僅僅說了一個聽說的消息。可是，讀者透過這婉轉的一句結束語，再結合上段中"如果新夫人不是外國人而是中國人的話，窗外的雨聲也許會很詩意"一句假設語，就不難體味出全文的深刻含義。很明顯，作者上述的結尾是一種"曲盡音繞樑"式的結尾方式，結得含蓄、深沉，耐人尋味，又發人深思，可謂餘味曲包，深刻雋永。

下面我們再看一例：

> ### 外一章
> 除了這頭豬、這頭牛、這條狗，我最近在周遭的世界中又發現了另一種畜牲，牠是一種二條腿的……

這是台灣作家吳錦發《畜牲三章》的結尾，亦採用"曲盡音繞樑"的模式。這篇文章除上引的所謂"外一章"作結尾外，全文分三個部分，分別寫了關於"一頭叛逆的豬"、"一頭懦弱的牛"、"一條高貴的狗"三個故事。豬的故事是通過對一頭病豬的遭遇描寫，意在抒寫台灣農民對當局犧牲農民利益而發展工業的憤怒之情；牛的故事旨在通過寫自家牛的懦弱及種種卑劣行徑來暗寫中國人的民族性格中的弱點；狗的故事是通過一條狗因病而被主人拋棄卻死也不肯躲到別人家屋簷下、不肯吃他人施捨的食物而終於活活餓死、冷死的故事，讚揚了狗的品德及其給人類的教益："狗死後不久，我便寫了一封措辭強硬的辭職信給那一家最近羞辱了我的公司"，"這條狗是我生命中重要的導師，他教導了我堅持與死亡的哲學"。本來全文的標題即是"畜牲三章"，寫完了三章，全文就應結束。可是作者卻以上引的"外一章"作全文的結尾，説"我最近在周遭的世界中又發現了另一種畜牲，牠是一種二條腿的……"。那麼，這二條腿的"畜牲"是甚麼，與前文所寫的豬、牛、狗相比，又是如何呢？作者都沒有給出答案，只是以省略號來處理。這種結尾，很明顯是一種"曲盡音繞樑"式結尾方式。它表達的含蓄，寓意的深遠，都是令人味之再三，不同人生經歷的讀者自會有不同的解讀。

三、空山新雨後，"清水出芙蓉"式：還是那棵老梅樹，最初的梅花已經開放

> 原來我俯在攤開的先生的《野草》上做了一個秋夜的夢。
>
> 窗外還有雨聲，秋夜的雨滴在芭蕉葉上的聲音，滴在簷前石階上的聲音。
>
> 可是在先生的書上，我的確看到了他那顆發光的燃燒的心。

這是巴金〈秋夜〉一文的結尾段落。結得自然，結得質樸，但卻能深切地表達作者對魯迅真摯地崇敬之情，讓人感動。

那麼，這是為甚麼？這是作者善於運用"清水出芙蓉"式結尾策略的結果。

所謂"清水出芙蓉"式結尾策略，是一種不用任何積極修辭手法而只以平實質樸的語言表而出之的結尾方式。這種結尾方式表面看去甚是平常無奇，但細細體味卻顯"質樸真醇"，是李白所說的"清水出芙蓉，天然去雕飾"的境界。因此，這種結尾方式往往在許多文章大家手裏運用得非常好。

上引巴金的文字，共有三句，作者將之與其他段落隔開，是作為一個整體來作結尾的。這三句話沒有運用任何一種積極修辭手法，全是平實的敍寫，行文如平湖之水，漣漪不興，但卻靜水流深，讀之分明見出作者對魯迅先生的無限景仰的深情。真可謂是達到了"清水出芙蓉，天然去雕飾"的境界，是"繁華落盡見真醇"。

下面我們再看一例：

> 一陣微風吹過。"愛蓮堂"前那株臘梅，蓓蕾滿枝。還是那棵老梅樹，最初的梅花已經開放。高高的樹幹，帶着一叢繁密的蠟黃色梅花，伸向園子的上空，伸向一望無際的長空碧野，似乎正在向著蒼天訴説一個過去的故事。

這是何為〈園林城中一個小庭園〉一文的結尾。這篇文章是寫現代文學家和著名盆景藝術家周瘦鵑醉心盆景藝術，並廣受海內外名人讚賞，20世紀60年代以後由於"文革"的衝擊，精心培育的名貴盆景被毀，老人為此遭受了巨大的精神打擊，於1968年心碎地死去之事。故事結束，作者以上引文字為全文作結。這段文字，雖然毫無積極修辭手法的運用，只純以平實白描的語言敍寫周瘦鵑"愛蓮堂"前的臘梅開放情狀，但卻寓意深刻，讀之令人深思，具有形象雋永的情味，深具"清水出芙蓉"的韻致。

四、凝妝上翠樓，"濃抹百媚生"式：彎曲的小樹，長大是否會直呢？

> 這便是這班窮酸八股秀才的人生哲學，這便是窮酸才子的宗教。女詩人女詞人雙卿便是這個窮酸宗教裏的代天下女子受苦難的女菩薩。她便是這班窮酸才子在白晝做夢時"懸想"出來的"絕世之艷，絕世之慧，絕世之幽，絕世之貞"的佳人。

這是胡適〈賀雙卿考〉一文的結語。讀之與一般的學術文章的格調意趣大相徑庭，更與考證的論文風格與模式大異其趣。可是，讀之卻讓人為之神情一振，為之拍案叫好。

那麼，這是何故？只有一個解釋：胡適結尾策略運用得好，他用的是"濃抹百媚生"式的結尾修辭策略。

　　所謂"濃抹百媚生"式結尾策略，是一種於文末刻意進行積極修辭營構，以期取得生動奇特效果的結尾方式。這種結尾策略，由於積極修辭手法運用所產生的獨特效果，恰似"馬屁股上放鞭炮"，於全文最後一擊，往往能使接受者留下深刻的印象。所以，很多修辭者在刻意追求最後一擊的效果時，往往都喜歡採用這種結尾策略。

　　上引胡適〈賀雙卿考〉是篇考證的學術論文，按常規應該是以平實風格的語言結尾，說成："賀雙卿是實無其人的，她只是窮酸秀才們杜撰出來聊以自慰的夢中佳人"。如果這樣收束全文，觀點結論倒是很清楚，符合學術論文的慣例。但在接受效果上肯定不及上引的結語來得生動奇特而給人印象深刻。因為上引的結語是以兩個排比修辭手法組成的修辭文本，觀點表述的方式奇特，突破常規，同時排比在表意上的"廣文義"、"壯文勢"的效果很明顯，這就強化了作者結論表達的力度，給接受者的印象更為深刻些。自然，這是非常成功的結尾策略。不過，這種結尾策略只有諸如胡適這樣的大家才運用得好，一般修辭者往往運用不好便會墮入弄巧成拙、畫虎類犬的境地。

　　下面我們再來看看梁實秋的手筆如何：

> 　　諺云："樹大自直"，意思是說孩子不需要管教，小時恣肆些，大了自然會好。可是彎曲的小樹，長大是否會直呢？我不敢說。

　　這是梁實秋散文〈孩子〉一文的結尾，也是採用"濃抹百媚生"式結尾策略的。這篇文章講了很多有關中外孩子懶、刁、潑等惡習的故事，其目的是要說明一個主旨："孩子應該管教，不能任其惡習發展，這樣才能成為有用之人"。然而，這層意思，作者卻沒有在全文的結尾，以平實的語言直白地點出，而是以上引的文字表而出之。而上引文字則是運用了"引用"、"設問"、"推避"三種修辭策略而建構的修辭文本，表達婉轉而有力，發人深省，耐人尋味，明顯比平實的結尾效果要好得多。所以，梁實秋的這一結尾策略也是成功的。

應該指出的是，上述諸例的歸類，我們每次都是以一個標準為據來進行的。如果某種結尾方式同時以不同標準、從不同角度來看，則可能同時屬於兩種不同的結尾方式。如上面梁實秋〈孩子〉一文的結尾，從是否直接宣示主旨的標準看，屬於"曲盡音繞樑"式；從表現風格看，則屬於"濃抹百媚生"式。其他諸例，亦應作如是觀。

參考文獻

陳望道：《修辭學發凡》，上海教育出版社，1997 年。

黃慶萱：《修辭學》，台灣三民書局，1979 年。

沈謙：《修辭學》，台灣空中大學印行，1996 年。

沈謙：《林語堂與蕭伯納 —— 看文人妙語生花》，台灣九歌出版社，1999 年。

倪寶元：《修辭》，浙江人民出版社，1982 年。

倪寶元主編：《大學修辭》，上海教育出版社，1994 年。

譚永祥：《漢語修辭美學》，北京語言學院出版社，1992 年。

李定坤：《漢英辭格對比與翻譯》，華中師範大學出版社，1994 年。

吳禮權：《中國言情小說史》，台灣商務印書館，1995 年。

吳禮權：《委婉修辭研究》，博士學位論文，復旦大學研究生院，1997 年。

吳禮權：《修辭心理學》，雲南人民出版社，2002 年。

吳禮權：《傳情達意：修辭的策略》，吉林教育出版社，2004 年

吳禮權：《現代漢語修辭學》，復旦大學出版社，2006 年。

胡裕樹主編：《現代漢語》（增訂本），上海教育出版社，1999 年。

朱東潤主編：《中國歷代文學作品選》，上編第二冊，上海古籍出版社，1979 年。

朱東潤主編：《中國歷代文學作品選》，中編第二冊，上海古籍出版社，1982 年。

張拱貴主編：《漢語委婉語詞典》，北京語言文化大學出版社，1996 年。

《辭海》（縮印本），上海辭書出版社，1990 年。

《現代漢語詞典》（修訂本），商務印書館，1997 年。

汪國勝等編：《漢語辭格大全》，廣西教育出版社，1993 年。

溫浚主編：《藝林妙語》，上海文藝出版社，1995 年 7 月。

王得後、錢理群編：《魯迅雜文全編》，浙江文藝出版社，1996 年。

商務印書館  讀者回饋咭

請詳細填寫下列各項資料，傳真至 2565 1113，以便寄上本館門市優惠券，憑券前往商務印書館本港各大門市購書，可獲折扣優惠。

所購本館出版之書籍：_____

購書地點：_____ 姓名：_____

通訊地址：_____

電話：_____ 傳真：_____

電郵：_____

您是否想透過電郵或傳真收到商務新書資訊？ 1□是 2□否

性別：1□男 2□女

出生年份：_____年

學歷：1□小學或以下 2□中學 3□預科 4□大專 5□研究院

每月家庭總收入：1□HK$6,000以下 2□HK$6,000-9,999
3□HK$10,000-14,999 4□HK$15,000-24,999
5□HK$25,000-34,999 6□HK$35,000或以上

子女人數(只適用於有子女人士) 1□1-2個 2□3-4個 3□5個以上

子女年齡(可多於一個選擇) 1□12歲以下 2□12-17歲 3□18歲以上

職業：1□僱主 2□經理級 3□專業人士 4□白領 5□藍領 6□教師 7□學生
8□主婦 9□其他

最常前往的書店：_____

每月往書店次數：1□1次或以下 2□2-4次 3□5-7次 4□8次或以上

每月購書量：1□1本或以下 2□2-4本 3□5-7本 4□8本或以上

每月購書消費：1□HK$50以下 2□HK$50-199 3□HK$200-499 4□HK$500-999
5□HK$1,000或以上

您從哪裏得知本書：1□書店 2□報章或雜誌廣告 3□電台 4□電視 5□書評/書介
6□親友介紹 7□商務文化網站 8□其他(請註明：_____)

您對本書內容的意見：_____
_____

您有否進行過網上購書？ 1□有 2□否

您有否瀏覽過商務出版網(網址：http://www.commercialpress.com.hk)？1□有 2□否

您希望本公司能加強出版的書籍：1□辭書 2□外語書籍 3□文學/語言 4□歷史文化
5□自然科學 6□社會科學 7□醫學衛生 8□財經書籍 9□管理書籍
10□兒童書籍 11□流行書 12□其他(請註明：_____)

根據個人資料「私隱」條例，讀者有權查閱及更改其個人資料。讀者如須查閱或更改其個人資料，請來函本館，信封上請註明「讀者回饋咭-更改個人資料」

香港筲箕灣
耀興道 3 號
東滙廣場 8 樓
商務印書館 (香港) 有限公司
顧客服務部收